钱穆先生个子不高，风度儒雅，望之俨然，而即之也温

1954 年 6 月，钱穆与新亚书院同伴合影（左起：沈燕谋、钱穆、郎家恒、唐君毅）

1955 年，钱穆与新亚书院第四届毕业生合影

钱穆在新亚书院讲课

钱穆在新亚联欢会上表演

钱穆伉俪在台北素书楼前

钱穆与侄钱伟长合影

1984 年，钱穆与子女在新亚书院散步

钱穆在台湾最后一次讲课

钱穆手书对联：水到渠成看道力，崖枯木落见天心

1990 年 7 月 30 日，钱穆与叶龙于台北素书楼合影。拍完这张照片不到一个月，钱穆去世

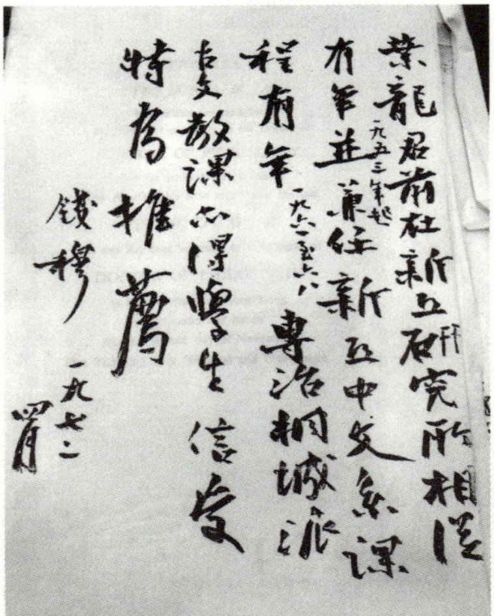

葉龍君前在新亞研究所相從
有年（一九五三年起）並兼任新亞中文系課
程有年（一九六五至六八），專治桐城派
古文，教課亦得學生信受，
特為推薦
錢穆 一九七二 [illegible]

钱穆亲笔推荐信

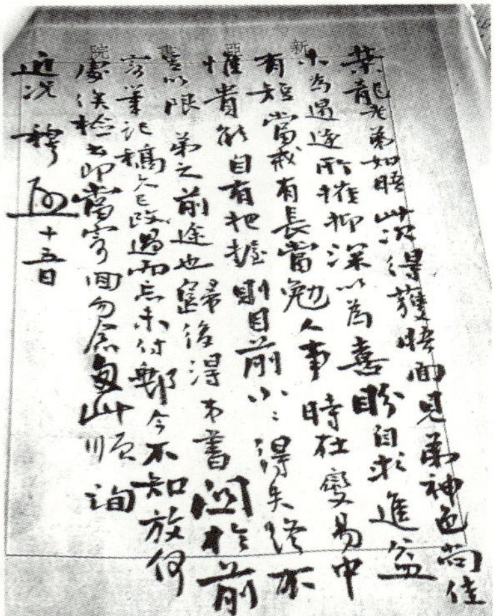

葉龍老弟如晤：此次得獲晤面，見弟神色尚佳，
亦為過逆所摧抑，深以為喜。聆自求進益，
有短當戒，有長當勉，人事時在變易中，不
惟肯能自有把握，則目前小小得失，絕不
[illegible]以限弟之前途也。歸後得弟書，關於前
寄筆記稿，久已改過，而忘未付郵，今不知放何
處，俟檢出，即當寄回。勿念。即此順詢
近況 穆 啓 十五日

钱穆写给叶龙的信

叶龙，1928 年生。现居香港。图为年轻时候的叶龙

叶龙毕业照

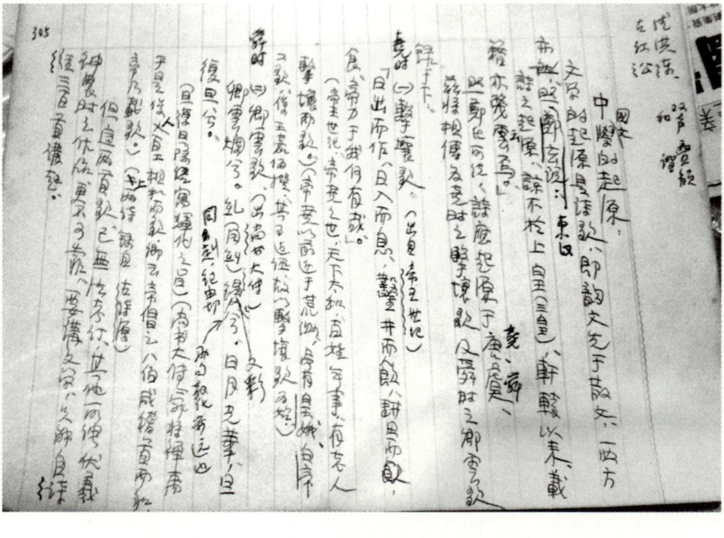

叶龙 60 年前的笔记本，图为《中国文学的起源》一章

香港美国新闻处举办“论世界和平”征文比赛，图为柯约瑟（中）处长与获奖者。右为学生组，左为成人组。冠军叶龙（左三）、亚军黄开华（左二）均为新亚书院学生

1956 年，香港美国新闻处为纪念威尔逊总统诞辰一百周年举办征文比赛，叶龙获成人组冠军。图为新闻处长柯约瑟为叶龙颁奖

中国文学史

仰·穆 钱穆珍稀讲义系列

钱穆 讲授
叶龙 记录整理

天地出版社 | TIANDI PRESS

图书在版编目（CIP）数据

中国文学史 / 钱穆讲授；叶龙记录整理. —成都：天地出版社，2018.7
（仰·穆：钱穆珍稀讲义系列）
ISBN 978-7-5455-3759-8

Ⅰ. ①中… Ⅱ. ①钱… ②叶… Ⅲ. ①中国文学—文学史 Ⅳ. ①I209

中国版本图书馆CIP数据核字（2018）第046913号

中国文学史

ZHONGGUO WENXUESHI

出品人　杨　政
讲　授　钱　穆
记录整理　叶　龙
责任编辑　杨永龙　李晓娟
篇章题字　高运刚
封面设计　今亮后声 HOPESOUND pankouyugu@163.com
电脑制作　尚上文化
责任印制　葛红梅

出版发行　天地出版社
（成都市槐树街2号　邮政编码：610014）
网　址　http://www.tiandiph.com
http://www.天地出版社.com
电子邮箱　tiandicbs@vip.163.com
经　销　新华文轩出版传媒股份有限公司

印　刷　北京市十月印刷有限公司
版　次　2018年7月第1版
印　次　2018年7月第1次印刷
成品尺寸　145mm×210mm　1/32
印　张　12.5
字　数　213千字
定　价　68.00元
书　号　ISBN 978-7-5455-3759-8

咨询电话：（028）87734639（总编室）
购书热线：（010）67693207（市场部）

序一

骆玉明

在老一辈学术名家中，钱穆先生以学问淹博、著述宏富著称。不过，他对古代文学这一块说得不多。《钱宾四先生全集》凡五十四册，谈中国古今文学的文章都收在第四十五册《中国文学论丛》中，占全集的比例甚小。这些文章论题相当分散，一般篇幅也不大，只有《中国文学史概观》一篇，略为完整而系统。因此，如今有叶龙先生将钱穆先生1955至1956年间在香港新亚书院讲"中国文学史"的课堂笔录整理成书，公之于众，实是一件可以庆幸的事情。钱先生是大学者，我们由此可以看到他的学术的一个以前我们知之不多的方面；而对于研究中国文学史的人来说，更能够得到许多有益的启迪。

从前老先生上课大多自由无羁。我曾听说蒋天枢先生讲第一段文学史唐以前[1]，学期终了，《楚辞》还没有讲完。钱穆先

1 编按：内文红色楷体部分的解释，均为原文作者所加。以下同。

生的文学史分成三十一篇，从文学起源讲到明清章回小说，结构是相当完整的了。不过讲课还是跟著述不一样，各篇之间，简单的可以是寥寥数语，详尽的可以是细细考论，对均衡是不甚讲究的。而作为学生的课堂笔记，误听啊漏记啊也总是难免。要是拿专著的标准来度量，会觉得有很多不习惯的地方。

但笔录也自有笔录的好处。老师在课堂上讲话，兴到之处，常常会冒出些“奇谈妙论”，见性情而有趣味。若是作文章，就算写出来也会被删掉。譬如钱先生说孔子之伟大，“正如一间百货公司，货真而价实”。这话简单好懂容易记，却又是特别中肯。盖孔子最要讲的是一个“诚”，连说话太利索他都觉得可疑。“百货公司，货真价实”不好用作学术评价，但学生若是有悟性，从中可以体会出许多东西。而现在我们作为文本来读，会心处，仍可听到声音的亲切。

要说文学史作为一门现代学科，我们知道它是起于西洋；而最早的中国文学史，也不是中国人写的。但绝不能够说，中国人的文学史意识是由外人灌输的。事实上，中国人崇文重史，很早就注意到文学现象在历史过程中的变化。至少在南朝，如《诗品》讨论五言诗的源流，《文心雕龙》讨论文学与时代的关系，都有很强烈的文学史意识；至若沈约写《宋书•谢灵运传论》，萧子显写《南齐书•文学传论》，也同样关注了这方面的问题并提出了出色的见解。中国文学有自己的道路，中国古贤对文学的价值有自己的看法。而在我看来，钱先生讲中国文学史，一个显著的特点，就是既认识到它作为一门现代学科的特质，同时又深刻地关注中国传统上的文学价值观和文学史意识。在众多重大问题上，钱先生都避免用西方传统的尺度来衡量和阐释中国文学现象，而尽可能从文化机制的不同来比较中西文学的差异，使人们对中国文学的特点有更清楚的认识。也许，我们对某些具体问题的看法与钱先生有所不同，但他提示了一个重要的原则，却是有普遍意义的——这还不仅仅由文学而言。

钱先生是一个朴实而清晰的人，他做学问往往能够简单直截地抓住要害，不需要做多少细琐的考论。譬如关于中国古代神话，中日一些学者发表过各种各样的见解。有的说因为中国古人生活环境艰苦，不善于幻想，所以神话不发达；有的说因为中国神话融入了历史传说，所以神话色彩被冲淡了，等等。但这样说其实都忽略了原生态的神话和文学化的神话不是同样的东西。前些年我写《简明中国文学史》，提出要注意两者的区别，认为中国古代神话没有发展为文学，而这是受更大文化条件制约的结果。我自己觉得在这里颇有心得。但这次看钱先生的文学史，发现他早已说得很清楚了：

至于神话、故事则是任何地方都有的产物。中国古代已有，但早前未有形成文学而已。在西方则由神话、故事而有文学。中国之所以当时没有形成文学，是由于文化背景之有所不同所致，吾人不能用批评，只宜从历史、文化中去找答案，才能说明中西为何有异。

我们都知道钱先生是一位尊重儒家思想传统的学者。儒家对文学价值的看法，是重视它的社会功用，要求文学有益于政治和世道人心，而钱先生是认同这一原则的。所以，在文学成就的评价上，他认为杜甫高于李白，陶渊明高于谢灵运，诸如此类。站在儒者的文学立场上，这样看很自然，也没有多少特别之处。但与此同时，令我们特别感兴趣的，是钱先生对文学情趣的重视和敏感。他说：

好的文学作品必须具备纯真与自然。真是指讲真理、讲真情。鸟鸣兽啼是自然地，雄鸟鸣声向雌鸟求爱固然是出于求爱，但晨鸟在一无用心时鸣唱几声，那是最自然不过的流露；花之芳香完全是自然地开放，如空谷幽兰，它不为什么，也没有为任何特定的对象而开放；又如行云流水，也是云不为什么而行，水不为什么而流，只是行乎其所不得不行，流乎其所不得不流，这是最纯真最自然的行与流。写作也是如此，要一任自然。文学作品至此才是最高的境界。

这些议论使人感到，钱穆先生对文学的理解，有其非常重视美感的一面。他特别推崇曹操的《述志令》，就是因为它轻快自如，毫不做作这和鲁迅一致。而且在钱先生看来，正是由于曹操文学的这一特点，他在文学史上占有崇高的地位。钱先生说：“落花水面皆文章，拈来皆是的文学境界，要到曹操以后才有，故建安文学亲切而有味。”

钱先生对中国古代诗歌中的赋比兴，有不同寻常的理解，这和他重视文学情趣的态度也是有关的。他引宋人李仲蒙解释赋比兴之说，归结其意，谓：“意即无论是赋，是比，或是兴，均有‘物’与‘情’两字。”然后发挥道：

俗语说：“万物一体。”这是儒、道、墨、名各家及宋明理学家都曾讲到的。意即天人合一，也即大自然和人的合一，此种哲学思想均寓于文学中，在思想史中却是无法找到这理论的。我们任意举两句诗，如：“狗吠深巷中，鸡鸣桑树颠。”当我人沉浸在此种情调中时，不能说是写实文学，因为它不限时、地、人；也不能说其浪漫；且狗吠鸡鸣亦非泛神思想，亦非唯物观，此乃人生在大自然中之融洽与合一，是赋，对人生感觉到有生意有兴象之味，犹如得到生命一般。

赋比兴都是追求天人合一、心物合一的意境，这个说法以前是没有的。但确实，我们在读这些文字时会感到一种欣喜，我们会感到自己对诗歌有了更亲切的理解。

从历史与社会来说文学，从文化环境说文学，从中西比较说文学，这是钱穆先生《中国文学史》眼界开阔、立论宏大的一面；从自由洒脱、轻盈空灵的个性表现说文学，从心物一体、生命与大自然相融的快乐说文学，这是钱穆先生《中国文学史》偏爱性灵、推崇趣味的一面。两者不可偏废。

至于钱先生讲课一开始就说："直至今日，我国还未有一册理想的'文学史'出现，一切尚待吾人之寻求与创造。"这倒没有什么特别可以感慨和惊奇的。以中国文学历史之悠久、作品数量之庞大、文学现象之复杂，文学史写作几乎就是"知其不可为而为之"。至于"理想"的文学史，只能是不断追求的目标吧。

骆玉明　复旦大学中文系教授

序二

陈志诚

继《中国经济史》之后，学长叶龙教授有意将他珍藏多年、修读钱宾四师“中国文学史”课时的笔记整理，然后付梓出版。现在经已整理完成，书名就叫《中国文学史》，并嘱我为这本书写个序。我一方面感到万分的兴奋和荣幸；另一方面，我又深感惭愧，我哪有资格为这本书写序？恐怕叶师兄之属意于我，一来因为我们是同门师兄弟，无论是在新亚书院抑或新亚研究所，他都是我的前辈。二来，恐怕也是最主要的，我们都先后修读过钱师的“中国文学史”，彼此应该有些相同的话题和体会。叶师兄盛意拳拳，我就只好勉力而为，答应过来。但谈的都是个人的感受和印象，而且拉杂说来，称不上是篇像样的书序。

叶师兄和我虽然先后都修读钱师“中国文学史”的课，不过，效果却并不一样。首先，他修读的时间是在上世纪五十年代中，而我修读则在六十年代初。其次，他修读的是整年的完整课程，而我修读的只是半年的课，下半年即由另一位老师替代了。那是因为作为新亚书院的院长，钱师在五十年代中之时，仍可专注于院内的校务和教务，但到了六十年代初，他已因书院要并入中文大学作为三所成员学院之一而非常忙碌，无法多兼教学工作，所以“中国文学史”课只教了半年便没有继续下去。

还有一点值得一提的，叶师兄是江浙人，他听钱师课的能力比我们这些土生土长的香港学生强，吸收上比较容易。再加上他的学习精神和学习态度都相当好，所以，他的听课笔记详细而精确，可以充分反映钱师的讲课内容，堪称是课堂的实录。

众所周知，钱宾四师是著名的学者和教育家，誉满中外，著作等身。他又非常热爱自己的家国和中华文化，“九一八”事变之后，因应教育部将“中国通史”作为大学必修科以振起国魂之规定，他在大学讲授该课，所编写的讲义即成为日后部定大学用书的《国史大纲》。是书不但足以唤醒国魂，亦加深国人对国史的认识，深受知识分子的欢迎，而钱师也奠定了他史学权威的地位。除《国史大纲》外，他的著述包括《先秦诸子系年》《中国近三百年学术史》《两汉经学今古文平议》《庄老通辨》《庄子纂笺》《中国文化史导论》《中国历代政治得失》《文化学大义》《中国思想史》《国史新论》《宋明理学概述》《四书释义》《论语新解》《中国历史研究法》《史记地名考》《中国文化精神》《阳明学述要》《中国文化丛谈》《朱子新学案》《中国文学讲演集》等，洋洋大观，非常丰富。

细看钱师的著述内容，都是以史学、经学、文化、思想、考据、理学等范围的学术性论文为主，属于文学的，就只有《中国文学讲演集》而已。《中国文学讲演集》原是钱师有关中国文学的讲演记录，计共十六篇，1963年由香港人生杂志社出版。篇幅虽不太多，但涉及的范围却相当广，所提的论点也很深入，颇多独到的见解。此书1983年增加了十四篇，共三十篇，改名《中国文学论丛》，由台湾东大图书公司出版。除了这些偏重作品欣赏与研究的文章外，钱师也有些情文并茂、感人至深的文学作品，如《朱怀天先生纪念集》《湖上闲思录》《八十忆双亲》《师友杂忆》《灵魂与心》《双溪独语》《晚学盲言》等抒发个人思想与感情之作。显然，我们的史学权威、国学大师，一直都没有忽略对文学的兴趣，至于“中国文学史”，更是他在教坛上经常要讲授的课。

钱师个子不高，但步履稳重，双目炯炯有神，使人望之而生莫名之畏。加上他在讲课时声音嘹亮，抑扬有致，徐疾有度，在讲坛上往来踱步之间，散发出一股非常独特的神采。所以，在上他的“中国文学史”课之时，同学们都全神贯注，静心听讲。他的每一课就像每一个专题一样，非常吸引人。

我们新亚有个很好的传统，就是每个月都有个月会举行，全校学生都会参加，除了简单的校务报告外，还会邀请嘉宾或校内老师作主题演讲，演讲辞都由学生作记录，然后刊登在定期出版的《新亚生活》刊物上。钱师是主要讲者之一，这些讲辞，其后都汇集成书，取名《新亚遗铎》。此外，钱师也往往受邀到校外机构作专题演讲，不论是校内校外，大都有一位同学获指派替他作记录。而在这些同学之中，我们广东籍的学生往往只是偶一为之而已。就记忆所及，替钱师作记录最多的，叶师兄应该是其中极少数者之一。他一直追随着钱师，也一直好好地珍藏着他所记录的钱师笔记，应该说，他是钱师最得力的助手之一。早前他在报刊所发表的《钱师论经济》《中国经济史》以及《商务报》的《钱穆讲学粹语录》等，都是他积存多年下来的成果。而对钱师学术的传扬，他可说贡献良多，居功至伟。

如今，钱师讲授的《中国文学史》讲义就要出版了，这真是莫大的喜讯。尤其像我这么样的后辈，只修读过半年的课而已。现在虽已是垂暮之年，但依然有机会看到钱师完整的《中国文学史》面世，圆了多年未完之梦，又怎能不喜出望外呢？而于叶师兄一再推广钱师学术、惠益后人的初衷，又怎可以只是向他再三致谢而已呢？是为序。

陈志诚教授，新亚书院及研究所毕业、香港中文大学硕士，留学日本。曾任香港城市大学语文主任、新亚研究所所长，退休后仍任教研究所及港大中文学院。

自序

叶龙

记得在2012年冬某日，在夏仁山学长的介绍下，有幸与新亚老校友黄浩潮、叶永生诸兄一同茶聚，谈起我有一份业师钱穆宾四先生的“讲学粹语”稿和二十多封钱师亲笔函件，还有曾在香港《信报》连载的钱师讲课的“中国经济史”笔记，和我本人撰述也曾在《信报》连载的约有三十万字的“历代人物经济故事”。上述多位学兄异口同声地，都认为值得交给商务印书馆出版。这是因为有新亚历史系的陆国燊校友在商务主政；同时，兼管商务业务的陈万雄董事长也是校友。不久，与陆兄再次茶聚后，便带同文稿邀我同车回商务见负责出版中文书籍的总编毛永波先生。

到了商务总部，国燊兄把所有上述稿件全部交给永波先生审阅并由他作出决定。由于永波先生是资深出版家，对港澳台和内地的中文出版状况了如指掌，由他即时决定先出版钱师讲的“中国经济史”，然后再出“钱穆讲学粹语录”。于是，2013年1月在香港出版了前者，后者于同年6月1日出版时，《中国经济史》在香港已第二次印刷，反应相当好。至于内地的简体字版，也于2014年1月在北京后浪出版公司发行，颇受各界人士的欢迎，本人也收到该出版公司多套赠书，到了三月份已印刷达五次之多。可能因为发行网广，几个月前，有友人在新界大埔，也已看到有书店在售卖简体字本的《中国经济史》了。

钱师的课堂经济史稿之所以颇受欢迎，除了钱师讲学有其独特与精彩的见解以外，还因为加上了国内经济界名人林毅夫先生的作序品题。据香港资深时事评论家丁望先生早前在香港《信报》撰文报道：北京刘亚洲将军对钱师加以赞扬，说钱师在经济史和他的其他史著中阐述分析，中国古代执政者之所以不能战胜常来骚扰的匈奴与羌人等民族，是由于我国北方与西北有大平原，游牧民族善用骑兵，能征惯战，而汉族人民以农耕为主，不谙骑兵作战，以致常吃败仗。直到汉武帝亦懂得养马习骑，才征服匈奴、氐、羌等民族。当然，现在我国已是五十多个民族大团结，早已没有游牧与农耕之别。

钱师讲的《中国经济史》造成了各方的轰动，连月来，有北京的、成都的以及广州和深圳各地的报刊记者来访问我，有的还来港多次，并在上述各地报章大篇幅加以报道。在下在此衷心表示感谢，大家都是在同一个目标下，为要把中华学术文化加以发扬光大，为要把钱师所拥有的满腹经纶，让没有能在新亚书院听过课的同胞都能得到分享。钱师一生从不重视衣食住等各方面的物质享受，他心中只有一个念头，他只希望我们每一位中国人能多读一点中国的典籍，能多学习一些中国的历史文化，让我们知道中华民族是何等的伟大，他就于愿足矣。

说实在的，钱师无论讲哪一门课程，都有他精彩独到的见解。他在新亚开的课，据我记忆所及，有中国通史，还有中国的秦汉史、文化史、思想史、经济史、文学史，以及社会经济史、《论语》、孟子和庄子等，至于在新亚研究所，钱师还开了韩愈文与《诗经》，那是必修的。同时，战前他在北大等校，八年抗日战争时期在西南联大、武汉大学及其研究所诸校，及抗战胜利后在江南大学，以及在台北文化大学硕士、博士班等校授课，据我所知，他尚开讲中国近三百年学术史、中国政治制度史、中国史学名著选读等课程。近日我重读钱师讲的“中国文学史”，觉得他对历史地理也滚瓜烂熟，他还指出，太史公因不熟悉历史地理，把古人的著作写对的当作写错来看。钱师是应该可以开“中国历史地理”的。其实，钱师没有把握绝不会开那么多课目。钱师常说，一个人并非大学毕业就算是完成了，也不是读了一个硕士甚至一个博士学位就成功了。读书是一辈子的事，做学问是终生的事业。钱师就是希望我们要向他学习，他用一生的精力，把中国的经、史、子、集都读通了，所以他讲任何一门课，必定有其独特的见解。

近期友人常劝我，尤其是唐端正及夏仁山诸学长多次敦促我把钱师讲过的课堂笔记整理出来，好让大家都可以阅读。由于当年其他同学听了钱师的课，虽然也有做笔记的，但不够详细。主要是因为钱师的家乡口音，有部分听不明，或者做笔记不够快速，我则是用自创草书，笔录较快，且能完全听懂其无锡国语。首先使我想到的便是钱师1955年至1956年讲的“中国文学史”。为什么呢？我虽首读哲学教育系，读新亚研究所的硕士论文是《孟荀教育思想比较》，但研究所毕业后，我留校担任助理研究员，钱师指导我研究中国古代散文多年，直至1963年钱师辞职前一年。我又在新亚加入中文大学后重读了一个主修中国历史的荣誉文学士，后来经钱师向罗忼烈师多次口头及书信推荐关说，终于能在香港大学中文学院完成硕士和博士学位，而且都是主修中国古典文学。更凑巧的是，当我获得博士学位不久，香港佛教僧伽会的会长宝灯法师邀请我担任能仁学院[1]院长并兼哲学及中国文史两研究所所长。但当时台北教育部门规定，副教授可担任代院长，正教授才可任院长。我虽在新亚教过大一国文七年，但只是一个兼任讲师，后来在

---

1 叶按：此校在台北教育部门立案。

按语共分三种：“钱按”为钱先生当时所解释；叶龙按语均作“叶按”；编者所加注释均作“编按”。以下同。

1972年至1974年担任岭南书院中文系专任讲师兼助理训导长时，仍未得到副教授资格，于是港大的两个高级学位正好派上了用场，我先是用港大博士论文，经台北教育部门审查获通过得副教授资格。因副教授只能做代院长，又由于我的大专服务年资已足够，于是我再将尚未公开发表的硕士论文《王安石诗研究》送台北教育部门申请升等，当然并不说明这是港大的硕士论文，否则只能申请担任大专的讲师职位。更奇妙的是，经严格审查通过获升正教授，使我担任了名正言顺的院长。这里得感谢罗忼烈师对我攻读硕士的悉心指导，并妥善安排我攻读港大博士学位，终于顺利完成，使我难忘师恩。

在能仁书院担任院长及兼任所长时期，我同时在大专部及文史与哲学两所都兼了课，这也不能说是滥竽充数，因为我读获的五个学位包含了文、史、哲三方面。先是在新亚及研究所读主修中国哲学的学士和硕士，继又读获中文大学的荣誉文学士，主修的是中国历史，后又获得香港大学的硕士和博士，都是主修中国文学。

由于上述因缘，我先整理钱师的“中国文学史”讲稿会轻松些。当我读到这本笔记本第一篇“绪论”的最后两行字时，内心感到十分高兴，钱师以肯定的语气说道：

“今日，我国还未有一册理想的文学史出现，一切尚待吾人之寻求与创造。”

这两句话，我当时如实记录下来，没有增添、减少，用字修辞甚至造句，丝毫没有改动。使我惊异的，是钱师开讲的第一天，他竟说出：过去还没有出现过一本理想的文学史。因钱师一向说话谨慎谦虚，说出这句重话岂不是会得罪好多曾经撰述并出版过《中国文学史》的学者或教授？无论如何，过去写过中国文学史的作者除非他心胸宽宏大量，不然，他们内心一定会感到不舒服的。但是，钱师当时如此批评，实在少见。我和一群同学多次在课余时围着听钱师教诲：“你们读了我的《国史大纲》，还可去多看些别人写的‘中国通史’，便可作出比较，看看有什么不同的地方。”接着的一句是，“你们自己去选择吧！”这一类的话。但使我很高兴的，便是由钱师来讲“中国文学史”这门课，必定有它独特之处，亦即是钱师所讲，必定有他创新的见解，让我们可把过去曾看过的其他“中国文学史”作出一些弥补和修正。他的意思是为了将来要完成一册理想的“中国文学史”，“一切尚待吾人之寻求与创造”，乃是要靠大家一同来寻求，一同来创造，以达到成功之路。记得哈佛大学的杨联陞教授有一次参加新亚研究所的师生月会报告，钱师也在场，他曾说：“世界上没有一本著作是十全十美的。”钱师讲的“中国文学史”主要是将前人讲得好的对的继承保存下来，将前人讲得不对的加以辨证修正，力求完美。所以钱师在“中国文学史”有关重大问题上作出了自己的见解，这便是有益后辈。

举例说，钱师是非常钦佩朱夫子熹的，不然，钱师也不会在晚年用他十年八载的精力来撰成《朱子新学案》。连他的知己好友罗忼烈教授谈到钱师的一生代表作也说，自从晚年完成《朱子新学案》后，他早先被誉为权威著作的如《先秦诸子系年》《两汉经学今古文平议》以及《国史大纲》等名著，都得让位了。钱师在讲《中国文学史》的《诗经》时，对朱子也有赞语，他说：“朱子解释《诗经》有创新之意。”意即朱子有与前人不同的解释，但钱师也毫不客气地指出，朱子解释《诗经》有时也有错失。因为朱子只用直指其名直叙其事的赋来解释《诗经》，而钱师认为解释《诗经》可有两种方式，他为取信于听众，举出中国文学史上三个不同时代和作者的文学作品来证明，使人无懈可击。这就是钱师所持有的“吾爱吾师，吾更爱真理”的做学问态度。

钱师指出，太史公司马迁讲到《离骚》时，他不识历史地理，以为古人把地名写错了，还把原文对的反而改成错的。钱师指出，我国古代的山名水名都有特别的意义，譬如“霍山”，在我国的安徽与山西均有“霍山”。小山为大山所围叫“霍”，所以都有“霍山”，故“霍山”只是一普通名词，并非专有名词。又如“洞庭”这个湖名，同样并不只限于湖南省才有，即凡是有“此水通彼水”现象者，都可以称为“洞庭”。湖南的“洞庭湖”通湘水、资水、沅水、澧水，但太湖亦有洞庭湖之称，因为太湖是通黄浦江、吴淞江等多条水，所以太湖也可称“洞庭湖”。钱师说，太史公把《楚辞·渔父》篇所说的“宁赴湘流而葬江鱼之腹中”一句，认为有误，特改为“宁赴常流”，其实原文“湘流”并不错，倒是改为“常流”却是错了。司马迁以为“湘水”在湖南，怎么人在鄂湖北却会在湖南的湘水自杀呢！钱师指出，此篇是屈原居汉北时所作，所说之“湘流”实是指“汉水”，而并非“湘水”。这就是钱师的博学而广识处。讲文学史亦得要义理、考据和辞章三者兼顾，不但要讲其历史演变、创作目的和字句修辞，而且还要了解历史地理，懂得校勘学，所以，读书做学问真不容易，少一瓣就会出错。

一部中国文学史，等于钱师平常所讲的，即包括原始诗歌和故事、小说。钱师每逢遇着时代大转变，而大家对某一类重要创作在意见上有重大分歧时，他必定会作出明确的决断，并提出有力论证，使人心服。钱师做学问的一贯主张是：历史应还其本来面目，不能曲解，不可贻误后人。不过有一点可以补充一下，钱师自己说在新亚时曾讲过两年文学史，但因为校务冗忙，没有把学生课堂笔记本加以整理改定。我听钱师这门课是在1955年秋至1956年夏，钱师查阅过我们的笔记，两次是由助教查看，给了我高分。一次是钱师自己查阅，只用红笔写了“五月四日”。如果当时钱师欲改定笔记本，很可能会取用我的笔记本，因为只有我全懂他的无锡国语，可惜他当时忙不过来。我又在1958年至1959年这段时期听钱师讲宋元明清时代的文学史，那正是我攻读研究所时期，有空就去听，约有十多次，也记下了些笔记。我很高兴还把钱师亲自拟的两次文学史考试题目都抄下来了，一次是1956年6月期终考试题目，一次是同年毕业考试试题。今附于后。如果我们能够根据钱师全年所讲的温习后圆满作答，那是钱师希望的，当然我们能多看参考书最好，那我们对中国文学史也可以明白得一个大概了。但钱师说过，做学问或研究文学史都是一辈子的事，希望吾人来共同寻求与创造。

同时，本记录稿难免有疏失之处，文责应当由笔录者来负。尚祈各方贤达不吝指正。在此还要感谢复旦大学中文系骆玉明教授及香港新亚研究所前所长陈志诚教授在百忙中为本书撰写了序文，实在十分可贵。

今将钱师亲拟两次试题抄录如下：

1956年6月《中国文学史》期终考试试题：

(1) 曹丕在中国文学史上之地位如何？

(2) 两汉文学风格不同，此与社会有何关系？

(3) 《昭明文选》之取材标准如何？其在文学史上有何意义？

(4) 试略述唐以后历代散文之发展及其代表人物。

（5）中国小说至唐始盛，其原因安在？

（6）试述词与曲产生之原因。

1956年6月《中国文学史》毕业考试试题：

（1）试述汉以前散文文体之变迁。

（2）《楚辞》之产生与《诗经》有何关系？

（3）两汉文学风格不同，此与社会有何关系？（与期考第2题完全相同）

（4）何以谓建安时代为中国有文学自觉之始？

（5）试述《昭明文选》与《古文辞类纂》两书在文学史上之意义与价值。

（6）唐诗分为几个时期？各时期之代表人物为谁？

（7）试述韩愈在中国文学史上之价值。

（8）词之产生原因安在？其题材与对象与诗有何不同？

叶龙于香港青衣岛

二〇一四年四月八日

十二月二十八日订正

目录

第一篇 绪论

所谓史者，即流变之意，有如水流一般。吾人如将各时代之文学当作整体的一贯的水流来看，中间就可看出许多变化，例如由唐诗演变下来即成为宋诗和宋词是也。

以植物言，植物是有生命的。水似无生命，但水有本源，故由唐诗之变宋词，如贯通来看，两者实二而一，故通常说诗变成词，这便是渊源，即是同一流，要明此说，就得分别了解诗、词及其中间之变化过程。

吾人如要讲文学之变化，须先明白文学的本质；文学史是讲文学的流变，即须由史的观点转回来讲文学的观点。

唐诗之所以变成宋诗（词），有其外在

和内在之原因。由于时代背景不同，因此，我们又得自文学观点转入史学观点了。故讲文学应先明白历史，并非就文学讲文学，文学只是抽出来的，并非单独孤立的。

再进一步说，我们不但要说明文学之流变，而且还要能加以批评。

至于文学的价值，不仅在其内部看，还要从其外部看。例如两汉文学之成为建安文学[1]，必有其原因，不能用政治来讲，当时之政治亦由两汉之统一变为分裂，但是不能用政治史来说明文学史；建安文学如何兴起，则可先讲建安时代。

文学是一种灵感，其产生必自内心之要求。从东汉时代到三国时代，其人情、风俗及社会形态都不同了，故思想、观念、信仰及追求之目的亦都不同了，故文学亦变了。例如曹操身为统帅，却轻裘缓带，与前人不同；此皆因生活情调、风俗观点都改变了。又如唐人爱用五彩，宋人则喜用素色简色；唐代用彩画，宋则用淡墨，风格自各有不同。

文学是文化史中的一项，而非政治中的要目。文化史则包括文学、艺术、宗教及风俗等各项。

又如唐代韩愈柳宗元之古文运动，单讲政治背景便不够，所

1 叶按：此处之“建安文学”钱师是指曹操、曹丕及曹植三父子。

谓韩愈文起八代之衰，那么我人应先读《昭明文选》，然后再来读韩文，如此才能容易了解，这就是先要加以比较。我们学习文学史，亦需要加以比较。我们如想读西洋文学史，也可以与中国文学史来比较，一比之下，才可知道中国文学史有其独特的面貌。

直至今日[1]，我国还未有一册理想的"文学史"出现，一切尚待吾人之寻求与创造。

---

1 叶按：钱师此处所说"直至今日"，是指他开讲这门课程的1955年9月初的一天。

第二篇 中国文学的起源

文学的起源是诗歌，亦即韵文先于散文，西方亦然。东汉郑玄说："诗之兴也，谅不于上皇三皇之世"，轩辕以来，"载籍亦蔑云焉"。

照郑玄所说，诗应起源于唐尧虞舜之时。兹将相传为尧时之《击壤歌》及舜时之《卿云歌》，录记于下：

（一）击壤歌（此歌出自《帝王世纪》[1]）

日出而作，日入而息，凿井而饮，耕田

1 钱按：帝王世纪，帝尧之世，天下太和，百姓无事，有老人击壤而歌。帝尧以前，近于荒渺，虽有《皇娥》《白帝》二歌，系晋·王嘉伪撰，其事近诬，故以《击壤歌》为始。

而食。帝力于我何有哉？

（二）卿云歌此歌出自《尚书大传》

卿云烂兮，糺[1]缦缦兮，日月光华，旦复旦[2]兮。

上两诗录自《古诗源》，但这两首诗歌，也已无法考订。其他所谓伏羲、神农时之作品，更不可靠，要讲文学，只能自《诗经》三百首讲起。

1 钱按：糺字同纠。

2 钱按：旦复旦，隐寓辉代之旨。《尚书大传》：舜将禅禹，于是俊乂百工相和而歌卿云，帝倡之，八伯咸稽首而和，帝乃载歌。

第三篇 诗经

古人说："诗言志，歌永言，声依永，律和声。"这里对诗和歌等已下了一个定义。《诗经》大概自西周起，其创作之年代约在西历纪元前1185 年至585 年之间，历时六百年之久[1]，可说是三千年前之文学作品。

中国文学的发展是慢迟缓笃的。

《诗经》的话很美，如："一日不见，如三秋兮！"这是三千年前的话，也说明古人已懂得美化用字，不用"三年"而用"三秋"，用"秋"来代替"年"字，这诗今日读来仍很

---

1 编按：20世纪90年代表达完全的夏商周断代工程认定，武王伐纣的牧野之战在公元前1046年。如此则为四百七十年。

朴，很美，只要把“秋”字稍作解释，连小学生也都能了解。

又如：“昔我往矣，杨柳依依；今我来思[1]，雨雪霏霏。”这首诗是讲古人打仗，但与西方荷马史诗之风格意境完全不同。“思”是虚字，是一个声符，即沪语“哉”之意。

至于这里的“雨”字，可作名词或动词用，但“依依”两字，今日实在无法译成较妥当的白话。“杨柳”代表惜别之意有三千多年。树枝摇动有亲近之意，可以说，西方并没有如此传统的文化。中国三千年之古典文化，其简明乃有如此者。

诗有六义，即全部《诗经》共有六义，即“风、赋、比、兴、雅、颂”。朱子说：“风、雅、颂为声乐部分之名，赋、比、兴则所以制作风、雅、颂之体也。”即是说，风、雅、颂是诗之体类分别，是文学的体格，赋比兴是作诗之方法，文学的技巧。

朱子又说：“风大抵是民庶之作，雅是朝廷之诗，颂是庙宇之诗。”即是说，“风”是社会的，“雅”是政治的，“颂”是宗教的。

诗是采诗之官采来的，故说：“孟春之月，群居者将散，行人

1 钱按：“今我来思”一句，沪语便是：“今日我来哉！”即粤语“今日我来啦！”即“哉”与“啦”是同一意义的虚字和声符。“今我来思”亦可译作“现在我来哉”，但原句并未指明年月日，故怎么译都可。又如浙江绍兴语“入”，亦与沪语之“哉”完全相同。

振木铎，徇于路以采诗，献之太师，比其音律，以闻于天子。”

如此所采来的诗就是国风。又说：“国者，诸侯所封之域；而风者，民俗歌谣之诗。谓之风者，以其被上之化以有言，而其言又足以感人，如物因风之动以有声，而其声又足以动物也。”

“古者采诗之官，王者所以观风俗，知得失，自考正也。”

故当时之诗，一言以蔽之，是由政府所汇集，故有政治意味。

现将《诗经》之六义简释于下：

风：有十五国风，是民间地方性的，有关风土、风俗之记载，《诗经》以这部分较易读。

雅：分小雅、大雅两种，用中国的西方口音来念。因周代当时所统治之中央政府在西方。当时之陕西音成为流行之官话，是政府性的，全国性的。“雅”比“风”难读，“大雅”尤其难读。

颂：颂者，容也，美盛德之形容，有周颂、鲁颂和商颂，共三颂。

赋：“直指其名，直叙其事者，赋也。”此为朱子所解释。

比：朱子说，“引物为比者，比也”。

兴：朱子说，“托物兴词，如《关雎》《兔罝》之类是也”。

“赋”是直指其名，直叙其事的意思，今举赋的例子如下：

（一）

葛之覃兮，施于中谷，

维叶萋萋，黄鸟于飞，

集于灌木，其鸣喈喈。

葛是蔓生植物，排生于谷中。萋萋，盛貌。灌木是丛生短树。覃，音潭。喈，音几（jī）。

（二）

采采卷耳，不盈顷筐。

嗟我怀人，寘彼周行。

采，摘也，采采，即采了又采。卷耳，是植物名。寘，置也。周是大，周行（háng）是大道。

“比”是引物为比的意思，今举“比”的例子如下：

螽斯羽，诜诜兮。

宜尔子孙，振振兮。

螽，音终。螽斯是蝗虫之一类。羽，指翅膀。诜诜，和集貌，诜，音辛，多也。振振，兴盛貌。

“兴”是托物兴词的意思。今举“兴”的例子如下：

关关雎鸠，在河之洲。

窈窕淑女，君子好逑。

鸠是鸽子。鸽惯常是一对对的相处在一起，故托鸽兴起淑女君子，并非君子在河上见到洲中之鸽就想到女孩。

所谓兴者，发起也，动作也。

“大雅”与“三颂”[1]，都是纯赋体；“小雅”与“国风”，则比与兴较多。朱子以前所注《诗经》有毛公诗，毛公指出，在《诗》三百中，其中116首为兴，但未说赋与比。

宋代王应麟《困学纪闻》引李仲蒙说赋比兴云：

叙物以言情谓之赋，情尽物也。

索物以托情谓之比，情附物也。

触物以起情谓之兴，物动情也。

意即无论是赋，是比，或是兴，均有“物”与“情”两字。记的是物，却是言情，所谓托情、起情、言情，就是融情入景，故《诗》三百者，实即写物抒情之小品。中国人的抒情方法是叙物、索物和触物，不但《诗经》，即屈原之《楚辞》及汉时邹阳之辞，比物连类，也都是用这比兴的方法。

俗语说：“万物一体。”这是儒、道、墨、名各家及宋明理学家都曾讲到的。意即天人合一，也即大自然和人的合一，

1 钱按：三颂即周颂、鲁颂与商颂。

此种哲学思想均寓于文学中，在思想史中却是无法找到这理论的。我们任意举两句诗，如：“狗吠深巷中，鸡鸣桑树颠。”当吾人沉浸在此种情调中时，不能说是写实文学，因为它不限时、地、人；也不能说其浪漫；且狗吠鸡鸣亦非泛神思想，亦非唯物观，此乃人生在大自然中之融洽与合一，是赋，对人生感觉到有生意有兴象之味，犹如得到生命一般。

陆放翁到晚年时，仍不断写诗，他永居乡村，写的诗如他的日记，吾人读时，如入妙境。

又如《诗经》中有一首云：“昔我往矣，杨柳依依；今我来思，雨雪霏霏。”此诗并非专说时令与自然，乃将自己心情与大自然融化合一，虽是赋，但其实含有比与兴的意义在内。此即将人生与自然打成一片。从其内部说，这是天人合一、心物合一的性灵；从其外部说，这是诗的境界。

“好鸟枝头亦朋友，落花水面皆文章”两句亦然，这并非唯物论，因有心情境界，但亦非唯心，亦非浪漫与写实，且非抒情，却含有情。吾人如欲了解此种诗境，必须先懂赋比兴，是到了天人合一、心物合一的意境，这与西方文学不同。西方之神性，乃依靠外在命运之安排，故闹成悲剧，如《铸情》[1]。马克

1 编按：林纾将《罗密欧与朱丽叶》译为《铸情》。

思要达到掌握自己命运，要打倒敌体，绝不能和平共存，故不会有天人、心物合一，亦不会有如“好鸟枝头亦朋友”那样的诗。

中国的文学，如以戏剧来说，是无有悲剧，即使《红楼梦》亦只是解脱而已，多数是走向团圆之路，所以无史诗，无神话，无悲剧。

吾人如读中国的一切文学作品，一定要先懂得赋、比、兴的道理，并且最好是先读《诗经》。孔子喜欢《诗经》，而且尤爱“二南”指《周南》和《召南》。所以他常鼓励学生要多读《诗经》，他说：“诗可以兴，可以观，可以群，可以怨，可以事父，可以事君，可以多识于鸟兽草木之名。”

“兴”是有开放启发启示之意，凡见任何物均可以开启心胸；“观”指人生观、宇宙观；“群”是指人与人之间相处，使能适应社会。因《诗经》是天人合一的，读了《诗经》，即使怨也会怨得得当；事奉长辈很难，但读了《诗经》便会懂得如何事君事父；并且还可以多些认识自然界的鸟兽草木等各种生物，才可与大自然合一。

不过，吾人学《诗经》时也会有难处，我们不能光是就文字表面去看，而应先用内心领悟体会方可得其真意，这里且引用孔子与其学生对话两节如下：

（一）

子贡曰："贫而无谄，富而无骄，何如？"

子曰："可也，未若贫而乐，富而好礼者也。"

子贡曰："《诗》云：'如切如磋！如琢如磨'，其斯之谓欤？"

子曰："赐也！始可与言《诗》已矣！告诸往而知来者。"

照上述对话看来，《诗经》是有性灵的，读时不能拘泥于句子。所以读《诗》难。

（二）

子夏问曰："'巧笑倩兮,美目盼兮，素以为绚兮'。何谓也？"[1]

子曰："绘事后素。"

曰："礼后乎？"

子曰："起予者商也！始可与言《诗》已矣。"

这里孔子说的"起予者商也"，意思是"兴起我的是商子夏啦！"意即要有了本质，才加上文采，礼要有本，一切打扮在后，先有本后才有末。

读《诗经》是有方法的，先要养成自己的性灵，今举《大

1 钱按："倩"指"酒窝"；"盼"指黑白分明；"素"指搽了白色之粉。

学》为例。如下：

《诗》云："缗蛮黄鸟，止于丘隅。"

子曰："于止，知其所止，可以人而不如鸟乎？"

意即鸟知道停止的处所，而我们却不知停身于何处，心更不知了。此处的做法是取出其中两句断章取义。此为作文方法之一，是可用的。

孟子也曾告诉我们如何读《诗经》，他曾讲过一段话，对我们有很大的帮助，他说："不以文害辞，不以辞害志，以意逆志，是为得之。"此处所说的"文"是指一个字，所说的"辞"是指一句。意思说，读《诗经》时不可一字一句地照字面直讲。所谓"诗言志"，其实是抒情，即欣赏中国文学时，其方法是要心领神会，并必须迎合作者之情意，《诗经》亦然。

今日国人对《诗经》的看法有两种：一为直接就字面来看；一为就其作品意义来看。当然以后者为正确，今且举例以明之。

彼狡童兮，不与我言兮。
维子之故，使我不能餐兮！
彼狡童兮，不与我食兮。
维子之故，使我不能息兮！

此诗单就字面看，是说有一女孩因失恋而感痛苦，但其实是一种用比兴的写作方法，另有其作意在。故读诗之前，必须先看其序，先须知道其写诗的原因。古人注释《诗经》有韩诗、齐诗、鲁诗及毛诗等四家。毛诗云："刺忽也。"[1]可参看《左传》，说是讽忽公子。朱夫子却反对此说，认为此诗是谣诗，朱子对《诗经》之解释有革新之意。如照字面来解释，吾人亦可读朱著，但我们又必须明白，有的作品并不能照字面来直解。今举例如下：

（一）唐张籍《节妇吟》

君知妾有夫，赠妾双明珠；
感君缠绵意，系在红罗襦。
妾家高楼连苑起，良人执戟明光里。
知君用心如日月，事夫誓拟同生死。
还君明珠双泪垂，恨不相逢未嫁时。

以上这首诗并非如字面所说是描写谈爱情，其实是"却聘"。他在幕府工作，却有第二处聘请他。这是诗人吐属。因此"彼狡童兮"亦并不一定指女子失恋，朱子所解释可能有错。又从此诗可见，做人道理是要温柔敦厚，此种人才是可以群、可以怨。

---

1 编按："刺忽也"，出自《诗经·狡童》小序。

（二）唐朱庆馀《近试上张水部》

洞房昨夜停红烛，待晓堂前拜舅姑。

妆罢低声问夫婿：画眉深浅入时无？

这首诗也并非实有新婚，只是考进士前请先辈阅其佳作，冀得好印象以博得取录也。

（三）温飞卿《菩萨蛮》

南园满地堆轻絮，愁闻一霎清明雨。雨后却斜阳，杏花零落香。　无言匀睡脸，枕上屏山掩。时节欲黄昏，无憀独倚门。

这首词上段说景，下段说人，“絮”为杨柳花，花落即指晚春。此喻美人迟暮，是最高的比与兴。此词从字面来看，是说一位三十多岁的妇人，心情痛苦无聊，却仍有春光，寓有意境，又有雅兴，使人深受感触。其实此词是温飞卿自己悲士不遇感无聊耳。读前人诗词，一定要懂得比兴。

上面数例说明，我们读古人诗词时，不能照字面直解，其实各有其委婉曲折之深意。所以魏源在他的《诗古微》中说：“夫诗有作诗者之心，而又有采诗编诗者之心焉；有说诗者之义，而又有赋诗引诗者之义焉。”所谓“奇文共欣赏”，欣赏的心情等于第二次的创造。如“昔我往矣，杨柳依依……”此诗对每一位欣赏者均可作出不同的创造，故永远是活的文学。

第四篇 尚书

我国文学史与西洋文学史有极大不同之点。我国重散文，次为韵文。在中国，散文可能更先成为一文学体系。西洋的散文以小说为大宗，中国的散文则以历史为大宗，因中国向来以史当作文学看。所谓左史记言，右史记事，普通说，《尚书》记言，《春秋》记事，为我国古代两大史书，它们在文学上均有很高的地位。

中国古代散文的特征既然是史，史是客观的，记言记事，因而以历史当文学，故小说与戏曲就不发达了。

我国古代除韵文的《诗经》为主以外，尚有散文体的《尚书》，两者是并重的。

《尚书》有今古文之别，古文《尚书》晚出，是伪的；今文《尚书》由古代传下，是真的。如果按照近代的疑古派运动的说法，则今文亦是伪的。其实，今日已可决定今文为真。今文《尚书》中之《尧典》《禹贡》均为极早之作品。我[1]认为《尧典》为战国时作品。

《尚书》中最可信的作品是商代的《盘庚》。商代有一国王自黄河以南搬迁到黄河以北之河南省彰德府安阳县[2]，即今日称为殷墟的出甲骨文之处。自盘庚始至商纣止，殷商立都达二百余年。当时盘庚迁都遭百姓反对，故特写此文——《盘庚》上、中、下三篇以晓谕人民，实为最真实之演说词，但为最难读之作品。

至于《尚书》中正式像样可讲的，要从西周起，因为虞书《尧典》、夏书《禹贡》、殷书《盘庚》，均有可疑之处。正式之我国文化起源可说自西周起，因《诗经》与《尚书》均出自西周。

从西周开始，《尚书》中之作品有：

---

1 叶按：指钱师本人。以下同。

2 编按：1192年，金改相州为彰德府，沿袭宋制，属河北西路。清初，彰德府领今河南省安阳、汤阴及河北涉县、磁县等地。1913年，废彰德府，安阳县隶属于河南省豫北道。1949年设安阳市，1952年，安阳市划在河南省。

《牧誓》，说明武王伐纣，牧野誓师。

《武成》，说明周武王如何灭商纣。

孟子云：“尽信书，则不如无书，吾于《武成》，取二三策而已矣！”一策即一竹片，约有三数十字之多，因该文其中有“血流漂杵”一句，实对战胜之描述夸张过甚。但由此可证明《武成》在孟子时已有。

《洪范》，说明商为周武王灭后，商之箕子不屈流韩，后又为武王召回。箕子所说“番话”即曰“洪范”，但有可疑之处。

《金縢》，说明武王病时，周公祷告愿代武王死，史官将此祷文及记载装入金縢中保存之。

《大诰》，文王封周公兄管叔，管叔与商后人武庚作乱，周公东征。大诰即是用兵宣言，以此诏告天下。

《康诰》，周成王时封康叔于卫时之告诫语，封于商之彰德府。

《酒诰》，商人嗜酒，武王告康叔戒之。

《梓材》，此文亦系武王告康叔。

《召诰》，说明建都陕西镐不方便，故再建都洛阳，派召公去洛。召公有言，请周公告周武王。

《洛诰》，洛邑建成后，商人降周者，周公作宣言，记造新都事。

《多士》，说明建造洛邑后，周公告商后人。

《无逸》，周公告各侄儿勿偷懒。

《君奭》，周公与奭公谈话。

《多方》，周公东征胜利后告各国。

《立政》，周公告周成王。

《顾命》，周成王之遗嘱。

上述诸文件，均为研究周代之重要史料，我们如不能全读，亦应读其一二篇，此即尝鼎一脔之意。

综言之，我国古代韵文易读，而散文古拙难读。故《诗经》易读，而《尚书》难读。此处要说明者，是《诗经》是经过沙滤作用而与政治结了不解之缘的，此为与西方文学不同之点。

第五篇 春秋

《春秋》这本书较《诗经》《尚书》迟出，孟子说："《诗》亡而后《春秋》作。"《春秋》是记事的，看起来像现在的电报，极为简要，它似乎不像是文学作品，其实不然。此书乃句斟字酌的，有其文学意味，亦有其法律性。孔子《春秋》亦可说是我国修辞学之开始，如果我们读《春秋公羊传》[1]与《春秋穀梁传》[2]，便可知句斟辞酌的道理。例如：

孔子《春秋·鲁僖公十六年》云："陨石

1 编按：即《公羊传》，亦称《公羊春秋》，是专门解释《春秋》的典籍。

2 编按：即《穀梁传》，亦称《穀梁春秋》，是对春秋的注解。

于宋五，六鹢退飞过宋都。”此为孔子当时记载鲁国气象之大变化情形，虽仅十二个字，但用字造句却大有考究。

“陨石”即是落星石，“退飞”是指鸟受大风之阻力，其翅膀不能自主地返退而向后飞。且用“宋”与“宋都”又大有分别，“陨石于宋”，是指落在宋国境内，而并非宋都。

又：《公羊传》与《榖梁传》之讲“五石”与“六鹢”，两书各有其道理，何以不说“陨五石于宋，六鹢……”，此处不把石之数量放于前面，乃是因为可能他处尚有陨石，如说“陨五石”，即无法示意尚有他处之陨石也。又：如写作“鹢退飞过宋都六”亦不通。清儒顾炎武亭林说：“此临文之不得不尔。”意即照修辞学上之法律观点来写，才算正确。顾亭林又解释道：“非史云‘五石’而夫子改之‘石五’，史云‘鹢六’而夫子改之‘六鹢’也。”顾氏不信公羊、榖梁所说，认为文理所当然，并非孔子所改也！

“陨石于宋五”一句，无主词。

“六鹢退飞过宋都”一句，“飞”为动词，“退”为被动词，故“六鹢”实为假主词。

又如《春秋》首句：“元年春王正月。”在《公羊传》与《榖梁传》中均有详细解释，按照公羊、榖梁的说法，孔子修《春秋》是有道理的，故云：“笔则笔，削则削，游、夏之徒不能赞一词。”因经孔子修正后的《春秋》是恰到好处，改一字即反而不妥。如《严先生祠堂记》中有“先生之德，山高水长”之句，后来有人将“德”改为“风”，成为“先生之风，山高水长”，此即所谓一字师，这种就是有斤量之字眼。《文心雕龙》说：“《春秋》辨理，一字见义。”因此，汉代时人有所谓春秋判狱，作为法律判案之用。因《春秋》是法律文字，用字造句是有分寸的，所以是不可删改的。

《春秋》的笔法是法律性的、客观性的，有了文学的自觉性，此种自觉性是周公写时所没有的。

“春秋三传”，即《公羊春秋》《穀梁春秋》与《左氏春秋》或称《左传》。《左传》是编年体，是历史记载，不论笔法如何，却是我国古代的伟大文学作品，其中之内容包括描写战争的、外交的和贵族私生活以及大家庭生活的等。

我国文学史上，韵文与散文之演变各有不同之现象，即韵文是渐往艰深的路上走，如《诗经》易读，到屈原的《离骚》《九歌》则较难读，再进而到《两都赋》《两京赋》则更难读；至于散文，则其演变之趋势是渐往平易的路上走，《尚书》难读，到《左传》则较为平易浅近了。

第六篇 论语

所谓子，即是指先秦诸子，或称诸子百家，即是指思想家或称哲学家，诸子百家所作的散文水准均极高。诸子中之首位即孔子，其《论语》为其弟子所笔记，文学价值极高，更遑论其思想，今例举如下：

子曰："饭疏食，饮水，曲肱而枕之，乐亦在其中矣。不义而富且贵，于我如浮云。"

"疏"，粗也。"饭"，此处作动词用。"浮云"是指身外之物的富贵，是赏赉之物而已。孔子这段话充满着诗情画意。此段文字的前三句均是在描写一"穷"字，实含有画意；最后两句"不义而富且贵，于我如浮云"，实含有诗意，这是诗人的胸襟，这叫吐属。

我们写文章，不可用土语俗语，不然会失去意境。如“浮云”两字，不论何处人均可会意，实有其意境，人人可明白，故孔子说：“言之无文，行之不远。”这段文字可以说是无韵的散文诗。

再举一例：

子曰：“岁寒，然后知松柏之后凋。”

此句人人可懂，正如在吾人眼前活现此景。此话实非真讲松柏，其实是“比”，是一种比喻，吾人可比喻作“在患难中可见出朋友的交情”，并且可以此类推，举一而反三，可比喻任何事物也。

同时，我们又可以知道：孔子并非是严肃地板着面孔只讲道义，亦非讲哲学，而是针对人生、生活，所以，孔子亦劝人读《诗经》。此处一句寥寥十字，却传流了两千五百年，这不是教训，亦并非理论，而是一首诗，一幅画，因而后人作诗画用此题材者极多。所谓“岁寒三友”，亦由此句推衍而出。一句话可以点醒你，我们要用文学的眼光来欣赏，才可得其情趣意境也。

又再举一例：

子在川上曰：“逝者如斯夫，不舍昼夜。”

此处“逝”字形容水之流动，其描写手法真实而平淡，这是“兴”，只是两句话，形容时间一去不回，人生亦如此。这是何等大的感慨、何等深的意境，使吾人对宇宙人生掀起无限大的感想。

以上是用文学的眼光来说《论语》，如果我们把《论语》中所讲的，逐条逐条来学习，则作文必会有大进步。

《论语》以后有《墨子》《孟子》《庄子》《荀子》《韩非子》与《吕氏春秋》诸书。谈到先秦诸子，主要的便是这八部书。

《孟子》文章，近似陶渊明；阮籍的文章指阮籍的诗，则近似《庄子》。这是中国文学的两大派，孟、庄的文，陶、阮的诗，各有其风格。

金圣叹曾说，中国六大天才奇书即是《左传》《庄子》《离骚》《史记》《西厢记》和《水浒传》。金氏将《左传》《庄子》与《西厢记》《水浒传》相提并论，我们读上述诸书，最好去读有金圣叹眉批的，方可懂得文学的描写。[1]

我们如以文学史的眼光来说，中国开始的散文性格是历史

1 叶按：钱师曾谈起过，他认为《论语》《孟子》《老子》以及《庄子》，可称为“新四书”，乃人人必读之四大要籍。与传统所说“论、孟、学、庸”之“四书”有异。

性的，一为记言，一为记事。《论语》中有记事的，如“子在川上曰：‘逝者如斯夫，不舍昼夜’”；亦有记言的，如两人的问答体，如“子夏问曰：‘巧笑倩兮……’。何谓也？”；亦有孔子单独说的。故就文章的体裁来说，《论语》仍是根据记事记言的传统演变下来，但与《尚书》《春秋》不同：前者是孔子的私人言行，而后者是对国家大事而言。这是历史的大进步，亦即由国家大事的记载进步到个人生活的记载，故成了子书，成了史家。

孔子是一位平民学者，但《论语》仍是由《尚书》《春秋》的传统一路下来，不过推进了一步。

第七篇　中国古代散文

谈到我国古代的散文，可以分作两个时期，第一期可以称之为“史”的散文时期。这一时期的代表作是《尚书》及《春秋》的《左传》。《尚书》是记言的，它记下国家领导人所发布的文告，事实上就是历史的文件。《左传》是记事的，它记下历史的事实经过，也是历史的文件。

至于我国古代散文的第二期，可以称之为“子”的散文时期，它是思想性的，也可以说是哲学性的。这一时期的代表作当推《论语》《孟子》《庄子》《荀子》《墨子》及《老子》等书。

孟子说："《春秋》，天子之事也。"[1]因为《春秋》这部书是政治性的，是由史官记录下来的官书，所以是历史的散文；但"子"是私家的，属于社会的，属于平民的。

关于《诗经》中的风、雅、颂，首先是从十五国风开始，它可以说是平民的诗；至于平民的散文，则是从孔子开始。从其文体来说："子者，史之流变也。"《论语》这部书就是记载孔子的言行。换言之，《论语》是记载私人的言行，记载平民的言行；而《尚书》和《左氏春秋》，虽亦是记载言行之书，却是具有政治性的，所以是"史"。但"子"亦可以说是由史演变而来。

从《论语》开始，我们又可将古代散文分成三个阶段，如下——

第一阶段：像《论语》这部书，可说是散的，是零星的，即是由许多章凑合在一起而编成一篇，但并无连贯的意义。

如《论语》第一篇名叫《学而篇》，因其篇首的第一句是"学而时习之"，故篇名是并无意义的。第二篇称为《为政篇》，因该篇首句是"为政以德"。因此，文中各条都可随便放置，可见当时之人并非要以文章传世，只是零星记载而已。

---

1 编按：出自《孟子·滕文公下》。

《孟子》这本书也是如此。如将“孟子见梁惠王”等凑合在一起而成一章，章名便称《梁惠王》；同例，以下有《万章》《公孙丑》《滕文公》等各章，亦无有意义的章名。只是《论语》的较短些，而《孟子》的较长些。这并不表示孔子的话说得少，只是当时记载简单了些。简的则较为难读，至《孟子》的文章，则已有进步了，读起来也较易些。

第二阶段：如《庄子》一书，已进一步成为假设的对话寓言体了。孔子和孟子都有学生记录他们的言行，庄子则没有，故庄子自己写作。且假设如二人对话般的问答寓言体，其中，河伯与海若讲话，实在等于“孟子见梁惠王”，故文体仍相同。从文学史看，《庄子》一书仍不能超出《论语》《孟子》的同一体裁，但《庄子》一书的进步是其内七篇之篇名都成为有意义的了，如《逍遥游》《养生主》《应帝王》和《人间世》等诸篇，所以与《论语》《孟子》已有所不同了。

而且《庄子》之每一篇均可分章。如《养生主》一篇，其中第一章叫作《庖丁为文惠君解牛》，以下尚有第二章、第三章等，且不能将甲篇中之一章任意插入乙篇之中，各章均有其整体性，然而可以分章来读。不过《庄子》中亦有如用《论语》《孟子》之篇名方法的，如《秋水》篇，便是取其首句“秋水时至”之意。同时，《庄子》之由数章合成一篇，此法与《孟子》相似，但每篇中含有主要的几章。

第三阶段：至于《荀子》这本书，已再进一步发挥其个人整套有体系之思想与意见了。《荀子》中的《天论》《礼论》《正名》《正论》及《解蔽》等篇，都是整体的一篇，并不像《论语》《孟子》和《庄子》那样用零星的讲法了。

《孟子》书中讲到的性善论，是零星地散见于其全书各篇中；《荀子》书中叙述性恶论则是有一人发议论，有其整体性。这种文体比较像样而成了体统，故比较《庄子》又向前推进了一步。

到了《荀子》的学生韩非，他的《韩非子》一书写有《五蠹》《六反》等篇，也已是整体的论文了。

与荀子同时的公孙龙子，在其书《公孙龙子》中，有《白马论》《指物论》《通变论》《坚白论》及《名实论》等篇，也是一篇文论一题目，都是整体性的。[1]

至于《墨子》一书，经考证出于《论语》之后，而在《孟子》之前。其书有《兼爱》上、中、下三篇，《非攻》上、中、下三篇。所谓“是故子墨子言曰”，没有所谓“章”，是一篇文章讲一个理论。从文章体裁来看，此书应是晚出，可能

---

1 叶按：《公孙龙子》，《汉书·艺文志》著录有十四篇，但宋时仅存六篇，除上述五篇为公孙龙亲撰外，另一篇《迹府》疑为后人所集录。

出书于《荀子》左右之时。总之，《兼爱》《非攻》等篇是晚出的，但《墨子》中亦有早期的文章，如《鲁问》这篇文章，亦是用问答体的方式，与《论语》《孟子》相似。至于《墨子》一书中之大文章[1]，这是服膺墨子学派的人所谨守的。

唐代韩愈曾说：欲辨古书之真伪，当然应先详读该书。[2]读书要能辨别出该书系哪一时代的文章或诗，更要能察验出是清代人之诗却含有唐人之诗之风格，能如此，便是达到最高境界矣！

再谈《老子》一书，自其外表看来，好像是把零零碎碎的字句拼凑在一起，例如“道可道，非常道；名可名，非常名”一节，其字句犹如《论语》一般，但《老子》是一部哲学著作，其词句是经过凝练的格言，有如西方尼采的作品，而且不是用问答体，境界提高了。故可说明《老子》一书的成书年代

1 叶按：当时某日课余，曾向钱师叩问，如读《墨子》，当读何家注解为佳。钱师答以：孙诒让之《墨子间诂》、王闿运之《校注墨子》以及曹耀湘之《墨子笺》均值得参考。曹耀湘谓《墨子》一书有三大要旨，曰兼爱，曰勤，曰俭，乃是墨学精神所在。继而问钱师道：“老师讲课时所谓‘《墨子》书中之大文章’是否指上述诸文？”师亦点首同意。谨附志于此，以便青年有志者参阅。

2 编按：韩愈《答李翊书》写道：“始者，非三代两汉之书不敢观，非圣人之志不敢存。处若忘，行若遗，俨乎其若思，茫乎其若迷。当其取于心而注于手……然后识古书之正伪，与虽正而不至焉者，昭昭然白黑分矣，而务去之，乃徐有得也。”

当是在《论语》之后，《论语》是将各条凑合成为一篇，互不相干，而《老子》却是凝练的、有次序的，故可断定《老子》出书后于《论语》，是后期的作品。

到了秦代，吕不韦作《吕氏春秋》[1]，全书有十二纪、八览及六论，共二十六篇。全书共二十余万言。先说十二纪，每纪各有孟、仲、季三篇。如《春纪》为《孟春纪第一》《仲春纪第二》《季春纪第三》；依此类推，《夏纪》亦有孟、仲、季三篇；秋、冬各纪亦各有三篇。每纪下各分五组，如《孟春纪》下分《孟春》《本生》《重己》《贵公》及《去私》五组。以下十一纪亦各有分成五组之文。每一纪之下的五组文章，都是讨论同一科目或种类的有关内容。如《仲夏纪》的五组文章，首组《仲夏》是谈到以各种乐器祭祀君王、卿、士，以祈求五谷丰登；第二组的《大乐》谈到先王制定音乐是基于何种原理，说明音乐可反映天地间的和谐等；第三组的《侈乐》说明用不同的材料造出来的乐器可以发出不同的声音，并说明古代圣王之所以重视音乐，目的在使人民快乐；第四组的《适音》[2]，说明快乐的心才能听到快乐的声音，而且特别说明这种快乐和心情都应有适中的原则。如人的本性喜好长寿、

1 编按：《吕氏春秋》，吕不韦集门客所撰。

2 钱按：一作《和乐》。

平安、尊荣和安逸，反对短命、危险、屈辱和辛劳，如果满足了所喜好的，消除了所厌恶的，心情就适中了。进而谈到音乐的适中，就指出乐器的大小轻重和声音的清与浊，都必须适中。

至于《仲夏纪》第五组的《古乐》，谈到古代圣王制造乐歌及乐曲的目的与过程；也谈及有的圣王还把先前所用的乐器加以改良，如舜帝时的乐官把十五弦的瑟，增加至二十三根弦；还谈及圣王征伐暴君胜利后命乐官制作新乐章以示庆祝等。

以上春、夏、秋、冬共十二纪，每一纪各有五组文章，所讲述的次序均不得先后调换。又如八览的每一览，各有八组；六论的每一论各有六组：都是各类叙述安排有序而不能调乱的。

所以说，以上诸子各家的古代散文，自孔子一直到吕不韦，时间已前后经历了两百多年，每一本子书的文件，都随着时代而有所演进。其中《庄子》和《吕氏春秋》简称《吕览》在文体上是较为精进的，但这并不是说《论语》这部书的思想不及其他诸子，这点是各位务必明白的。

第八篇 楚辞（上）

《诗经》是中国第一部文学作品，但尚未出一位知名的文学家，这是由于《诗经》是一部总集，是一部集体的创作，这批集体创作者的具体姓名已经无法知道了。

所谓文学的正统代表是“集”，除“总集”之外，尚有属于个别人士创作的“别集”。但由于有的“别集”是无主名的作品，有的“别集”则是不知名的作家创作的，直到《楚辞》产生。因此，屈原就成了中国第一位文学家了。

《楚辞》虽然也是一本总集，但其中以屈原的作品为最多，根据后代人的统计，认为屈原共撰写了二十五篇，但这一说法是否正确，仍有待考证。不管屈原在《楚辞》一书中占了多少篇，总之，已肯定可以称为一部屈原的“别集”了。

说起《楚辞》，其最著名的一篇当推其首篇《离骚》。在《楚辞》中，有一部分作品乃是屈原一派的学生或其朋友所作。

中国古代历史文化的最早发源地是在今之河南、山东、陕西及山西一带，即是在黄河流域一带。但楚国是在汉水流域，屈原既是楚国人，故《楚辞》的产生地可说是非中原的，而是南方的；非黄河流域的，亦并非长江流域，而是汉水流域的。

《楚辞》是承接着《诗经》演变下来的。吾人如要明白《楚辞》，必先知道其源流。这里再来谈谈《诗经》，它全书分为四部分，就是风、大雅、小雅和颂，这四部分中比较属于纯文学的要推十五国风，因为国风的民间社会意味较浓。国风的最先是“二南”《周南》和《召南》，这“二南”是孔子所最为爱好的诗。“周南”与“召南”属于今河南之南阳与汉水以北的襄阳一带[1]，此一地带气候暖和，民间爱好户外生活，山与山之间夹带着河流平原。这“二南”便是在淮水之北桐柏山之

1 钱按：（今豫、鄂、陕交界处的武关。）由武关出即可至襄阳一带，再由函谷关出即可至洛阳。

西处。桐柏山的北面即陈国[1]，当时此处有韶乐，陈国公子曾将此著名的韶乐带到齐国。陈公子后来得齐国，名为田齐。因此，齐国也懂得了韶乐，孔子曾自鲁国到齐国，所以也听到了韶乐。

《论语》中记载道："子在齐闻韶，三月不知肉味。"亦由此可见，孔子爱好音乐，他尤爱南方之韶乐，并劝学生要读《诗经》，尤其是他特别喜爱的"二南"。

《楚辞》是楚国人的作品，楚国并非在长江流域的荆州，乃是在襄阳，其地承接古代之"二南"，以下会再有说明。

至于《楚辞》中的"兮"字，实是楚人之语音，即是"啊"之意。例如，《论语》中有"凤兮凤兮"之句，此歌便是孔子到楚国时闻楚人所唱者，所以在《论语》中已记载有楚歌。后来楚国的项羽皖人。由汉水流域搬迁到长江流域，他曾作《垓下歌》道："力拔山兮气盖世，时不利兮骓不逝；骓不逝兮可奈何，虞兮虞兮奈若何？"

此歌与早前北方地区的歌不同，已大有进步。古人唱诗，到最后一句时必押韵，即所谓一声三叹。如江苏之宣卷一般。

与项羽同时争天下的汉高祖刘邦亦曾作歌道："大风起兮

1 编按：陈国在桐柏山之北，见新版《辞海》并谭其骧《中国历史地图集》等。

云飞扬[1]，威加海内兮归故乡[2]，安得猛士兮守四方。”

某日汉高祖命其所爱的戚夫人为其舞，对她说：“汝为我楚舞，我为汝楚歌。”由此可见楚人都是能歌善舞的。这楚舞当然与北方的舞不同。

陈国的舞是祭神时用的，跳舞需要能降神的巫师来主持，巫师跳舞时唱起恋爱歌曲，唱到陶醉时便忘其所以，也便变成了所谓神，故这种歌舞可以说是具有三重人格的，与北方的也有所不同。

陕西人唱歌，所谓“朱弦疏越，一唱三叹”，它是带有严肃性的，这由于是祭神时所用。南方人唱则变化多，是重复的，并且十分热闹。

《楚辞》中的《九歌》乃当时巫师祭神所用，当时屈原根据这一原则而作成《九歌》。因此，《楚辞》并非一人独讲，乃是一种对讲，也由此而使屈原借以寄托其爱国思想。

1 钱按：此句是兴。

2 钱按：此句是赋。

第九篇　楚辞（下）

讲起文学，可以分别从两方面来讲：一方面是时代性的，是纵的；另一方面是地域性的，是横的。

文学是人类从心灵中发出来的表现。它是受着地域的限制的，地域方面最重要者包括气候和山川、风俗等。真实的文学来自广大的群众，须采自当时某一地域的民间，文学的创造尚需加上技巧。《楚辞》是地域性的，也是文学性的，是南方文学。

文学的地域性来自民间，如《诗经》分为风、雅、颂三部。其中“颂”的部分占很少；“雅”代表着来自陕西的声音，其声乌乌然，自有其地域性；“国风”有十五，其声更多了。关于这方面，可参看《汉书·地理志》，这书根据不同地域而说明其风土人情。

孔子最喜爱“国风”之“二南”。当时的诗可唱，所以文学与音乐有关，孔子尤爱南方的韶乐，有云：“子在齐闻韶，三月不知肉味。”

齐国之有韶乐，乃来自陈国。陈在河南淮水流域一带，为舜之后裔，“二南”即南阳今河南与襄阳今湖北之汉水流域。根据古代地理状况，陈与“二南”是属于同一条交通线上的。当年楚怀王败于秦被掳，楚人逃到安徽寿县一带，此时之楚人经过大迁徙，已变为安徽、江苏人矣。项羽自称西楚霸王，尚有东楚与南楚，逃到湘江流域的是南楚，但人数很少。今日吾人在长沙、寿县一带，均可发现楚墓。故有了“楚虽三户，亡秦必楚”的说法。

文字是死的，地域是活的，两者必须配合起来讲。所以，如欲懂十五国风，必须先懂得其地域环境状况。例如，南方气候好，可以常过户外生活，并有各种舞蹈，因是多神论的，却并无固定的系统；北方的舞蹈却是有大系统的，敬神而统一的，较严肃而刻板。南方重水，有水神；北方重山岳，拜山神。南方如屈原投水而死，故祭水神时必须用祭物投入水中；北方祭山神则用火烧，使烟上升。孔子之伟大，在于他亦能欣赏南方。陈风与“二南”是轻灵的，北方的则笃实。

《楚辞》随着十五国风中的“二南”、陈风而产生，故其发源之背景是汉水流域与淮水流域，其风土人情自与北方有所不同。

汉代以后的人说，屈原流放到湘江流域，因而以为《九歌》是在湘江流域的背景之下而创造的。此说实违背事实真相，《九歌》的素材并非取材自湘江之洞庭湖。其实屈原《楚辞》之文学创作背景是源自“二南”即襄阳与南阳，即是在湖北而非湖南，因屈原时代所说的洞庭湖与湘江都在鄂湖北，只是因地名的迁徙而造成了误会[1]。

我国任何水名、山名或地名，其命名均有其原因，并非偶然。例如北方的水声浊，故名称有“洛”“河”等音，如名叫洛水、黄河等；南方则水声清，故称“江”，如长江等。然则何以称为“洞庭”呢？因为院子前面的叫作“庭”，是空的；洞者，通也，如称“山洞”“洞箫”等。因此，水相通者叫“洞庭”，所以，凡此水通彼水的均叫“洞庭”。据说太湖也叫洞庭湖，“洞庭”是个通称，是普通名词。我们如去查地

1 编按：《庄子·天运》：“帝张咸池之乐于洞庭之野。”唐成玄英注：“洞庭之野，天地之间。”历史上有时把地跨长江中游南北的云梦泽跟洞庭湖混而为一。

理，便可知长江以北亦有洞庭，这正如安徽与山西均有“霍山”，两地的山名相同。《尔雅》解释道：“大山宫小山，霍。”意即小山为大山所围叫作“霍”，其理相同。

何谓“湘”？湘者，即相也。正如“襄”，即“相”也，读音相同，两字都是“帮助”之意。王莽时改“相阳”为“襄阳”。《尚书》云：“浩浩怀山襄陵。”此处“襄”字有“凌驾于上”之意，意即水上了陆地，上了山。汉水即是如此，张之洞及以前的大官都曾筑堤来防汉水即襄水。“汉”者，天水之意，天河名叫汉，故汉水即天水，亦即是襄水。

《楚辞·渔父》篇云：“宁赴湘流而葬乎江鱼腹中耳！”太史公司马迁认为此句有语病，人在鄂而何以会在湘水自杀，故改为“宁赴常流”。这里又牵涉到校勘学。参看《渔父》篇，襄水又叫作沧浪之水[1]，可见此文系屈原居汉北时所作。此处所说之“湘流”实指“汉水”也。

又如《九歌》云：

袅袅兮秋风，洞庭波兮木叶下。

此句如形容岳阳楼之洞庭即不配衬，因境界不同；屈原是

1 钱按：见《楚辞·渔父》。

祭二水神[1]。屈原作此诗之背景是在湖北。

“橘逾淮为枳”，我国历史上最出名的橘是“江陵千树橘”。地名亦可搬家，如英国的地名今日在美国亦有，我国亦然。“洞庭”亦可搬家，并且水与水可相通，故湖北亦有洞庭湖。

中国的字和命名都是有意义的。如“华山”之“华”，意即说明此山如花一般有五瓣；“岐山”之意思是“二山相并”；“衡山”是说明横亘一排；“昆仑”之意是重叠之山。

以上所说是文学史上的考据问题。总而言之，屈原所说之湘江与“洞庭”都不是在湖南的，实在是指汉水流域。

---

1 钱按：二水神即二女神，亦即舜之二妃，即汉水之神，《诗经》亦说及。

第十篇　赋

“赋”就是直叙其事，但有的赋中亦可能仍含有比与兴。赋是古诗之流，普通称汉赋，因赋在汉代特盛，实际上先秦战国时代已有赋。

屈原没有作赋，其后才有。如果论起作赋的大家，一为荀况，一为宋玉[1]。荀子有五赋传下，即《礼》《知》《云》《蚕》和《箴针》五篇。荀子每写一赋，先不说明什么，只是大篇解释，最后才用一语道破。此种文体即是隐语谜，也就是描写得十分详细而面面俱到，使读者容易猜得出。故所谓赋者，也就是

1 钱按：宋玉为屈原弟子。

铺陈之意。

荀子以前，如淳于髡[1]，他已使用隐语了，或比他更早亦已有了隐语。

有关宋玉，据《汉书·艺文志》云，宋玉曾作赋十六篇，今流传者已不及此数。楚有宋玉、景差[2]之徒，皆喜好辞而以赋见称。辞就是藻，辞藻可用来美化文章，如说“刀口快”一语，用辞藻将之美化，便可写为“刀锋利”。

作赋非用辞不可，辞亦一定即是赋。宋玉所作之赋，传下来的有《高唐赋》《神女赋》《登徒子好色赋》《对楚王问》《九辩》及《风赋》等，均是宋玉与楚襄王的问答之作，其文体是二人对话。庄子的对话是“寓言”，“赋”与庄子的“寓言”有很大关系；屈原之文章虽不叫赋，但已具备赋的规模了。据说是屈原所作的《橘颂》颂者，美盛德之形容一文。此文乃仔细描写橘之优点，但并非猜谜。先是说出橘，是用比兴以喻他物，亦可称为《橘赋》，后来又演变成咏物诗。

又如屈原的《招魂》，文中说“魂兮归来”，这是铺陈，亦可说是赋；尚有如《卜居》及《渔父》等篇，亦均可说是赋。

1 钱按：淳于髡是一位滑稽家。

2 钱按：景差亦是屈原弟子。

赋可以说是一种隐语，亦可说是一种寓言，寓言要用故事，使其内容戏剧化、神怪化。

赋是韵文与散文的综合体，它在叙事时用散文，形容时则用韵文，好比和尚宣卷，有说有唱；亦好像唱京戏，有道白，有唱腔。但像《水浒传》，全书则是散文多而韵文少，所以称为“小说”，或称“章回小说”。但如果是韵文多而散文少的话，便叫“戏剧”了。

《文心雕龙》云：“然赋也者，受命于诗人，拓宇于《楚辞》[1]。”观物兴情，体物写志，故所谓赋者，讲的是外物，实是比兴其内部的情志也，也就是赋、比、兴三者都包括在一起了。

赋是寄托的，有其主客，是双方讲话，它自《庄子》的寓言体变来；《荀子》之赋是猜谜体，亦是对讲式的。

今综合言之，赋之来源如下：

（一）由《庄子》之《说剑》《渔父》《盗跖》变来。

（二）由纵横家之文变来。盖纵横家善讽谏，喜好铺陈，故《战国策》亦是赋之来源。

（三）由滑稽家之隐语变来，如淳于髡般，好长夜之饮。

1 钱按：这两句意即，赋是自《诗经》与《楚辞》变来。

（四）自《楚辞》变来。

（五）自《诗经》变来。

吾人如不学习以上诸类作品，即不会作赋。意即，如欲作赋，则首先须熟习上述五种作品。

赋起源于战国时代，可分为荀子与宋玉两大派，但《汉书·艺文志》却把赋分成四大派，即是：

（一）主客赋：其总集有十二家，为多人所作。

（二）屈原赋：由屈原之《楚辞》变出宋玉、唐勒的赋，《艺文志》说有二十家。

（三）荀卿赋：有《蚕》《云》等赋，是写实的，用隐语体。

（四）陆贾赋：陆贾为汉高祖时人，陆赋已失传，传承陆赋的朱建、严助、朱买臣等人，是纵横家般善于讽谏的赋。

《汉书·艺文志》说明，以上四派，共有七十八家赋。

第十一篇 汉赋

谈起汉赋，最重要的作家厥为齐山东的邹阳和楚的枚乘两人。楚即淮阴，初在湖北，后来楚搬到江苏、安徽，故项羽下相人亦称楚人。也就是说，战国末年之楚已在江苏、安徽一带，而并非在鄂湖北，更非湖南了。长江下游地区叫楚，汉高祖亦楚人。汉高祖得国后封建，封在江苏、安徽的叫吴王濞。

吴王濞在安徽铜山开矿，可铸铜钱；沿海可煮盐。因此，汉初全国最富有的是吴王濞。当时大家尚未忘记历史上的封建，鲁[1]的邹阳是游士[2]，亦去吴王濞处。当时始作《战国

1 钱按：西汉所说的鲁常包括战国时的齐。

2 钱按：山东人多纵横家，爱夸大。

策》的可能是蒯通，他亦是鲁国人，与淮阴韩信很近，曾经去游说韩信。

鲁人富有神仙思想，蒯通之友安期生亦富有神仙思想，又如徐福曾出海外求仙，及至近代之山东人蒲留仙撰写《聊斋志异》，爱讲齐东野人之语，意即“齐谐者，志怪者也”。楚人亦讲神仙思想，如屈原、宋玉等都是。

中国的神话文学，一在楚鄂，一在鲁。山东出一邹衍，讲大九洲，说中国只是九洲之一，讲神仙思想，爱好夸大，讲到比黄帝更早的祖先，亦讲到礼义。他是阴阳家，绰号“谈天衍”，这种学问便是赋，亦可说是从《庄子》变来。由于作赋必须夸大铺张，所以最后必加入神话。

汉初的文学可以说是由齐、楚两地的作品会合而成，如邹阳为齐人，枚乘为楚人，都到吴王濞处即楚国。濞被杀后，游士奔散，邹阳去梁国归德[1]附近，当时梁孝王之富仅次于吴，他爱造园林，在归德附近建造离宫别苑数百里。此地区曾出庄子、张良等人物。

汉武帝时，淮南王刘安召宾客数千人，其宾客均善文，传下《淮南子》一书，内讲老庄，但都是辞赋。刘安手下能读《楚辞》者众多，朱买臣亦能读。读中国文学要能唱，如《楚辞》、

1 编按：归德，今河南省商丘市一带。

唐诗等，都是要唱的，故文学家多数会带有浪漫与落拓的习性。

汉初文学之产生并非在商业城市，如四川有司马相如[1]，他去梁而遇枚乘、邹阳等人，因此司马相如亦能作赋。梁孝王薨，相如回四川，时汉武帝在宫中谈到司马相如之赋，大为欣赏，便派大臣去请相如到长安，因此相如再为天子写了很多赋，如《子虚赋》《上林赋》等赋，其中说到子虚、乌有及亡是公三先生，这是寓言，三者各代表楚、齐与中央。

汉武帝除重用董仲舒，除罢黜百家以表扬儒家外，还召集各地的文学家，如朱买臣、严助及枚乘等人，为他所用。枚乘文思敏捷，倚马可待，曾创作一千余篇，但是全失传了[2]。相如要历时数月才能写成一篇，至今仍有留传。

赋后来变成皇室的消遣文学，作为供奉之用，即成为御用的、帮闲的文学，如司马相如作的赋，便是这一类作品，与屈原的赋成为相对的两大派，这正如唐代杜甫**入世的诗圣**与李白**出世的诗仙**一样。文学可分为超世的与入世的两派，但以入世的和人生实用的为佳。

杜甫的诗不超脱，却是人生实用的，故其境界比庄子为

---

1 钱按：四川多雾，故川人浪漫而爱冥想。

2 编按：枚乘赋作，今辑有《梁王菟园赋》《柳赋》，另存题《笙赋》《临灞池远诀赋》；《七发》也是典型的赋体作品。

高，庄子只是一位哲学家；陶渊明与屈原相比，陶为人退隐而不合作：故屈原、杜甫可说已达到中国文学的最高境界，而庄子、陶渊明则较次。

较司马相如略早者为贾谊，他在政治上、哲学界以及文学界都很好，作有《鹏鸟[1]赋》。此文是庄子体，假设“鹏鸟”与贾谊谈话，可见当时的赋亦接受庄子文体。

汉宣帝中兴，提倡文学，当时只能在九江找到能唱《楚辞》的被公[2]。

今日吾人宜有新文艺作家出现，创作出美好的词句并配以曲调，那才算是举世闻名的国粹。

中国韵文的演进是由诗而辞，而赋，而曲，进而到现在的京剧。汉赋写得最好的当推司马相如和贾谊两位。故有人说：“如孔门要用赋，那么相如入室，贾谊登堂矣！”不过孔门却并不重视帮闲的、御用的文学。

汉代扬雄子云，四川人，善于模仿。桓谭《新论》云：“扬子云工于赋，王君大习兵器，余欲从二子学。子云曰：‘能读千赋则善赋’；君大曰：‘能观千剑则晓剑’。谚曰：

---

1 钱按：鹏鸟即鸮，俗称猫头鹰。

2 钱按：被公当时已年愈九旬，要喝稀粥润喉才能唱出声调。

‘伏习象神，巧者不过习者之门。’”

自此文可知扬赋是从模仿得来的，但亦须天才。扬雄之时，赋已极盛而欲变，但东汉时仍有赋。扬雄后欲学效儒者，著《法言》[1]，又著《太玄》[2]，扬见当时政治实况大变，故下帘寂寂草玄，桓谭对他说：“你这本书我读不懂。”扬回答道：“后世复有扬子云必好之矣。”直到宋代，司马光特别喜爱《太玄》这本书，他也来仿作一本，后人亦说读不懂。

与司马光同一时代的欧阳修曾经说：《易十传》[3]这本书非孔子作，是拟古之作，有人不信，欧阳修也说：“将来再有欧阳修，必会欣赏。”所惜者知音稀少，可能千年始得一人，亦可能如庄子所说“旦暮遇之”。所以，创造也好，欣赏也好，都非易事。俗语说：“得一知己，可以无憾矣。”

扬雄晚年时，学孔子作《法言》，曾说：“或问：‘吾子少而好赋。’曰：‘然。童子雕虫篆刻。’俄而曰：‘壮夫不为也。’”又批评赋曰：“诗人之赋丽以则，辞人之赋丽以淫。如孔氏之门用赋也，则贾谊升堂，相如入室矣。如其不用何？”扬雄说此话时已反对赋，看不起赋矣！

---

1 钱按：此书学效《论语》。

2 钱按：此书学效《易经》。

3 编按：《易十传》即《易传》，有十篇，故此处说《易十传》。

第十二篇　汉代乐府

乐府是衙门名，古代有采诗之官，去民间采访民歌，在这个衙门的机构内整理出来的便叫“乐府”，犹如周代的国风一般。

刘邦为楚人沛县在楚地，曾作《大风歌》云：“大风起兮云飞扬，威加海内兮归故乡，安得猛士兮守四方。”[1]

吾人如果想撰写新文学作品，大可以从旧文学中去找寻材料。历史上说，汉高祖在皇宫内养了一百二十个歌人唱歌。到汉武帝时，起用李延年为协律都尉，此盖由于其妹李夫人为汉武帝所宠爱。此时正式成立乐府，用来采集

1 钱按：此歌“大风起兮云飞扬”一句是兴，即景起兴，有曲线美。次句“威加海内兮归故乡”是赋。

太行山地区的秦楚之讴。

郭茂倩编了一本《乐府诗集》，将当时的乐府分成十二类，此书包括古今乐府。吾人如欲学习新诗民歌，可参考此诗集。其书所分十二类如下：

（一）郊庙歌辞：此类歌辞包括祭祀之颂，郊祭天，庙祭祖等。

（二）燕射歌辞：此类歌辞在运动会宴会用。

（三）鼓吹歌辞：此类歌辞是军乐，有用铙角者。

（四）横吹歌辞：此类歌辞用横箫、笛、笳等吹奏。[1]

（五）相和歌辞。

（六）清商歌辞：即调和歌辞，意即与相和歌辞有相似之意。[2]

（七）舞曲歌辞：舞曲歌辞是在郊庙、燕射时要有舞蹈并同时唱歌，歌舞即乐，亦即礼。可惜中国已失传，此为儒家最高人生艺术，吾人亟应提倡的。

（八）琴曲歌辞：此琴曲歌辞为中国特别的乐，其曲声变化多，可惜今已失传。

---

1 钱按：（三）（四）两类歌辞是马上军歌，是胡乐。

2 钱按：（五）（六）两类歌辞均为民间歌辞。相和歌辞要用笙、笛、琴、琵琶及节鼓等乐器。

（九）杂曲歌辞：凡不能归入其他歌辞类别中的，均拨入此类中，故名杂曲歌辞。

（十）近代曲辞。

（十一）杂歌谣辞。

（十二）新乐府辞。

凡不能入乐之歌辞，便都归入“杂歌谣辞”与“新乐府辞”两类。

今且举“杂曲歌辞”中之例子。如：

（一）

上山采蘼芜，下山逢故夫。

（二）

悲歌可以当泣，远望可以当归。

思念故乡，郁郁累累。

欲归家无人，欲渡河无船。

心思不能言，肠中车轮转。

这种中国文学作品，直透入生活中，讲人生的共性，并无个性，是抽象的，与西洋文学之具体描写不同。

吾人亦可用这首乐府，将之变成五言诗[1]。如在“欲

---

1 钱按：“欲归”等句可视为五言诗，加“兮”字后为《楚辞》体。

归”“欲渡”“心思”“肠中”等词之下各加一“兮”字，如下：

欲归兮家无人，
欲渡兮河无船。
心思兮不能言，
肠中兮车轮转。

如此即变成楚辞矣！此处“欲归”等句可视为五言诗，加“兮”字后为楚辞体。

又如“相和歌辞”，今举挽歌之例。贵族用挽歌如下：

薤上露，何易晞，露晞明朝更复落，人死一去何时归？

这首“相和歌辞”的贵族挽歌，乃是讲人之生死问题，诗中含有比、赋、兴，先讲别的，再讲人生，此为中国文学之特色。

今再抄引平民用挽歌如下：

蒿里谁家地，聚敛魂魄无贤愚。
鬼伯一何相催促，人命不得少踟蹰。

以上两首挽歌，并无实质内容，只是纯讲感情，其歌辞都很优美。

从上述等诗歌可以演变出未来的五言诗或七言诗。也可以说，中国的韵文是由《诗经》解放而演变成《楚辞》，再而演变成“乐府[1]”。稍后再演变成整齐的“诗”。

以上所举乐府歌辞，讲到“悼死”“思乡”两问题，此为中国文学之大题目，是空灵而非具体的。

讲思乡，又如后来的《清明》一诗，“清明时节雨纷纷，路上行人欲断魂”，其所用“路上”两字，用得极好，实际上是描写“想家”，却写得空灵而非具体。

至于“乐府”的变化多端，则要到建安时期的曹操才能显现出来。

1 钱按：“乐府”可以用三字、四字、五字及七字句。

第十三篇 汉代散文——『史记』

汉代司马迁著《史记》，凡一百三十篇，计共五十二万余言。《史记》虽然是记载真实历史的史书，所谓“文章同史”，所以也是一部伟大的文学作品。俗语说：“千古文章两司马。”或说：“文章西汉两司马。”也有人说：“唐诗晋字汉文章。”如有人问汉代的最佳散文作品是哪部？则非司马迁的《史记》莫属。

吾人从《史记》这部书已可解决有关西方文学的难题。西方人一直认为道德意识是不能加进文学中去的。如西方的莎士比亚、歌德等大文豪，无不有如此想法。自从《史记》面世以后，其书有道德思想融入作品中，却并不损害其文学价值，即如我国的屈原、杜甫等大家，亦是把道德思想融入于其文学作品中。在文学中可以将道德与人生合一，讲公的人生，有其最高的人生境界，《史记》讲的是整个时代的大生活。

西方又有一问题，就是："历史需要文学吗？"这亦可从《史记》得到充分的答案。可以说，最高的文学就是最高的历史。前面已经谈到"文章同史"，且《史记》中所记载的历史都是真实的，都是活的、生动的。并且从文学作品来说，"描写人物"难于"创造人物"，《史记》是极为形象生动地来描写人物，施耐庵的《水浒传》则是创造人物，所以肯定地说：《史记》的价值高于《水浒传》。

我国自古以来的散文，从《论语》以来，一直没有变，不如韵文那么多变。我国古代著名文学著作，如《庄子》是散文，后来演变为《离骚》，仍是文学的；又如《孟子》，是质朴的白描，是最佳的记言体文学作品。

太史公司马迁，陕西韩城县人，父为史官，名谈。司马迁少年时在韩城耕牧，后随父到长安，听董仲舒讲孔子《春秋》，曾住过昆明、浙江等地。太史公遵父命之嘱要继写史书，后因李陵事忤帝意，下狱，并判死刑。按法可以五十斤黄金赎罪，却无人愿资助。故为求免死，他只得自请宫刑做太监，武帝准之。后在宫中任中书令。太史公认为此乃奇耻大辱，但为的是要完成父亲遗命，故太史公在《史记》中所写之酷吏、货殖、游侠及封禅诸作，都是为了发抒自己之感慨，但全是如实的信史，富有情感，且把自己也加入进去，却公正而不偏私。

谈到《史记》中的“列传”，从上古到作者所处的时代，其所描写的各式各样人物之个性、思想与事态，都是惟妙惟肖的。《水浒传》之佳，其人物都是创造的，不过均属同一类型；至于《红楼梦》中的人物，亦是创造的，虽个性各有不同，但都是女性；而《史记》却是描写人物，且是多方面的，太史公把自己的感情也放了进去，却并不偏私。太史公有史才，有史识，兼有文学的情趣和史学的理智，他虽然喜爱项羽多过刘邦，但也阐述了刘邦的成功之长处和项羽的失败之短处。他用细腻的笔法描写人生，批判时却只用寥寥数语，亦即是说：太史公描写人物分析得极为详尽，批判却极之简明。

又如太史公作《孔子世家》，而不是作“列传”，因为孔道之传比爵位更长，又特别为孔子作《仲尼弟子列传》，其他如墨子、孟子、荀子等，太史公都没有为其弟子作列传，以表示对孔子的特别崇敬。这就是太史公具有卓越的史学眼光。他又替传讲孔学的写了一篇《孟子荀卿列传》；并且还将感兴趣的人物亦加入描写之列，如《刺客列传》等；他亦将“搜孤救孤”的传说加入《赵世家》中。“搜孤救孤”即“杵臼程婴”的故事，虽非真实，但太史公好奇而舍不得割爱，亦无伤大雅。

太史公写《项羽本纪》，认为项羽可做皇帝；他写《陈涉世家》，说陈涉是首先揭竿起兵以抗秦的发难者。世上无十全十美的著作，或许有些瑕疵，但正是表现其缺憾美，《史记》正是如此。天下没有不偏的事，亦绝无既不左又不右的事。撰写历史要具备史才、史学与史识，且太史公还具有史德，并不以感情意气用事，故其撰写《史记》能达到真善美的境界，他在《孔子世家》中说：“高山仰止，景行行止，虽不能至，然心向往之。”太史公写到项羽时说：“乃天亡我，非战之罪也。”他认为项羽这样的说法并不对。

《史记》共分五部分，凡一百三十篇，计有“本纪”十二篇，“世家”三十篇，“列传”七十篇，“表”十篇及“书”八篇。吾人如只熟读“列传”，已经可以得益。

他的写作方法是将一人分述于各人之传记中，如写汉高祖刘邦之事迹，不集中在一篇中写，虽使人读来感到枯燥些，但却是公平的、客观的，并不重英雄观念。这也是科学态度，与西方的崇拜个人英雄主义不同。此种写法，读来虽使人颇不感兴趣，不过却是严谨而公平的写法。

凡写历史，必须严格遵守两个条件，即是：

（一）不可以只着重于单一的领袖和以单一的团体为单位，须顾及其全面性。

（二）要着重于事件进展的过程，不能单看其结论。

此为太史公著史所能做到的，后人亦多能依循此种写法。《史记》中以列传的描写最为精彩。我们可留意其同一史实，作出如何不同之描写。如写二人合传，亦是太史公的杰作，例如两人在其间有分有合的廉颇与蔺相如合传；又如善始凶终的《张耳陈馀列传》。尚有一篇列传附记多人者，如《卫将军骠骑列传》后附入征匈奴的大将；甚至有相隔数百年的合传，如《屈原贾生列传》，虽然屈原与贾谊遭遇十分相似，且富有爱国思想的激情，但主要是，贾谊之赋乃师事屈原者；又如《刺客列传》中写入一大批人，把春秋战国时的刺客一并列入；再如《滑稽列传》亦由多人合成写一篇；《货殖列传》则是讲从春秋时期直到汉代的商业情况。所以说，太史公的《史记》是一部极严格的史学，且具有极高的文学价值。他是能用文学眼光来看史学，又拿文学情调来描写人生。

事业成功并非单靠一个人。有的人却因失败而遭后人同情、敬仰，而传芳后世。如一成功，即大家都有功劳，而非个人了，就不会有英雄了。

我们读历史除要注意写的以外，须懂得不写进去的。不然，便不懂得如何取舍；要懂得何者不写，才懂得何者不应写。在《史记》中没有写进去的太多了。如历代丞相，有十分之六七，并不列入；但有的卜者与滑稽家亦有列入的。这就是公平客观。

太史公的《史记》是一种浪漫派的写法，但其中无一假话，《史记》将文学与历史融合在一起，亦将文学与人生加以融合。

我可以肯定地指出来，中国有两大人物，即是两位大文学家：

一位是屈原，他解答了文学与道德的问题。

一位是司马迁，他解答了文学与历史能否合流的问题。

中国的历史是应用的、实用的，诗歌文学亦是应用的、实用的。正如中国的艺术产生于工业，如陶器有花纹、丝有绣花与钟鼎有器具、锅等。并不如西方那样专门为了欣赏而刻画像。中国的艺术是欣赏与应用不分，应用品与艺术品合一，亦即是文学与人生合一。中国的古砚与古花瓶，是古董，但同时又可使用，并不如西方般专为摆设之用，故中国历史与文学始终是应用的。

第十四篇 汉代奏议、诏令（附书札）

奏议是政治上应用的散文，人民有意见时写文章上书给政府。

诏令是政府写给民间，只简单讲说几句。

奏议是人民对某件事可详尽申述对或不对，是人民反映给政府的意见。皇帝在诏令中虽可用命令式的语句，但书写的语句中亦可加入情感，使人民悦服，不必用道理、以教训口气来压服人民。

贾谊能写出最高级的政治文章，他的《陈政事疏》《过秦论》及《论积贮疏》等文，可以说是他的代表作。

明代归有光赞扬贾谊的《陈政事疏》，何止是西汉第一，简直是“千古书疏之冠”。姚鼒也赞贾谊之文“条理通贯，其辞甚伟”。连鲁迅也说他的文章“皆疏直激切，尽所欲言”。黄东发[1]评说道：“贾谊天资甚高，议论甚高。惜不闻孔子之学。”但贾生在其文中常提及应“与民休息”，应“亲民如子”，主张鼓励农民生产，倡导轻田租等等。他在《陈政事疏》中建议要降服嚣张的匈奴，还主张削弱诸藩，无不是为国爱民的好政策。他的《论积贮疏》对后世影响更大。他慷慨陈述道：

管子曰：“仓廪实而知礼节。”民不足而可治者，自古及今，未之尝闻……生之有时，而用之亡度，则物力必屈。古之治天下，至孅至悉也，故其蓄积足恃。汉之为汉，几四十年矣，公私之积，犹可哀痛！失时不雨，民且狼顾矣。岁恶不入，请卖爵鬻子，既或闻耳矣。安有为天下阽危者若是，而上不惊者？

世之有饥穰，天之行也，禹、汤被之矣……兵旱相乘，天下大屈……而直为此廪廪也，窃为陛下惜之！

夫积贮者，天下之大命也。苟粟多而财有余，何为而不成？以攻则取，以守则固，以战则胜。

怀敌附远，何招而不至？今驱民而归之农，皆著于本，

1 编按：黄东发，南宋学者黄震（1213–1280）。宗朱子学，曾任史馆检阅。

使天下各食其力，末技游食之民转而缘南亩，则蓄积足而人乐其所矣。

贾生的这种笔势纵横的政治文章，言简意赅，笔力雄伟而凝练，处处表露出其关怀国家、体恤人民之爱心，如果不是周勃、灌婴这班大臣因妒忌而在文帝面前进谗陷害，再加上长沙王的早逝，致使他于青壮之年抑郁而亡，本来他将有一番大作为的。

晁错也是一位善于写奏议文章的人，如他的《言兵事疏》《论贵粟疏》《论守边备塞疏》及《论募民徙塞下疏》等文，都是他的著名篇章。方苞称赞他的文章与《管子》类近，说他杂用管子之语，如出一人之说。

晁错的《论贵粟疏》向文帝提出了重农抑商政策，同时又主张“入粟受爵”。此文中云：

明君贵五谷而贱金玉。今农夫五口之家，其服役者不下二人，其能耕者不过百亩，百亩之收，不过百石。春耕，夏耘，秋获，冬藏，伐薪樵，治官府，给徭役。春不得避风尘，夏不得避暑热，秋不得避阴雨，冬不得避寒冻，四时之间，亡日休息……勤苦如此，尚复被水旱之灾，急政暴赋，赋敛不时，朝令而暮改。当其有者半贾而卖，亡者取倍称之息，于是有卖田宅、鬻子孙以偿债者矣。而商贾大者积贮倍息，小者坐列贩卖，操其奇赢，日游都市，乘上之急，所卖必倍。故其男不耕耘，女不蚕织，衣必文采，食必粱肉，亡农夫之苦，有阡陌之得。因其富厚，交通王侯，力过吏势，以利相倾，千里游遨，冠盖相望，乘坚策肥，履丝曳缟。此商人所以兼并农人，农人所以流亡者也。今法律贱商人，商人已富贵矣；尊农夫，农夫已贫贱矣……欲民务农，在于贵粟；贵粟之道，在于使民以粟为赏罚。今募天下入粟县官，得以拜爵，得以除罪。如此，富人有爵，农民有钱，粟有所渫。夫能入粟以受爵，皆有余者也。取于有余以供上用，则贫民之赋可损，所谓损有余、补不足，令出而民利者也。

因此，文景两朝都采用晁错建议，国家遂日益富庶，到武帝时，以至造成了“太仓之粟，陈陈相因”“都鄙廪庾尽满”的现象。

又如晁错的《守边备塞疏》及《论募民徙塞下疏》等文，并不主张“派远方之卒守塞而一岁一更”，乃是选常居者前往定居，而有家室田作，让守边塞者可安心长期居留屯戍。此所以后世常用屯田屯兵之法以守边疆，可能受晁错之影响不小。可惜晁错在景帝御史大夫任内，建议削诸侯封地，造成吴楚七国之乱，景帝不得已用爰盎[1]言将其处决。不然会有更多作品留传后世也。

1 编按：《史记》写作袁盎，《汉书》写作爰盎。

此外，像董仲舒，亦为写奏议文章的高手。武帝时举贤良文学之士，董作《举贤良对策》三篇，讨论天人相与、阴阳灾异诸问题，其著作有《春秋繁露》《董仲舒文》。

至诏令文，贾谊亦是写此种文章之能臣。等到曹操出，能把诏令写得长，且是用故事体的写法，这使老百姓在阅读时大为增加兴趣。

如，曹操于建安年间赤壁之战时，重挫于孙权、刘备的联军，于是下《求贤令》道：

自古受命及中兴之君，曷尝不得贤人君子与之共治天下者乎！及其得贤也，曾不出闾巷，岂幸相遇哉？上之人不求之耳，今天下尚未定。此特求贤之急时也……若必廉士而后可用，则齐桓其何以霸世！今天下得无有被褐怀玉而钓于渭滨者乎？又得无有盗嫂受金而未遇无知者乎？二三子其佐我明扬仄陋，唯才是举，吾得而用之。

本来一国的领导，于危急之秋求才若渴，其诏令一类的文章，必定出于庄重严肃的口气，曹氏笔调却任意挥洒，且带有俏皮而浪漫的情趣。如文中提及一位道德败坏分子，魏无知介绍那位曾与嫂子私通又接受过贿赂的陈平给汉高祖刘邦，使刘邦颇为迟疑，魏无知对高祖说，现在正是需才孔急之时，与德行有差错无关，我推荐的是他的才能，刘邦才重用陈平。

在堂堂正正的诏令文中，任谁也不会把这样的负面故事写进去，但曹操却毫无顾忌，无所不谈。这就是他的浪漫豪爽个性使然。

而且曹操写诏令文，挥洒自如，有话即长，无话即短，其作《求贤令》不足二百字，而写《让县自明本志令》却长达一千三百字，为要抒发激越悲壮的真率情怀。所以有人称他是一位改造文章的祖师。

曹操之所以能写出好文章，就是因为他平日读书多。他在《让县自明本志令》一文中，就提到了孔子《论语》中赞“齐文、晋文之尊周”，周公《金縢》之书，乐毅闻图燕而垂泪，介之推归隐绵山，申包胥哭秦庭而事成不肯受赏，以及蒙恬之尽忠守义等典故。故吾人读曹文而感兴趣盎然，全由于曹操之勤读典籍、烂熟史事所致，绝非胸无点墨写来空洞乏味可比也。

至曹操写奏议文，如为增封荀彧，作《请增封荀彧表》，全文据实直言，绝无浮华虚语，故《文心雕龙》亦赞其“魏初表章，指事造实，求其靡丽，则未足美矣”，乃值得一读之作。

诏令之外，尚有一种名叫“书札”的文体，也是应用文的一种，但汉代时人写“书札”的不多。太史公的《报任少卿书》[1]写得极好，亦值得一读。今择要摘录《报任少卿书》部分如下，以供欣赏：

少卿足下：曩者辱赐书，教以顺于接物，推贤进士为务。意气勤勤恳恳，若望仆不相师，而用流俗人之言。仆非敢如此也。仆虽罢驽，亦未尝侧闻长者之遗风矣。顾自以为身残处秽，动而见尤，欲益反损，是以独郁悒而与谁语。谚曰："谁为为之？孰令听之？"盖钟子期死，伯牙终身不复鼓琴。何则？士为知己者用，女为悦己者容。若仆大质已亏缺矣，虽才怀随和，行若由夷，终不可以为荣，适足以见笑而自点耳。

……故祸莫憯于欲利，悲莫痛于伤心，行莫丑于辱先，诟莫大于宫刑，刑余之人，无所比数，非一世也，所从来远矣。

……

仆与李陵……趣舍异路，未尝衔杯酒，接殷勤之余欢。然仆观其为人，自守奇士，事亲孝，与士信，临财廉，取与义，分别有让，恭俭下人，常思奋不顾身，以徇国家之急。其素所蓄积也，仆以为有国士之风。夫人臣出万死不顾一生

1 编按：此文收入《文选》第四十一卷。

之计，赴公家之难，斯以奇矣。今举事一不当，而全躯保妻子之臣，随而媒孽其短，仆诚私心痛之。且李陵提步卒不满五千，深践戎马之地，足历王庭，垂饵虎口，横挑强胡，仰亿万之师，与单于连战十有余日，所杀过半当。虏救死扶伤不给，旃裘之君长咸震怖，乃悉征其左右贤王，举引弓之人，一国共攻而围之。转斗千里，矢尽道穷，救兵不至，士卒死伤如积。然陵一呼劳，军士无不起，躬自流涕，沫血饮泣，更张空拳，冒白刃，北向争死敌者。陵未没时，使有来报，汉公卿王侯皆奉觞上寿。后数日，陵败书闻，主上为之食不甘味，听朝不怡。大臣忧惧，不知所出。仆窃不自料其卑贱，见主上惨怆怛悼，诚欲效其款款之愚。以为李陵素与士大夫绝甘分少，能得人死力，虽古之名将，不能过也。身虽陷败，彼观其意，且欲得其当而报于汉。事已无可奈何，其所摧败，功亦足以暴于天下矣。仆怀欲陈之，而未有路，适会召问，即以此指推言陵之功，欲以广主上之意，塞睚眦之辞。未能尽明，明主不晓，以为仆沮贰师，而为李陵游说，遂下于理。拳拳之忠，终不能自列。因为诬上，卒从吏议。家贫，货赂不足以自赎，交游莫救；左右亲近，不为一言。身非木石，独与法吏为伍，深幽囹圄之中，谁可告诉者？此真少卿所亲见，仆行事岂不然乎？李陵既生降，颓其家声，而仆又佴之蚕室，重为天下观笑。悲夫！悲夫！事未易一二为俗人言也。

……仆……所以隐忍苟活，函于粪土之中而不辞者，恨私心有所不尽，鄙陋没世，而文采不表于后世也。

……

《诗》三百篇，大抵圣贤发愤之所为作也。此人皆意有郁结，不得通其道，故述往事，思来者。乃如左丘无目，孙子断足，终不可用，退而论书策，以舒其愤，思垂空文以自见。

关于司马迁的《史记》，其体大精思而成为我国最伟大的散文杰作，前已有述。此信乃其友任少卿劝其推贤进士，致使太史公满腹怨愤，畅所发泄，坦言是为了广主上的言路，且李陵确实不失为一位国士，可能在万不得已下临时投降敌方，但从他为人看，将来绝对有可能得其当而报汉。可惜事与愿违，世态炎凉，既已惨受腐刑，夫复何言，而主上事后又重用他任中书令，更使他含垢受辱，悲愤欲死，不得已遂继承父志完成《史记》，以泄其郁怒之气。太史公在此整封书札中，只是与挚友畅谈其个人遭遇与抒述其愤懑不平之胸怀。我小时候，十岁左右吧，老师教这封信札时，都是要我们背诵的。

第十五篇　汉代五言诗（上）

——『苏李河梁赠答诗』

中国文学史分散文与韵文两种，散文变化少，韵文则变化甚多。

在离骚体的语句中要用“兮”字，到了汉代，骚体文字已很少，赋的寿命则较长，直到唐、宋仍有赋体，不过像欧阳修的《秋声赋》一类的文章已不是正式的赋了。总之，《诗经》《离骚》和“赋”三个阶段，韵文已有如此大的变化，自汉代起又有了五言诗，一直传到今天。

诸凡文学作品，自有其各种体和渊源流变，不明此即无法了解文学。即是说，如要明白文学史，就需要考据了。

关于五言诗的开始，一说起自西汉，一说

起自东汉。根据《文选》中所选载的五言诗，南朝梁昭明太子已讲述很多。

人们常说，最早的五言诗当自《苏李河梁赠答诗》开始，此可见《汉书·李广苏建传》苏建为苏武之父，李广为李陵祖父。《汉书》这篇列传写得非常好，可与《史记》媲美。

在《苏李河梁赠答诗》之前，依照《文选》所说，尚有《古诗十九首》，有古人评此诗惊心动魄，一字千金。自昭明太子纂《文选》以后，有徐陵纂《玉台新咏》[1]，其中谈到：在《古诗十九首》中，其中有八九首系枚乘[2]所作。

刘勰《文心雕龙》说：李陵之诗可能不是李陵本人所作，苏武之诗则更为可疑。[3]

近人梁任公启超则主张《古诗十九首》与《苏李河梁赠答诗》都是东汉末年所出，我亦赞成此说。但近代亦有学者持不同意见，认为：《苏李河梁赠答诗》与《古诗十九首》，均为西汉时所作。此说甚谬。因中国文学史中自西汉武帝起到东汉曹操为止这一时期，何以无五言诗，却要到东汉末年才有；如

1 钱按：《玉台新咏》中含有散文。

2 钱按：枚乘是汉武帝早年时人。

3 钱按：见《文心雕龙》之《明诗》篇："初汉四言，韦孟首唱……至成帝品录，三百余篇，朝章国采，亦云周备。而辞人遗翰，莫见五言，所以李陵、班婕妤见疑于后代也。"

果西汉时就有五言诗，而西汉以下一段时期却是真空期，那是十分不合理的。

梁任公主张五言诗到东汉末年才有，他说：

（一）如果西汉时就有五言诗，何以西汉至东汉一段时间内不再有？

（二）像“赠答诗”这种体裁，要到东汉末年才有。

（三）像《苏李河梁赠答诗》与《古诗十九首》般的人生观，也要在东汉末年时才有。

我亦认为，从上述两组诗的内容来看，已可证明并非西汉时作品，却无法证明不是东汉时之作品。

《苏李河梁赠答诗》共有三首，今抄录于下并略作解释：

（一）

良时不再至，临别在须臾。
屏营衢路侧，执手野踟蹰。
仰望浮云驰，奄忽互相逾。[1]
风波一失所，各在天一隅。
长当从此别，且复立斯须。
欲因晨风发，送子以贱躯。

1 叶按：句末有俩红圈者均系钱师所加。以下同。

此诗第一首头四句是“赋”，其中第三、第四两句，其语气只是像普通人，且其背景不像是两人在北方。至于第五句至第八句，则是比、兴，喻人生聚散无常。其中“风波一失所，各在天一隅”两句，用词优美，但用于苏李却并不合理。故这诗虽作得好，但不似苏李所作。

（二）

嘉会难再遇，三载为千秋。
临河濯长缨，念子怅悠悠。
远望悲风至，对酒不能酬。
行人怀往路，何以慰我愁？
独有盈觞酒[1]，与子结绸缪。

以上“苏李河梁赠答”第二首诗，虽然诗亦作得很好，但看不出苏李的背景。我认为“三载为千秋”一句，于苏李也不衬合。因苏武在匈奴十九年，李亦甚久，但有人解说此是指两人见面机会而言，绝不会是三年不过见数次而已。至于“临河濯长缨”一句，并不像是沙漠背景，且李已在匈奴穿朝服，不会如此打扮，故不切实际也。

1 钱按：独有盈觞酒，此句指酒满杯。

（三）

携手上河梁，游子暮何之？
徘徊蹊路侧，悢悢不得辞。
行人难久留，各言长相思。
安知非日月，弦望自有时。
努力崇明德，皓首以为期。

此第三首苏李赠答诗写得苍茫富美感，但绝非在沙漠上。河梁是指桥，北方之桥并不是“⌒”形的，春天时河水浅，并不会浸没头部，平常一般人都会在水中行走，到了冬天水深了，水也冷了，则用石架在水中来行走。但匈奴所处之地，并无此中河梁背景也。

以上三首河梁赠答诗都作得很好，但如果说是苏李赠答，则不很像。我认为在《汉书》中有的《苏李赠答诗》，那才真的是李陵所作，今抄于下：

《汉书·苏李赠答诗》
行万里兮度沙漠，为君将兮奋匈奴；
路穷绝兮矢刃催，士众灭兮名已颓……
老母已死，虽欲报恩将安归！

此诗极真，明显可见是李陵带兵出去，前往沙漠地区与匈奴作战，第三、第四句是说打败了。此诗是根据李陵《答苏武书》[1]一文所作。李书中说：

子卿足下：勤宣令德，策名清时，荣问休畅，幸甚幸甚！远托异国，昔人所悲，望风怀想，能不依依！昔者不遗，远辱还答，慰诲勤勤，有逾骨肉。陵虽不敏，能不慨然！

……与子别后，益复无聊。上念老母，临年被戮；妻子无辜，并为鲸鲵……功大罪小，不蒙明察，孤负陵心，区区之意，每一念至，忽然忘生……

昔先帝授陵步卒五千……对十万之军，策疲乏之兵……然犹斩将搴旗……斩其枭帅。使三军之士，视死如归……意谓此时，功难堪矣。匈奴既败，举国兴师……疲兵再战，一以当千，然犹扶乘创痛……死伤积野……然陵振臂一呼，创病皆起……兵尽矢穷，人无尺铁……

然陵不死，罪也；子卿视陵，岂偷生之士，而惜死之人哉？……然陵不死，有所为也，故欲如前书之言，报恩于国主耳。

……嗟乎子卿！夫复何言？相去万里，人绝路殊……长与足下生死辞矣！幸谢故人，勉事圣君……时因北风，复惠

1 编按：此文收入《文选》第四十一卷 。

德音。李陵顿首。

这首诗虽写得不及《大风歌》般那么有大气魄，但描写当时情调景色，贴切之至。

今再录苏武《答李陵诗》言兄弟相别诗如下：

（一）

骨肉缘枝叶，结交亦相因。
四海皆兄弟，谁为行路人?
况我连枝树，与子同一身。
昔为鸳与鸯，今为参与辰。
昔者常相近，邈若胡与秦。
惟念当离别，恩情日以新。
鹿鸣思野草，可以喻嘉宾。
我有一罇酒，欲以赠远人。
愿子留斟酌，叙此平生亲。

李陵写给苏武的诗尚可，苏武答李陵之诗则不对劲。此可能先有假设李陵之诗，然后再加上苏武答李陵之诗，即李诗先有，而苏诗后有。此诗是居者送行者，这可从送酒看出来。最后两句是送行者希望行者留在此地，多留一会儿，绝不是因李送苏，而苏答李之诗，故“愿子留斟酌”一句，是明显地不对，因为是对方的语气了。

第二首是居者送行者之诗，是属于朋友关系。此诗道：

（二）

黄鹄一远别，千里顾徘徊。
胡马失其群，思心常依依。
何况双飞龙，羽翼临当乖。
幸有弦歌曲，可以喻中怀。
请为游子吟，泠泠一何悲！
丝竹厉清声，慷慨有余哀。
长歌正激烈，中心怆以摧。
欲展清商曲，念子不能归。
俯仰内伤心，泪下不可挥。
愿为双黄鹄，送子俱远飞。

此诗说今日要分别了。“何况双飞龙，羽翼临当乖”两句写得流于朴率。全诗讲鸟与马尚且不舍得分别，何况是人。因为是居者送行者，所以有“请为游子吟”之句，故绝非行者答居者。

第三首是行者此处指丈夫对居者此处指妻子诗，曰：

（三）

结发为夫妻，恩爱两不疑。
欢娱在今夕，嬿婉及良时。
征夫怀往路，起视夜何其？
参辰皆已没，去去从此辞。
行役在战场，相见未有期。
握手一长叹，泪为生别滋。
努力爱春华，莫忘欢乐时。
生当复来归，死当长相思。

此诗之首四句，写夫妇分别语，作得甚好。第五句起的四句，说明时候已到，要辞别了。至“行役在战场”起四句，说出去当兵，将来可能没有再见面的机会了。末四句则是丈夫对妻子离别之言，辞藻凄恻缠绵，优美动人。

第四首是居者送行者之诗，道：

（四）

烛烛晨明月，馥馥秋兰芳；
芬馨良夜发，随风闻我堂。
征夫怀远路，游子恋故乡。
寒冬十二月，晨起践严霜。

俯观江汉流，仰视浮云翔。
良友远离别，各在天一方。
山海隔中州，相去悠且长。
嘉会难再遇，欢乐殊未央；
愿君崇令德，随时爱景光。

此诗首句“烛烛”是形容光亮，即这句是说天快亮了。次句说明兰花在晚间，其芳香更为浓郁。这里说良夜与早晨并不冲突，因为是说夜里天将亮时。至于“征夫怀远路，游子恋故乡”两句，可想见二人是在流浪，一人回故乡，另一人则仍留在异地。到“寒冬十二月，晨起践严霜”两句，则知作此诗之地点并非在北方。因北方之寒冬已是下雪而非落霜，显然是在中国。以下“江汉”“浮云”两句，均是表示离别之意。最后说到“欢乐殊未央”，是诉说回忆，欢乐的往事还未及一半，意即回忆欢乐未尽，实是形容内心更感痛苦。

从以上《汉书》所载四首诗看，前三首是苏武致李陵诗，但说来并不对劲，至于第四首，则更不似苏武赠答李陵诗了。所以，我认为这几首苏李赠答诗并不可靠。

第十六篇　汉代五言诗（下）

——『古诗十九首』

现在谈到汉代的《古诗十九首》今抄录其中一节如下：

明月皎夜光，促织鸣东壁。
玉衡指孟冬，众星何历历。
白露沾野草，时节忽复易。[1]
秋蝉鸣树间，玄鸟逝安适。

此诗首句的“皎”字，是指夜间之光，“促织”指纺织娘，在东墙之下鸣叫。以动物来唤醒人，有使天地万物都成为一家的观念，即所谓“万物与我为一”。“玉衡”是指北斗星，在天上转动，时间指着孟冬的十月，至

1 叶按：此句“忽复易”三字钱师给红圈特多。

于“众星何历历”一句，只是用作押韵、凑够句子，实在是多余的。

“时节忽复易”一句，尾三字说明时间在匆促地向前转移着，显示出时间是我们的生命。此三字特别生动感人，特加红圈。至于尾第二句的“秋蝉鸣”，与前面的“促织鸣”有所不同。“促织鸣”是指短时间的、一时的鸣叫，秋蝉却是一直在鸣叫着。末句，“玄鸟”即燕子，是在问“燕子飞往何处去了”。

以上八句是讲人生宇宙，从草木虫鸟说到万物都在变。这一段诗是讲人生的无可奈何与生命短暂，有极大的感慨。

此诗不讲理论而只讲事实，只讲天地间的自然现象。这一番写景不是死的，也不是静的，而是活的、动的。

诗中所言的“孟冬”和“秋”是相冲突的，据说：秦以前的“十月”为岁首，九月底为大除夕，十一月即二月……到了汉太初年间，改为今日所用之阴历，即是：

	秦以前	汉太初改历
春	十月、十一月、十二月	一月、二月、三月
夏	一月、二月、三月	四月、五月、六月
秋	四月、五月、六月	七月、八月、九月
冬	七月、八月、九月	十月、十一月、十二月

此诗中所说“玉衡指孟冬”，正是七月，正当促织与秋蝉鸣叫的时节，因此有人说：此诗如说是创作于汉武帝以前，这说法便不对。因武帝太初前是改月，并非改时，故“孟冬”应该是十月，因此“孟冬”实是“孟秋”之误，因为这只是改月，吾人可找出不改时的证据，但没有改时的证据。清代一学者已证明是改月而不改时。此诗明明是写八九月之时，而用“孟冬”二字，王引之[1]驳斥说，“孟冬”是错了，应该是“孟秋”。

文学有其共相与别相，诗是文学，《古诗十九首》当然亦是。“共相”是共同性的，“别相”是个别性的。西方的戏剧有其特定的时空，是逼真的，悲剧是其最高境界。此特定之时空，可一而不可再；但最真实的却常是不可靠而有幻想性的。中国的戏剧则是脱离时空的，正与西方的相反，它是群性的、空灵的，中国的文学亦然。中国的道德与人生是在文学的共相中常在的，且有长远的价值；西方的则是暂时的、无价值的。

最好的诗是超脱时代与个性的：如孟浩然《春晓》的“春眠不觉晓”这句诗，任何人均可体会到此诗中之情景；又如贾岛《寻隐者不遇》中的“松下问童子，言师采药去，只在此山中，云深不知处”，此诗因是空灵而群性的，故适合于任何一

---

1 编按：王引之，清代著名学者，王念孙之子。

座山及任何时间。《古诗十九首》亦是如此，它是空灵的、共相的，而见不到其个别性，所以考据起来就不容易。

兹再举《古诗十九首》中另一例：

凛凛岁云暮，蝼蛄夕悲鸣；
凉风率已厉，游子寒无衣。

此诗首说“凛凛”，是指气候冷，“岁云暮”并非“将暮”，亦非“已暮”，而是“正在暮”，是“夕”而非“夜”。“游子”与“无衣”是源自《诗经》中的典故。

中国的诗可用典故，胡适之说的“八不主义”不尽对，此处用“云暮”亦是用的典故，如用新造的字眼就会感到生硬，今日提倡新文学者爱用新造字眼，与中国传统文学的写作方法背道而驰。《小戴礼记·月令》篇云：“孟秋之月凉风至。”如果说“惠风和畅”，那是指夏天四月初夏的风。按照秦代与汉太初后历法，在四季月份安排上有所不同。

	秦历法	汉太初后历法
春	十月、十一月、十二月	一月、二月、三月
夏	一月、二月、三月	四月、五月、六月
秋	四月、五月、六月	七月、八月、九月
冬	七月、八月、九月岁暮	十月、十一月、十二月

	秦历法	汉太初后历法
七月、八月、九月	岁暮、冬	秋

依照秦代历法，岁暮即系七、八、九月，此说是改月不改时，“岁暮”是秋，新年是冬，此说便与上一首的“明月皎夜光”相矛盾了。有人按照此说，证明此诗为汉武帝太初改历以前的作品。

此诗既说“游子寒无衣”，则绝非孟秋之月，孟秋之月之风是凉风，但此说的是“厉风”[1]。此诗明明说是凉风已厉的季节，所以我认为此诗已非太初改历前的诗。

最近看到内地出版一书有《古诗十九首》注解，其中说：“严冬岁暮而有蝼蛄悲鸣，孟秋之月凉风至《礼记·月令》篇，凉风是秋天的风，而新诗叙岁暮始云凉风已厉，游子无衣，那么，所谓岁暮，当系夏历[2]八、九月之时。”

但这注解有矛盾。夏历八、九月是秋老虎，不会游子愁无衣，如非严冬，绝不用“凛凛”与“悲鸣”，此注用“严”字，实在不对。

1 钱按：厉风是西北风。

2 编按：夏历，即汉历，也就是阴历。

今再举一例，《古诗十九首》云：

回风动地起，秋草萋已绿；

四时更变化，岁暮一何速！

此诗所说“回风”是指长风[1]，“萋”字有人作“凄”。又，第二句本可作“秋草绿已萋”，但为了诗要押韵，故改成“萋已绿”。此处首句体察景物，极为深刻。又有人说此诗是汉武帝前所作，因“岁暮”是说冬天快要来了，并非已经是岁暮。

有人说九月是岁尾，十月是岁首。此诗如说秋天即岁暮，即改月而不改时。这首诗的最难解释之处是秋草何以会绿，按理说秋天的草只会黄，前人说“萋已”，即“凄以”，但“绿”字仍无法解释。说到这里，我就要提醒大家，读书要心细而不狭，心大而不粗。“秋草萋已绿”一句可与上一首的“凉风率已厉”一句同样讲法。即八九月间的草根枯黄了，但草根仍在，春风吹又生。王荆公诗：“春风又绿江南岸”，南北朝时有文曰：“暮春三月，江南草长，杂花生树，群莺乱舞”，说“萋已绿”者，即已在回春，草已萋萋然地绿了，说实在的，说秋草已在绿。某日，唐韩愈去郊外，见地面已有青

1 编按：长风，远风。宋玉《高唐赋》：“长风至而波起兮，若丽山之孤亩。”

草，便知年底就会有荠菜等蔬菜了。“回风”即指长风，秋天的风在天边远处飘着，冬天的风则是在地上；回风，已非凉风，实隐藏着冬天快来之意。

中国的文学作品配合着时令与节气。蔡孑民先生主张以美学代替宗教。

又如陶诗的“狗吠深巷中，鸡鸣桑树颠”，读来虽觉平常，但可使内心感到生机洋溢，其味无穷。又如“雨中山果落，灯下草虫鸣”，说明人在山中，是晚上的秋天，正下着雨，使人体味出画不如诗的佳美情调，所以中国的画家之地位是在诗人之下也。

又如讲情调，鸡代表朝气与觉醒，如《诗经》所云“风雨如晦，鸡鸣不已”；又如祖逖中夜“闻鸡起舞”。又有“炊烟四起”“胡笳互动”等句，都是很有意境与情调的，值得欣赏与玩味。

又例，《古诗十九首》中有云：

驱车策驽马，游戏宛与洛；
洛中何郁郁，冠带自相索。
长衢罗夹巷，王侯多第宅；
两宫遥相望，双阙百余尺。

此诗是骂中央政府的腐败，亦是在东汉末年期间。第五、六两句说出大街小巷满是王侯的豪华大宅。“两宫”是指汉代皇帝与皇太后之居所。此诗是讲当时的中央政府在洛阳而非长安，所以此诗再无法说是西汉之诗，无疑是东汉时之诗。

《古诗十九首》中又一例曰：

驱车上东门，遥望郭北墓。
白杨何萧萧，松柏夹广路。
下有陈死人，杳杳即[1]长暮。
潜寐黄泉下，千载永不寤。
浩浩阴阳移，年命如朝露。
人生忽如寄，寿无金石固。
万岁更相送，圣贤莫能度。
服食求神仙，多为药所误。
不如饮美酒，被服纨与素。

古时的人多用合葬，葬地多在东门，因太阳是从东方升起，此处即说“上东门”。洛阳城之东有三门，一为“上东门”，北望可见北邙山，东汉和魏晋时均用来葬人，故此诗是东汉作品无疑。《昭明文选》将《古诗十九首》放在《苏李河

---

1 钱按：即，到也。

梁赠答诗》之前，但苏李诗已证无一首是西汉时所作。

今日有人作调和性的说法，认为这十九首诗有东汉与西汉的各若干首。但在汉太初前，有枚乘即善五言诗，何以自此时直到东汉三百年间无继起者，因而造成真空，那是断断不会的。所以说，《古诗十九首》出于东汉是可靠的。

此诗讲的是人生大问题——死生与恋爱，离别包括上两义，即已把握到人生共相，此诗充满桓灵时代的情调，只是消极、悲观和近佛，故可证明是东汉末年之作。

除了《古诗十九首》以外，有人说，西汉尚有五言诗，项羽唱《垓下歌》时，有人假托虞姬回唱一首诗，此诗作得并不好，诗云：“汉兵已略地，四方楚歌声；大王意气尽，贱妾何聊生。”

这诗是伪托，词句很差。

汉初的陆贾，在《楚汉春秋》中有一首五言诗，大约就是上面那首，人说即使是假，但毕竟为西汉时所作。但此书亦靠不住，故仍不能证明西汉有五言诗。

今再举一首，曰：

北方有佳人，绝世而独立；
一顾倾人城，再顾倾人国。
宁不知倾城与倾国，佳人难再得。

此诗是用五言诗开头，但其中夹杂了八言一句，所以不能说是正式的五言诗。《左传》中说："天下多美妇人，何必是。"[1]此处则是从相反方面来作诗，即用"绝世而独立"，是改变过来的，"独立"是超众太远而不凡。后人把"宁不知"三字删去，仍是有喜欢之意。

也有说此是西汉皇宫的五言诗，时李延年为协律都尉，其妹为汉武帝所宠爱。但李在宫内任职，决不会写此讽骂汉武帝与妹妹之诗，故证明为后人所假托，则仍非西汉时期作品。文章有时是不能照正面看的。

今再举例《怨歌行》云：

新裂齐纨素，
**鲜洁如霜雪。
裁为合欢扇[2]，
*团团似明月。
出入君怀袖，
*动摇微风发。

---

1 编按：《左传·成公二年》记，楚国战胜陈国，楚庄王欲纳陈国的郑女夏姬，申公巫臣劝止。楚国的权臣子反欲纳，巫臣以夏姬丧国劝阻，并且说，天下美女很多，何必如此。后来巫臣却娶了夏姬。

2 钱按：合欢扇即团扇。

常恐秋节至，
*凉风夺炎热。
弃捐箧笥中，
恩情中道绝。

“秋扇之怨”典故即由此诗而来。

此诗之句前有“*”记号者实为多余之句，尤其是“**”一句更多枝节，因此处讲扇而不讲纨。有女文学家班婕妤，即班固之祖辈，汉武帝时进宫，后成帝宠爱赵飞燕，班婕妤失宠，因以作此诗。山东出产之绢名叫纨素。此诗是比兴，只讲扇，到秋天凉时就不用了。此诗之优点是语气和婉，哀而不伤，但不及《古诗十九首》。梁任公说此诗的好处在于用比兴；我则认为并不甚好，其比兴虽委婉，却平俗而有枝节，冗句多而无意义。但此诗在其他书中注明是属古词，可见不属五言诗。《文心雕龙·明诗》亦疑其并非班之作品，故此诗亦可能是东汉时人所作。又举例曰：

迢迢牵牛星，皎皎河汉女；
纤纤擢素手，札札弄机杼。
终日不成章，泣涕零如雨；
河汉清且浅，相去复几许。

盈盈一水间，脉脉不得语。

读了诗后要能与天地及人生配合，苏东坡作诗就把广州的天地写了进去。今日中国文化之危机就是把传统的时节都除去了，其实我们以后应加以保持，中洋并重，不应专重洋节日。

这首诗的主人为河汉女，首句是织女内心在思念远方的他，只是相隔太远。

此诗是比兴，有所寄托，引外在景物以抒发自己之情，是共相。

今再举一例，诗曰：

回车驾言迈，悠悠涉长道；
四顾何茫茫，东风摇百草。
所遇无故物，焉得不速老？
盛衰各有时，立身苦不早。
人生非金石，岂能长寿考？
奄忽随物化，荣名以为宝。

此诗首句“驾言”是语助词，“迈”，远行也。“东风”指春天。至“立身苦不早”一句，道出今日已为别人世界，何不早前好好干一番。豹死留皮，人死留名；千年万岁后，荣名安所之。

再举一诗，曰：

明月何皎皎，照我罗床帏。
忧愁不能寐，揽衣起徘徊。
客行虽云乐，不如早旋归。
出户独彷徨，愁思当告谁！
引领还入房，泪下沾裳衣。

此诗是说有一远行人，先感到高兴，忽而思潮到来，顿起思归之心。东汉时期可以说是个人的觉醒时期；也可以说，东汉时期是中国的文艺复兴时期。

以上诸诗都是讲个人的人生观。

谈起我国古代，纯文学作品很少，三代夏、商、周时期没有。《诗经》三百篇，雅、颂为宗庙朝廷讽语，只有“风”采自民间，但“风”采得后必加以润饰，故十五国风内容均不相同。此种诗用以采风问俗，是讽喻，是作为政治用途，故古代的民间文学也是经过沙滤了的。

又如《尚书》《春秋》和《史记》等，都是历史记载。至于《离骚》，看来似纯文学，却是为了政治失意而作，故亦具有政治性，且屈原是贵族出身，是个政治家。

到司马相如作赋，如他的《子虚赋》《上林赋》及枚乘

《七发》诸赋，均非讲人生，不过可说是皇宫俳优，只是帮闲文学而已。

到了《古诗十九首》，仍是诗言志，但此时总算已由政治性而转变为社会性的日常生活了，但并不求人了解，也没有希望“立言立德”的意思。不过，我们可以说，《古诗十九首》开创了中国纯文学的先河。也就是说，东汉末年已到达了文学成熟期，即从此开始有了纯文学，也有了纯文学家。

自建安时期起，就有曹丕等人出现，彼等欲以文章传后世以“立言”，可说是中国文学开始觉醒的时代。文章可以传之后代而不朽。曹丕的文章只讲日常人生，但留传而不朽。

现将中国与西方文学作一概括性的比较。中国文学是带有教训性的，是上层的、政治的、内向型的，且不必一定求人了解，是阳春白雪，别人不懂欣赏亦不在乎；而不是主张低级的下里巴人，抱着“后世复有扬子云必好之矣！百世以俟圣人而不惑”的态度。

中国文学是传下去的，是等待后人去发掘欣赏的。数千年前的文章，今日仍可诵读。

至于西方文学，则是下倾的、向外开展扩张的，且是都会性的、外向型的，如由希腊、罗马两城市文化而形成今日欧洲的文化，但政治是分散而不统一的。只有西方中古时期的耶稣教略似中国，均同用一语文——拉丁文，欧洲人同一信仰的教堂亦趋统一，但缺点是没有统一的政府。西方文学史是娱乐性的，如荷马的诗歌可在众人面前唱，但须求人了解，否则便失败；且主张推广销路，重视空间，但时间一久，便会埋没。

以上谈到《古诗十九首》，它并非一时一人之作，当时那些逐臣弃妇或游子浪妇，这一群作者，并不为求名求利，只是为了抒发他们的离恨乡愁，语不惊险，辞无奇辟，却表现出他们各自的深厚情感。我试从诗句所提及的，无论历法的不同、服装的迥异、京都的易地、丧葬的风俗、气候的冷暖、季节的不同以及时势混乱时的不同人生观分析，处处均可表达出，此一批《古诗十九首》当是东汉末年之作，而非西汉时的作品。

第十七篇　建安文学

讲中国文学史也如同讲中国历史一样，应该加以分期。我把魏晋以前的时期分为四个时代：

（一）诗书时代周公

（二）子史时代《论语》《春秋》

（三）骚赋时代屈原

（四）建安文学时代曹操、曹丕、曹植三父子

以上前三个时代，前已讲述。此次讲建安文学时代。建安是东汉献帝的年号，由初平四年而改为建安年号，时为西元196年，当时曹操带献帝迁都至许昌。

建安时代的文学为中国的新文学，此时期之政治固属黑暗，但此时期的文学却是划时代

的，极足称道。因先前之时代，中国文学中如《诗经》、诸子与《离骚》等，其文学之表达均无独立观念与自觉性，直到建安时代曹操父子开始，才建立起建安新文学。

其实，所谓建安新文学，亦可说是继承稍早之前的五言诗之风格而来。由于汉末士大夫饱经党锢之祸，藏隐在门第，而没有门第可躲藏的寒士，则心情大变，无心关怀政治，遂创出如《古诗十九首》一类的作品：专注于人生悲欢离合、社会日常琐事；谈富贵功名者少，论儿女私情者多。此等少数读书人开创了一条新的平民文学之路，与雅颂骚赋迥然不同。而曹操及曹丕父子虽在政治上已跃升为领袖，其作品则并无官僚吐属，仍出于私人情怀，实乃继承《古诗十九首》，在其文学作品中表露出人生独立观念。可谓旧瓶装新酒，体裁虽与前相同，内容却变化多端。如曹操《短歌行》[1]其一云：

> 对酒当歌，人生几何！譬如朝露，去日苦多。
> 慨当以慷，忧思难忘。何以解忧？唯有杜康。
> 青青子衿，悠悠我心。但为君故，沉吟至今。
> 呦呦鹿鸣，食野之苹。我有嘉宾，鼓瑟吹笙。
> 明明如月，何时可掇？忧从中来，不可断绝。

1 编按：收入《文选》第二十七卷之《魏武帝乐府二首》。

越陌度阡，枉用相存。契阔谈讌，心念旧恩。

月明星稀，乌鹊南飞。绕树三匝，何枝可依？

山不厌高，海不厌深。周公吐哺，天下归心。

曹操的很多诗歌，都是对现实人生所感受的及时之作，时效性高，作者对当时人生的生活感受作出深情倾吐，情理融和，感人至深。又如曹操的《薤露行》道：

贼臣持国柄，杀主灭宇京。

荡覆帝基业，宗庙以燔丧。

播越西迁移，号泣而且行。

瞻彼洛城郭，微子为哀伤。

此章描写董卓作乱，火烧洛邑，迁都长安，而洛阳一片残毁，造成人民重灾难现象。曹操之所以要平定董卓、袁术、袁绍及刘表诸野心家之乱，并非为个人私欲而想夺取国家之政权，实乃自其父祖三代以来皆获汉王室重任，有以图报之故。他之本心，只望晚年在谯县之东僻处建一书斋，于夏秋两季读书，春冬两季则外出打猎，在草泽山野与农夫樵民为伍，与世隔绝以度余年。

由于曹操当时已是汉献帝时之丞相并已晋封为魏王的地位，他的文章却仍然似一位普通下民身份倾吐心声，这便是他人所不及之处。因此曹操之《让县自明本志令》，用以普告天下及其僚属，说明本人绝无谋朝篡位之野心，至于不愿放弃兵权，实为了怕遭人陷害，兼且江湖未静，但慷慨让出所封食邑四县中之三县，以表诚意。曹操以率直坦诚之心表达其奉公为国之愿望，其毫无拘束、绝无私隐地直抒胸臆，使人信服，也使他造成前所未有的挥洒自如的文章特有风格。（叶龙附志，见篇尾。）

曹操的两子丕与植，他们的诗文也都承袭父风，但对文章的某些见解容有不同。如曹丕的名篇《典论·论文》，主要是评述建安七子的文学作品及曹丕本人讨论文章的个人见解。这篇文章是建安末年约西元218 年左右，曹丕为太子时所写，是其《典论》中所残剩的一篇。所谓《论文》，曹丕认为是他《典论》中重要的作品。他在当时加上另外数文用来赠予当时称臣的孙权和劝孙权向自己称臣的张昭。

汉代有石经，至今尚有残存者。曹丕亦刻《典论》于六大石碑上，可见曹丕有学者头脑，亦尊重学术，兼且自己能写。后来由于政治上不为人所看重了，因此《典论》也失传了，今在《全三国文》卷八有严可均的辑本，在《昭明文选》中收录其《论文》[1]一篇。

1 编按：《论文》一篇收在《昭明文选》第五十二卷。

曹丕的《论文》表达了文学家的曙光，为中国文学史上之呼声。自有其价值。但此文与其弟曹植所言，适为鲜明之对比。曹子建植与杨修德祖信[1]中说：“辞赋小道，固不足以揄扬大义，彰示来世也。昔扬子云先朝执戟之臣耳，犹称壮夫不为也。吾虽德薄，位为藩侯，犹庶几戮力上国，流惠下民，建永世之业，留金石之功，岂徒以翰墨为勋绩，辞赋为君子哉！若吾志未果，吾道不行，则将采庶官之实录，辩时俗之得失，定仁义之衷，成一家之言。虽未能藏之于名山，将以传之于同好，非要之皓首，岂今日之论乎！其言之不惭，恃惠子之知我也。”

曹植此番论说，从文学立场来看，不如曹丕所言甚远。曹丕才是真正文学家，能看出文学之价值。杨德祖反对曹植之意见，其答曹植之信[2]道：“今之赋颂、古诗之流，不更孔公，风雅无别耳。修家子云，老不晓事，强著一书[3]，悔其少作。若此仲山周旦[4]之俦，为皆有諐耶！君侯忘圣贤之显迹，述鄙

1 编按：《曹子建与杨德祖书》，见《文选》第四十卷。

2 编按：《杨德祖答临淄侯笺》，见《文选》第四十卷。

3 钱按：意指《太玄》。

4 编按：仲山，仲山甫，周宣王时重臣尹吉甫之字。撰《诗经·大雅·烝民》赞美宣王。周旦，周公姬旦。

宗之过言，窃以为未之思也！

“若乃不忘经国之大美，流千载之英声，铭功景钟，书名竹帛，斯自雅量，素所蓄也，岂与文章相妨害哉？”

此番意见说得极好，但文章辞藻之美则不及曹丕。曹丕是在中国文学史上讲文学之价值与技巧的第一人。建安时代是文学觉醒之时代，当以曹丕为代表。丕在《典论·论文》中谈及文章之技巧云：“文以气为主；气之清浊有体，不可力强而致。譬诸音乐，曲度虽均，节奏同检，至于引气不齐，巧拙有素，虽在父兄，不能以移子弟。”

今日吾人论文章可分：说理文，即是指的《论语》《孟子》《荀子》《墨子》《庄子》《老子》《韩非子》诸书；另一种是记事文，即是指的《左传》与《史记》《汉书》等；再有是抒情文，指的如《诗经》及《离骚》等三种。但提出“文以气为主”这一主张的，两千年来当以曹丕为第一人。到了清代，桐城派人姚鼐提出文章之气有阳刚、阴柔之分，此说法亦自曹丕承袭而来。论气有清浊，不可勉强而得。文章亦大体似音乐之曲度与节奏。文章之技法易讲，但气是活的，是神气，是活的魂，故即使全懂文法和文体，亦不一定能写出好文章来，因文章之好坏，其关键在气。

韩愈说，文章要讲究声调，亦即仍以气为主。姚鼐说文章要朗诵，要唱，即自其声了解其气，此即所谓神韵。中国一切艺术均以气为主，此乃与西方谈文学不同之点所在。我们可以根据“文以气为主”一句去读曹丕在一千八百年前所写之文章，就能得其气。人生不应该生活得太严肃，应能够欣赏文学之活泼化。

至于文章的体，则较气易讲，曹丕说：“夫文，本同而末异，盖奏议宜雅，书论宜理，铭诔尚实，诗赋欲丽。此四科不同，故能者之偏也；惟通才能备其体。”

这里说到奏议要雅，那是指共同性的；而书论要理，是要求清楚而有条理；至于刻铭与诔文，是照它说它，要实实在在；诗赋则要有美感：即是说，文章开始时相同，后来则体各有异了。至于能文者也，只是偏于某一体，如太史公精于写史论而不精于诗，像近人胡适并不能作诗，他的诗只是别裁而非正宗。他主张“八不主义”也只是一种议论，“八不”并非正面讲法。韩愈可说兼能诗文，但他亦有偏。苏东坡亦是能诗能文之人，但他亦有不如韩愈的，且不长于叙事诗及碑志文，都是能精于一体的为多。畅销书并非价值极高，只是一体而已。故报纸的白话文，也只是备一体而已。

印度泰戈尔要来中国，请徐志摩写一诗以表欢迎，但徐写的诗体，并不适宜用作欢迎，因体裁各有不同。当时徐志摩所写的题目是《泰山日出》。这诗写得确是很丽，但文体不适合，应该用“铭诔尚实”才对。这是由于新文学家对传统的旧文学不太了解之故。曹丕在《论文》说到文之天才性，道：“文人相轻，自古而然。傅毅[1]之于班固，伯仲之间耳，而固小之，与弟超书曰：‘武仲以能属文为兰台令史，下笔不能自休。’夫人善于自见，而文非一体，鲜能备善。是以各以所长，相轻所短。”

胡适说：“只手独打孔家店的老英雄。”因此我对此人觉得有趣，且万分同情。这并非说“理”，也并不“雅实”，只是“丽”，而且是“俗丽”。一般青年人上了他的当，其实不应该学这一套。胡适不讲道理，只说“孔教吃人”的口号，而并不说出理，这只是文学修饰，就如用“阿Q”之名，只是使人产生兴趣，只能使青年人冲动，似轻松而又严谨。五四运动之大影响，并非有一套理论，却是有一套新文学帮助，来吸引感动人。这是粗的俗的通俗文学，有力量，但这种文体并不能用来讨论严肃的文化思想。

现在生物已进化到人类，但其他动植物仍然不能不要。所以，有了白话文，仍然可以存在其他文体，不能单用白话文学

1 编按：傅毅，东汉文学家，字武仲，撰有《洛都赋》《舞赋》《琴赋》《扇赋》《神雀赋》《反都赋》和《七激》等。

史代表全部过去的历史。

书札也有一体，写信最好的当是曹丕、曹植兄弟时期的同一辈人，可谓古今绝唱。例如太史公《报任少卿书》中讲其一生，写得极好。人一生也难得能写那么几封信。曹丕的书信写的是亲切有味的日常人生琐事。西方人描写人生是别人的、社会的；中国人描写的人生则是将自己投入进去，材料均来自自己本身。说不定将来创出一种东西调和的文体，让我们可以接受新的作品。

到曹氏父子出，写书信体的多了；后来王献之出，注重字的艺术，写十三行，不再重视信的内容，看重的是字，称作“帖”。如此后颜真卿的《自书告身帖》、蔡襄的《蒙惠帖》，即是把极平常的人生放进最高的文学及书法艺术中去。

建安时代的曹氏丕、植兄弟，他们的作品本来是不相伯仲的，前人重曹植而不重曹丕，但刘勰说了句公平话。他在《文心雕龙·才略》篇中说：“魏文之才，洋洋清绮。旧谈抑之，谓去植千里。然子建思捷而才俊，诗丽而表逸；子桓虑详而力缓……而乐府清越，《典论》辩要……但俗情抑扬，雷同一响，遂令文帝以位尊减才，思王以势窘益价，未为笃论也。”

此处以“位尊减才，势窘益价”简单八个字，说明了两兄弟，因哥哥做了皇帝，减了才，弟弟不得意，别人同情他而地位提高了。

王船山擅于批评他人之诗，他在《姜斋诗话》中道："曹子建植之于子桓丕，有仙凡之别。而人称子建，不知子桓，俗论大抵如此。"此处指曹丕是仙，曹植是凡。可见吾人读书，不可只听一个人的话，否则见解有限也。

文学贵能自觉独立，其本身即有独立的价值技巧，此即始于建安文学，特别是曹丕发表《典论·论文》以后。魏后有两晋，再下去是宋、齐、梁、陈，此时期之政治虽黑暗，文学却极昌盛，此时期之宗教、艺术、音乐均达到极伟大之成就。

当时对文学提出最著名理论的是陆机士衡，著有《陆平原集》。他的《文赋》一文，是专讲文学之写作技巧，不过，忽略了文学的道德价值。陆机特别强调一个人在创作前不可贸然下笔，应先读万卷书，行万里路，积累自己的学历，丰富经验，然后才开始写作。如此的作品，才是充实而饱含光辉的。写作时应加以适当剪裁，将"物""意"和"文"加以融会贯通，然后才能达到"诗缘情而绮靡"的抒情意境。他把先秦时期那种道德功利观念弃之于后，并将文学体裁由句读文加以扩充而分为十二类。将有韵文分为赋颂、哀诔、箴铭、占繇、古今体诗及词曲六类，将无韵文分为学说、历史、公牍、典章、杂文及小说六种。

陆机在《文赋》中所谈论到的，包罗命意、遣词、体式、声律、文术、文病、文德及文用各项。时人赞他“天才绮练，当时独绝，妙解情理，心识文体，故作《文赋》”，认为旷古以来，未有能及此篇之精确者。

且陆机本人，天才秀逸，辞藻优美，葛洪赞他道：“机文犹玄圃之积玉，无非夜光焉，五河之吐流，泉源如一焉，其弘丽妍赡，英锐漂逸，亦一代之绝乎！”其受人推崇如此。

接着就有钟嵘的《诗品》。钟嵘，南朝梁颍川人，曾任晋安王记室，著有《诗品》三卷。《诗品》意即“诗学的品评”，是中国最早的诗学评论专书，它把从两汉一直到梁为止的一百二十多位五言诗作家划分为上、中、下三品，并对每一位诗人加以评述。钟嵘认为曹操的作品只是下品，将陆云评为中品，实在有点偏见；而将陆机评为上品，主要是他（钟嵘）承袭了陆机《文赋》和刘勰的《文心雕龙》之创作精神。

钟嵘《诗品序》云：

五言居文辞之要，是众作之有滋味者也。故云会于流俗，岂不以指事造形，穷情写物，最为详切者邪？故《诗》有三义焉：一曰兴，二曰比，三曰赋。文已尽而意有余，兴也；因物喻志，比也；直书其事，寓言写物，赋也。宏斯三义，酌而用之，干之以风力，润之以丹彩，使味之者无极，闻之者动心，是诗之至也。若专用比兴，则患在意深，意深则词踬。若专用赋体，则患在意浮，意浮则文散，嬉成流移，文无止泊，有芜蔓之累矣。

钟嵘认为，五言诗以其味厚为各类诗中之要。他又主张写诗使用比、兴或赋均不可过滥，当酌量用之：多用比、兴则容易践蹈过多而不利；多用赋体则文词易于浮散。故宜适当均衡运用之，始能突显五言诗的滋味。其实从滋味来论诗歌的艺术，也非钟嵘独创，古人中如《吕氏春秋》有钟子期、俞伯牙以高山流水结知音的故事，便是用琴艺来讲滋味。又如王褒的《洞箫赋》中云："良醰醰而有味。"那是用箫声来论滋味。最早的要推《礼记·乐记》中所说的"大羹不和，有遗味者矣"。所以，古人用滋味来论艺文，其来有自。

钟嵘《诗品序》中又说：

若乃春风春鸟，秋月秋蝉，夏云暑雨，冬月祁寒，斯四候之感诸诗者也……凡斯种种，感荡心灵，非陈诗何以展其义？非长歌何以骋其情？

人生于世，所面对之日常生活遭遇与相处、一年四季之百态，摄入吾人心灵而感动，发而为文，再加上华茂的辞采，将是一首成就很高的五言诗矣。相传钟嵘早年曾拜访沈约，沈约在梁武帝时官至尚书令，他博通群籍，著述宏富，钟嵘希望他为之揄扬而遭拒，遂在沈约卒后置其诗作于《诗品》中列为中品，人谓此为钟嵘为报复其宿怨，其实此亦人情之常，不无可能。

现在谈刘勰的《文心雕龙》，章学诚在《文史通义》中赞扬此书“体大而虑周”。传说《文心雕龙》此名为沈约所改，全书曾为沈约订正润饰。是否可信，姑存此说。

全书分为十卷，卷一至卷五是讨论文章的体裁。如下：

卷一：原道 征圣 宗经 正纬 辨骚

卷二：明诗 乐府 诠赋 颂赞 祝盟

卷三：铭箴 诔碑 哀吊 杂文 谐讔

卷四：史传 诸子 论说 诏策 檄移

卷五：封禅 章表 奏启 议对 书记

以上五卷主要是说明“本乎道，师乎圣，体乎经，酌乎纬，变乎骚，文之枢纽，文之极矣”。

至于卷六至卷十，则论述修辞的原理与分法。如下：

卷六：神思 体性 风骨 通变 定势

卷七：情采 熔裁 声律 章句 丽辞

卷八：比兴 夸饰 事类 练字 隐秀

卷九：指瑕 养气 附会 总术 时序

卷十：物色 才略 知音 程器 序志

此五卷是“剖精析采，笼圈条贯：摛《神》《性》，图《风》《势》，苞《会》《通》，阅《声》《字》，崇替于《时序》，褒贬于《才略》”。

大致说，上五卷是比较分析；下五卷是演绎归纳，可称允当。例如他在《明诗》篇说，“宋初文咏，体有因革……俪采百字之偶，争价一句之奇，情必极貌以写物，辞必穷力而追新”，便是主张要适当地运用辞藻文采，但又得把个人所经历的人生苦甜如实详尽地表达出来，亦即是文字的声律丽辞固然重要，但内文的情志事义也须充分加以阐述表达，亦即是为文的技巧方法与实质内容须并重而不可偏废。所以刘勰在《情采》中说：“圣贤书辞，总称文章，非采而何？夫水性虚而沦漪结，木体实而花萼振，文附质也。虎豹无文，则鞟同犬羊；犀兕有皮，而色资丹漆：质待文也……故立文之道，其理有三：一曰形文，五色是也；二曰声文，五音是也；三曰情文，五性是也。五色杂而成黼黻，五音比而成《韶》《夏》，五性发而为辞章，神理之数也。”

此节说明了文章的辞采将其实质内容衬托出来，使文与质相得益彰，因此而得以流传于后世，自古圣贤文词，莫不如是。

六朝时期，尤其是到了梁，可以说是文学艺术最昌盛的时期，梁武帝子萧统昭明太子纂《文选》，这是一本诗文总集，世称《昭明文选》。如照年代分，我国古代文学史依照次序分是《诗经》、史、子、骚、赋及五言诗和《昭明文选》。《文选》的内容除无《诗经》外，选入的包括周、秦、汉、晋、宋、齐、梁七代之诗文作品，共有一百三十位作家，全书分三十八文体，包括《离骚》与《楚辞》在内。吾人如欲研究古代文学，除研读《诗经》外，再加上《昭明文选》就足够了。

《文选》既成了七代的诗文总集，就有所谓“选体诗”和“选体文”，故有了“选体派”之称，已成为文学的一派了。如要懂古代文学，则非研读《昭明文选》不可。

昭明太子《文选序》曰：

姬公之籍，孔父之书，与日月俱悬，鬼神争奥，孝敬之准式，人伦之师友，岂可重以芟夷，加之剪截？老庄之作，管孟之流，盖以立意为宗，不以能文为本，今之所撰，又以略诸。若贤人之美辞，忠臣之抗直，谋夫之话，辨士之端，冰释泉涌，金相玉振。所谓坐狙丘，议稷下，仲连之却秦军，食其之下齐国，留侯之发八难，曲逆之吐六奇，盖乃事美一时，语流千载。概见坟籍，旁出子史，若斯之流，又亦繁博，虽传之简牍，而事异篇章，今之所集，亦所不取。至于记事之史，系年之书，所以褒贬是非，纪别异同，方之篇翰，亦已不同。若其赞论之综缉辞采，序述之错比文华，事出于沈思，义归乎翰藻，故与夫篇什，杂而集之。远自周室，迄于圣代，都为三十卷，名曰《文选》云耳。

凡次文之体，各以汇聚。诗赋体既不一，又以类分；类分之中，各以时代相次。

此处首句“姬公”，即指周公。首段说明周公、孔子之经文，因不能任意剪裁删节，有伤原来面貌，故只好不选入，并非不尊崇周公、孔子。至于不选入老、庄、管、孟之文，由于诸子重立意而非重文，故亦不予加入。记言亦不加入；至于记事，分属历史而非文学，亦不揽入。《文选》选文之标准，其实并非昭明太子一人之见解，而是代表当时整个时代的见解。这是文学开始觉醒与独立的时代。

中国最高的文章没有内容，没有理论，没有思想，是空的。唐代重要的是科举制度的考秀才，秀才即是杰出之才。有“《文选》烂，秀才半”“《文选》熟，秀才足”之说，可见唐代重视《昭明文选》。唐代由杜工部、韩昌黎一辈大文豪开启新的文学运动，后人欲找出韩愈、杜甫之诗文，出处都在这本《昭明文选》中。

综合言之，谈到建安文学，主要的除曹操三父子之外，不能不谈到建安七子。曹丕的《典论・论文》中，首先谈到这七人就是：鲁国孔融文举、广陵陈琳孔璋、山阳王粲仲宣、北海徐幹伟长、陈留阮瑀元瑜、汝南应玚德琏、东平刘桢公幹。

但事实上，孔融并无列入“建安七子”之中，因为其师法蔡伯喈，《文心雕龙・诔碑》中云：“孔融所创，有慕伯喈。”所以，他非建安一派，只是曹丕喜好其文。他不幸在建安十三年为曹操所诛。其实孔融性格宽厚，喜好奖掖后辈，他任职太中大夫时，闲暇时间多，每天招待宾客，经常坐满一屋子，所以孔融常说：“座上客恒满，壶中酒不空，吾无忧矣。”他生前与蔡邕非常友好，蔡死后，孔融仍很想念他，因此每当酒会时，便请来一位相貌很像蔡邕的勇士来作陪。人家问起，他便回答道：虽然故人已逝，但他的样貌依然还在呀！

孔融自幼就很聪明，且能言善辩而富有急智。他小时候闯入李膺家做客，与李膺辩难，使李无法招架。李说：你孔融小小年纪，已经口才便给，你长大了一定大有出息。可惜我命不长久，看不到你的成就了。孔融说：大人离死还早着呢。李急问道：此话当真？孔答：人之将死其言也善，今大人所言都是不中听之言，怎会如此快死去呢？李膺正尴尬之际，大夫陈韪助腔道：此孩小时了了，大未必佳。孔融反唇相讥道：看来你小时候一定是很聪明的了。弄得陈韪也自讨没趣哩。

陈琳先为袁绍使典文章，绍败归曹，当时曹操责备他道：你从前为袁绍写文稿，诉说我罪状那是无话可说，但竟连我的父祖都被你痛骂，是何道理？陈琳谢罪，太祖因爱其才而没有处罚他。

王粲于献帝初平四年时避地荆州，至建安十三年才归顺曹操。粲在荆州十五年之久，并不得志，当时作品虽多，留传的仅《登楼赋》及诗若干首而已。其《登楼赋》中有云：

虽信美而非吾土兮，曾何足以少留！
遭纷浊而迁逝兮，漫逾纪[1]以迄今。
情眷眷而怀归兮，孰忧思之可任？
……
悲旧乡之壅隔兮，涕横坠而弗禁。
……
夜参半而不寐兮，怅盘桓以反侧。

---

1 钱按：十二年曰纪。

王粲作此文，乃是借登楼以发泄怀才不遇之苦闷心情。至今已成传诵之名篇。

王粲记忆力特强，能背诵碑文，一字不差；棋乱后能摆正，亦一子不差；善作文，举笔即成，不须改定。粲于建安二十二年卒，时年四十岁，人云早发者不寿。

顺便说起一个故事，王粲生前爱听驴子叫，他死后，曹丕带领百官参加他的丧礼，便对众人说：王粲喜欢听驴叫，大家都用驴叫来送别他吧！于是曹丕带头，一众人都以驴叫送别。

阮瑀字元瑜，与陈琳同为魏太祖记室，军国书檄之文多为二人手笔。此即曹丕《典论·论文》所称之“琳、瑀之章表书记，今之俊也”。丕在《与吴质书》中亦有提及“孔璋陈琳章表殊健，微为繁富”，但不及瑀。

应玚德琏，他与刘桢俱以文才为曹操与丕所礼遇。曹丕在《与吴质书》所提及的“徐、陈、应、刘，一时俱逝”，就是指的徐幹、陈琳、应玚与刘桢，他们四人都已逝去。建安时期的文人，多是英年早逝，不知是否诗酒应酬过频，以致伤肝病亡。这养生问题，实在是我们读书人应该注意之事。

至于刘桢公幹，曹丕在《与吴质书》中说：“公幹有逸气，但未遒耳；其五言诗之善者，妙绝时人。”可能刘桢多病，因而常用来作卧病的典故。刘筠作诗曰：“节物变衰吟更苦，可堪漳浦卧刘桢。”某次，曹丕请客，其夫人出来拜客，其他宾客都伏地不敢看，独有刘桢站着直看甄夫人。曹操大怒，革职后罚他做苦工，去尚方署磨石块，某日曹操去巡视，戏问刘桢：“石头如何？”刘桢跪答道：“此石磨之不添光润，雕之不增美观，乃由于秉性坚贞自然形成之故也。此石看来纹理多弯曲，却不合规矩哩！”曹操听后哈哈大笑，当天免了他的罪，官复原职。

大致来说，建安时期的文学，除了曹氏三父子魏武“雅爱诗章”，文帝丕“妙善辞赋”，陈思王植“下笔琳琅”，此后“俊才云蒸”，当以“建安七子”时期五言诗为大盛。人谓建安文学中好手有二，厥为曹植子建与王粲仲宣；余谓曹操魏武“御军三十余年，手不舍书，昼则讲武策，夜则思经传，登高必赋，及造新诗，被之管弦，皆成乐章”，是以亦不可小看魏武之诗作也。

叶龙附志：

余近重读钱师《师友杂忆》，知钱师宾四二十八岁时由小学执教，十年后转入厦门集美学校任教。钱师教的是高中部及师范部的三年级两班国文，他自述第一堂选教的便是曹操的《述志令》，当时学生听后极为钦佩，而当时的校长在课室外窃听，也大为满意，次日即设宴，大摆宴席，请钱师上座以示推尊。但此文并未选入《昭明文选》，陈寿的《三国志》亦无抄录，幸有裴松之注录，遂引起钱师注意，首加选讲。钱师认为这是他研治中国文学史之创见，认为建安时期乃古今文体一大转变，不但当时继承汉末之五言诗，且散文体亦有大变异，曹氏父子三人为建安时期文学带头人，故有其大贡献。而曹操在文学上之成就与特殊地位，实为钱师近代最早之发现者。

第十八篇　文章的体类

谈到文章的体类，应从三方面讲起。

（一）文学的内容。

（二）文学的对象。

（三）文学的工具与技巧。

谈及文体便不出以上这三条路。

文学的内容是作者所要求表达的。此是指的言，是作者要讲的话。

文学的对象是作者所要求表达的对方，这是指人，就是作者要讲给谁听。

文学的工具与技巧是作者所要求表达的运使，这是指文，就是作者要如何去讲。

《论语》说：“可与之言而不与之言，失人，不可与言而与之言，失言。”

《论语》又说：“中人以上可以语上也，中人以下不可以语上也。”意即我们对“中人以上”的人可以同他谈高深的理论，对“中人以下”的人，则不可以同他谈高深的理论。

《论语》又说：“言之无文，行而不远。”就是说，讲话要直白，这是通常的情况，但有时候讲话则应“曲”些“文”些为妙，如直讲则听来就没有意味了。可以一层意思分两层来讲。我国古代的文学由《诗经》到史，到诸子，到《离骚》，到《楚辞》，再到五言诗……这是文体在变，这是文学史上的大问题。

谈到文学的内容，它可以包括说理、记事与抒情各类。“说理”指孔、孟、老、庄、墨等诸子；“记事”指《史记》《汉书》等史著；“抒情”指《诗经》《楚辞》及五言诗等作品。

就文学作品的说理言，第一，要真实。说理的要表达真理，写历史要撰写信史，抒情的要真情流露。

第二，要自然。其实文学作品除了说理、记事和抒情以外，尚须加上“言志”。因为《诗经》三百首是言志的，与抒情有所不同。如《诗经》：“昔我往矣，杨柳依依；今我来思，雨雪霏霏。”照字面看，这是抒情，但这是元帅所作，而非小兵所作，其意是元帅体恤士卒，使士卒高兴。所以是含有政治作用的。

又如《诗经·周南》的《关雎》诗中所说：

关关雎鸠，在河之洲。窈窕淑女，君子好逑。
参差荇菜，左右流之。窈窕淑女，寤寐求之。
求之不得，寤寐思服。悠哉悠哉，辗转反侧。
参差荇菜，左右采之。窈窕淑女，琴瑟友之。
参差荇菜，左右芼之。窈窕淑女，钟鼓乐之。

这首诗表面上看起来，是讲有一位青年男生爱上一位身材苗条、容貌美丽的姑娘，这男孩时刻想念着她，即使在梦中也是翻来覆去地睡不着，还是想着她，希望成为一对好配偶。这表面上是抒情，实际上也是在言志，是讲文王之德化，亦是讽刺康王之晏朝。其实《诗经》三百首，都是有政治作用的上层文学。

《诗经》的国风，这风是指十五国的风，都是当地的乡土民风。由采诗之官去采，可能《关雎》一诗在周南被采去后，经过整理发表，用作另一番道理。因周康王不早起，其后命其早起办事，说如不早起便是我为后之罪，便非淑女也，劝说他不要为了迷恋爱情而耽误了政事。这就是讽喻，也即是言志。

可以说，中国有真正的文学当自建安时期开始。至宋元时代才有西洋文学之体裁风格。在先秦诸子时代，有儒家、道家、墨家、法家、名家、农家、纵横家、小说家等各家，各家思想不同，故其文章亦不同。儒家的孔子、孟子和荀子都是教育家，都是最会讲话的人。

孔子如钟，“大扣大鸣，小扣小鸣，不扣不鸣”，孔子回答人的方法亦是如此，孟子、荀子亦都如此。即所谓“夫子时然后言”，“赐也，始可与言诗已矣”。

庄子则是玩世不恭，并非板起面孔教训人，但他所讲的寓言，其实亦相当有道理。

老子又有所不同，他认为有的人不配与他讲。你们愈不懂，我的地位就愈高，所以说：“知我者稀，斯我贵矣。”但孔子的态度是“知我者其天乎！”。

墨子则是一定要讲到你明白为止，因为他是社会活动家，是宗教家。庄子形容墨子之言是“强聒而不舍”，就是硬要对你说。

孔、孟、老、庄的意境高，至于纵横家、小说家和法家等，就低了。

孔子之伟大，正如一间百货公司，货真而价实。

说理的文章要面对广大的人群，如墨子之喜为大众讲话。孟子则不然，他是“得天下英才而教育之”，一乐也。

至于西方的，如荷马和苏格拉底，他们是面对群众的、社会的。与中国的《诗经》之针对政治圈子，诸子的针对学术圈，均非为社会大众不同，所以中西文学是有所不同的。

再讲到记事方面，是指历史著作，可分官史和私史。《春秋》是一本官史，孟子说："春秋，天子之事也。是故孔子曰：'知我者，其惟春秋乎！罪我者，其惟春秋乎！'"

太史公的《史记》，是私史。他修史的宗旨是为要"究天人之际，通古今之变，成一家之言"。鲁迅说它是"史家之绝唱，无韵之《离骚》"，但它并不是放在国史馆中，而是藏之名山，传之其人，以待将来给后人看的。

中国人重视写史的自由。立言是三不朽之一，写史就可立言，为的是要在历史上留名，却并不重视天堂、灵魂这一套说法。

曹丕曾出来说："盖文章，经国之大业，不朽之盛事。年寿有时而尽，荣乐止乎其身，二者必至之常期，未若文章之无穷。是以古之作者，寄身于翰墨，见意于篇籍，不假良史之辞，不托飞驰之势，而声名自传于后。"所以周文王演《易》，周公作《周礼》，其名流芳百世。

曹丕认为建安众文友，他们的体貌与万物同归尘土，乃人生之大痛，惟有徐幹著有《中论》一书，足以留名后世，成一家之言也。

至于抒情的文学，《离骚》可以说是中国有纯粹文学的开始。太史公在《屈原贾生列传》中说：

屈平疾王听之不聪也，谗谄之蔽明也，邪曲之害公也，方正之不容也，故忧愁幽思而作《离骚》。《离骚》者，犹离忧也。夫天者，人之始也；父母者，人之本也。人穷则反本，故劳苦倦极，未尝不呼天地；疾痛惨怛，未尝不呼父母也。屈平正道直行，竭忠尽智以事其君，谗人间之，可谓穷矣。信而见疑，忠而被谤，能无怨乎？屈平之作《离骚》，盖自怨生也。

屈原博闻强记，明于治乱，虽然谋国以忠，事君以诚，却被上官大夫那班小人所谗害，致被怀王所疏远。屈原遂忧愁幽思而作《离骚》，以抒发他的愤懑不平之气，以冀怀王感悟。惜襄王时复用谗，屈原被谪放江南，终自沉汨罗江而亡。

好的文学作品必须具备纯真与自然。真是指讲真理、讲真情。鸟鸣兽啼是自然的，雄鸟鸣声向雌鸟求爱固然是出于求爱，但晨鸟在一无用心时鸣唱几声，那是最自然不过的流露；花之芳香完全是自然地开放，如空谷幽兰，它不为什么，也没有为任何特定的对象而开放；又如行云流水，也是云不为什么而行，水不为什么而流，只是行乎其所不得不行，流乎其所不得不流，这是最纯真最自然的行与流。写作也是如此，要一任自然。文学作品至此才是最高的境界。“《国风》好色而不淫，《小雅》怨诽而不乱。”屈原的《离骚》色而不淫，诽而不乱，可谓兼而有之。他怨得纯真而自然，而超越了他的现实人生，但不会出乱子，所以是好文章。当我们的人生遇到悲欢离合的情况时，就当看作是行云流水一般。

文学是有情感的，是生命，也可以说是间接的生命，如太史公的《史记》和《孟子》以及《庄子》等作品，其作者都是把自己的生命寄托于理论中。

文学又是时代的，如《孔雀东南飞》这首一千七百多字的长诗，描写东汉时焦仲卿夫妇同殉的事迹。焦妻刘氏自誓不嫁，为焦母所逼，投水而死，焦仲卿亦随之自缢而亡。这只是小生命，但与时代无关。大生命是有时代性的，它不但有内在的生命力，而且有外在的生命力。

最高的文学是不求人解的，老子所谓“知我者稀，斯我贵矣”。孔子说：“不患莫己知，求为可知也。”总之，文学的境界是面对有人，但面对无人是最自然的境界。《离骚》是有怨，但屈原并非要讲给人听。

所谓文学，并非将生命、感情放进去就成为文学，而是将生命、感情以及有时代性的内在生命力和外在生命力四者配合起来才成为文学的。如屈原的弟子、楚国大夫宋玉的《登徒子好色赋》。其赋曰：

大夫登徒子侍于楚王，短宋玉曰："玉为人，体貌闲丽，口多微辞，又性好色。愿王勿与出入后宫。"王以登徒子之言问于宋玉，玉曰："体貌闲丽，所受于天也；口多微辞，所学于师也；至于好色，臣无有也。"王曰："子不好色，亦有说乎？有说则止，无说则退。"玉曰："天下之佳人莫若楚国，楚国之丽者莫若臣里，臣里之美者莫若臣东家之子。东家之子，增之一分则太长，减之一分则太短；著粉则太白，施朱则太赤。眉如翠羽，肌如白雪，腰如束素，齿如含贝。嫣然一笑，惑阳城，迷下蔡。然此女登墙窥臣三年，至今未许也。登徒子则不然。其妻蓬头挛耳，齞唇历齿。旁行踽偻，又疥且痔。登徒子悦之，使有五子。王孰察之，谁为好色者矣！"是时，秦章华大夫在侧，因进而称曰："今夫宋玉盛称邻之女，以为美色，愚乱之邪，臣自以为守德，谓不如彼矣。且夫南楚穷巷之妾，焉足以为大王言乎？若臣之陋，目所曾睹者，未敢云也。"王曰："试为寡人说之。"大夫曰："唯唯。

“臣少曾远游，周览九土，足历五都。出咸阳，熙邯郸，从容郑、卫、溱、洧之间。是时向春之末，迎夏之阳。鸧鹒喈喈，群女出桑。此郊之姝，华色含光。体美容冶，不待饰装。臣观其丽者，因称诗曰：遵大路兮揽子祛，赠以芳华辞甚妙。于是处子怳若有望而不来，忽若有来而不见。意密体疏，俯仰异观，含喜微笑，窃视流眄。复称诗曰：寐春风兮发鲜荣，洁斋俟兮惠音声，赠我如此兮不如无生。因迁延而辞避，盖徒以微辞相感动，精神相依凭，目欲其颜，心顾其义，扬诗守礼，终不过差，故足称也。”

于是楚王称善，宋玉遂不退。

人谓宋玉为屈原弟子，或称为后学，但此作亦具有爱国思想，确是模仿前人之作，亦有其生命，但并无大生命与时代感，故文学之创造不易，模仿亦不是易事，但仍是要模仿，只是与创造不同。

到汉代，则有司马相如、扬雄辈出。

司马相如的文章，其修辞、造句、谋篇及布局均臻上乘，且有时代性，代表了汉武帝的大一统，如他的《子虚赋》《上林赋》均写得极佳，描写出整个时代性，也略有自然与生命的气味。

今摘录《子虚赋》一节如下：

楚使子虚使于齐，王悉发车骑，与使者出畋。畋罢，子虚过奼乌有先生，亡是公存焉。坐定，乌有先生问曰："今日畋，乐乎？"子虚曰："乐。""获多乎？"曰："少。""然则何乐？"对曰："仆乐齐王之欲夸仆以车骑之众，而仆对以云梦之事也。"曰："可得闻乎？"子虚曰："可。王车驾千乘，选徒万骑，畋于海滨。列卒满泽，罘罔弥山，掩兔辚鹿，射麋脚麟。骛于盐浦，割鲜染轮。射中获多，矜而自功。顾谓仆曰：'楚亦有平原广泽游猎之地，饶乐若此者乎？楚王之猎孰与寡人乎？'仆下车对曰：'臣，楚国之鄙人也。幸得宿卫十有余年，时从出游，游于后园，览于有无，然犹未能遍睹也，又焉足以言其外泽者乎！'齐王曰：'虽然，略以子之所闻见而言之。'

"仆对曰：'唯唯。臣闻楚有七泽，尝见其一，未睹其余也。臣之所见，盖特其小小耳者，名曰云梦。云梦者，方九百里，其中有山焉。其山则盘纡茀郁，隆崇嵂崒，岑崟参差，日月蔽亏，交错纠纷，上干青云，罢池陂陀，下属江河。其土则丹青赭垩，雌黄白坿，锡碧金银。众色炫耀，照烂龙鳞。其石则赤玉玫瑰，琳瑉昆吾，瑊玏玄厉，碝石碔玞。其东则有蕙圃：衡兰芷若，芎䓖昌蒲，茳蓠麋芜，诸柘巴苴。其南则有平原广泽，登降陁靡，案衍坛曼。缘以大江，限以巫山。其高燥则生葴菥苞荔，薛莎青薠。其埤湿则生藏莨蒹葭，东蔷雕胡，莲藕觚卢，菴闾轩于。众物居之，不可胜图。其西则有涌泉清池，激水推移；外发芙蓉菱华，内隐巨石白沙。其中则有神龟蛟鼍，瑇瑁鳖鼋。其北则有阴林，其树楩柟豫章，桂椒木兰，檗离朱杨，樝梨梬栗，橘柚芬芳。其上则有赤猿蠗猱，鹓雏孔鸾，腾远射干。其下则有白虎玄豹，蟃蜒貙犴。’”

……乌有先生曰：“是何言之过也！足下不远千里，来贶齐国，王悉发境内之士，备车骑之众，与使者出畋，乃欲勠力致获，以娱左右，何名为夸哉！问楚地之有无者，愿闻大国之风烈，先生之余论也。今足下不称楚王之德厚，而盛推云梦以为高，奢言淫乐而显侈靡，窃为足下不取也。必若所言，固非楚国之美也。无而言之，是害足下之信也。彰君恶，伤私义，二者无一可，而先生行之，必且轻于齐而累于楚矣！……若乃俶傥瑰伟，异方殊类，珍怪鸟兽，万端鳞崒，充牣其中，不可胜记。禹不能名，卨不能计。然在诸侯之位，不敢言游戏之乐，苑囿之大；先生又见客，是以王辞不复，何为无以应哉！”

可知司马相如作赋，极尽其铺张夸大的能事，例如上文《子虚赋》中描写云梦山，自“云梦者，方九百里”开始，直至“其下则有白虎玄豹，蟃蜒貙犴”，其中引用了各种珍禽怪兽、奇花异草，东南西北四方的山如何、水如何，其铺辞丽靡，实过于藻饰，但迎合于此一时代的风格。

今再摘录司马相如《上林赋》数节于下：

亡是公听然而笑曰：“楚则失矣，而齐亦未为得也。夫使诸侯纳贡者，非为财币，所以述职也。封疆画界者，非为守御，所以禁淫也。今齐列为东藩，而外私肃慎，捐国逾限，越海而田，其于义固未可也。且二君之论，不务明君臣之义，正诸侯之礼，徒事争于游戏之乐，苑囿之大，欲以奢侈相胜，荒淫相越，此不可以扬名发誉，而适足以贬君自损也。

“且夫齐楚之事，又乌足道乎！君未睹夫巨丽也，独不闻天子之上林乎？左苍梧，右西极。丹水更其南，紫渊径其北。终始灞、浐，出入泾、渭；酆、镐、潦、潏，纡馀委蛇，经营乎其内。荡荡乎八川分流，相背而异态。东西南北，驰骛往来，出乎椒丘之阙，行乎洲淤之浦，经乎桂林之中，过乎泱漭之野。汩乎混流，顺阿而下，赴隘狭之口，触穹石，激堆埼，沸乎暴怒，汹涌澎湃……悠远长怀，寂漻无声，肆乎永归。然后灏溔潢漾，安翔徐回，翯乎滈滈，东注太湖，衍溢陂池。

……

“于是乎周览泛观，缜纷轧芴，芒芒恍忽。视之无端，察之无涯，日出东沼，入乎西陂。其南则隆冬生长，涌水跃波。其兽则獑旄貘犛，沈牛麈麋，赤首圜题，穷奇象犀。其北则盛夏含冻裂地，涉冰揭河。其兽则麒麟角端，騊駼橐驼，蛩蛩驒騱，駃騠驴骡。

……

“于是历吉日以斋戒，袭朝服，乘法驾，建华旗，鸣玉鸾，游于六艺之囿，驰骛乎仁义之途，览观《春秋》之林，射《狸首》，兼《驺虞》，弋玄鹤，舞干戚，载云罕，揜群雅，悲《伐檀》，乐乐胥，修容乎《礼》园，翱翔乎《书》圃，述《易》道，放怪兽，登明堂，坐清庙，次群臣，奏得失。四海之内，靡不受获。于斯之时，天下大说，乡风而听，随流而化，芔然兴道而迁义，刑错而不用，德隆于三王，而功羡于五帝。若此，故猎乃可喜也。

“若夫终日驰骋，劳神苦形，罢车马之用，抏士卒之精，费府库之财，而无德厚之恩，务在独乐，不顾众庶，亡国家之政，贪雉兔之获，则仁者不繇也。从此观之，齐楚之事，岂不哀哉！地方不过千里，而囿居九百，是草木不得垦辟，而人无所食也。夫以诸侯之细，而乐万乘之侈，仆恐百姓被其尤也。”

于是二子愀然改容，超若自失，逡巡避席，曰：“鄙人固陋，不知忌讳，乃今日见教，谨受命矣。”

以上司马相如的《子虚赋》与《上林赋》，都是名篇，其辞藻、结构均属优秀之作。

再说扬雄，也是汉赋鼎盛时期的名家。他们当时描写的都是汉武帝以来的强大国势，物产的丰饶，宫苑的富丽堂皇以及皇室贵族的田猎、歌舞盛况。扬雄的《羽猎赋》说：

孝成帝时羽猎，雄从。以为昔在二帝三王，宫馆台榭，沼池苑囿，林麓薮泽，财足以奉郊庙，御宾客，充庖厨而已，不夺百姓膏腴谷土桑柘之地。女有余布，男有余粟，国家殷富，上下交足……武帝广开上林，东南至宜春、鼎胡……旁南山西至长杨、五柞，北绕黄山，濒渭而东，周袤数百里……游观侈靡，穷妙极丽。虽颇割其三垂以赡齐民，然至羽猎，甲车戎马，器械储偫，禁御所营，尚泰奢丽夸诩，非尧、舜、成汤、文王三驱之意也。又恐后世复修前好，不折中以泉台，故聊因《校猎赋》以风之。其辞曰：

或称羲、农，岂或帝王之弥文哉？论者云否，各亦并时而得宜，奚必同条而共贯？则泰山之封，焉得七十而有二仪？是以创业垂统者俱不见其爽，遐迩五三，孰知其是非？遂作颂曰：丽哉神圣，处于玄宫。富既与地乎侔訾，贵正与天乎比崇。齐桓曾不足使扶毂，楚严未足以为骖乘……建道德以为师，友仁义与之为朋。

于是玄冬季月，天地隆烈，万物权舆于内，徂落于外，帝将惟田于灵之囿，开北垠，受不周之制，以奉终始颛顼、玄冥之统。

……

于兹乎鸿生巨儒，俄轩冕，杂衣裳，修唐典，匡《雅》《颂》，揖让于前。昭光振耀，响忽如神。仁声惠于北狄，武谊动于南邻。是以旃裘之王，胡貉之长，移珍来享，抗手称臣。前入围口，后陈卢山。群公常伯阳朱、墨翟之徒，喟然并称曰：“崇哉乎德，虽有唐、虞、大夏、成周之隆，何以侈兹！夫古之觐东岳，禅梁基，舍此世也，其谁与哉？”……

扬雄又有《长杨赋》，也是写的畋猎。

司马相如在梁孝王时代曾加入梁园文学团队，作《子虚赋》，梁孝王逝世，梁园文社随之解散，司马相如亦返回乡居。至汉武帝即位，偶读其《子虚赋》，喜好之，遂召相如回朝。他对武帝说，《子虚赋》只是叙诸侯之事，并无精意可言，今请为主上作畋猎之赋，遂作《上林赋》，武帝大喜，并封相如为郎。《子虚赋》与《上林赋》两赋之完成，相距十载。但两赋内容贯通相连，世人谓二文实二而一。《子虚赋》写楚臣出使于齐，齐王盛情款待，一同出猎。此文描写齐王畋猎之盛，并同时讲述楚王游猎云梦盛况，文中借乌有先生之口批评子虚不重君王以德义治天下，而大谈游猎盛况，斥为不当。至于《上林赋》，乃承接《子虚赋》，以亡是公口气批评子虚、乌有乃至齐、楚诸侯漠视民生而奢侈游猎之不妥。两文波澜壮阔、气势宏伟，为汉赋典范之作。

至于扬雄的《羽猎赋》和《长杨赋》，亦是西汉末年时期之名作。他早年喜好辞赋，崇奉司马相如，晚年则视辞赋为小道，壮夫不为也。至于《羽猎赋》和《长杨赋》两赋，则深受司马相如之影响，是为成帝爱好游猎而作。但不论如何，这些作品都突显出当时的时代性。

郭沫若说，他根据商代的甲骨文，断定商代为游牧时代，但他只是取些片面的材料。畋猎只是当时贵族生活中的最高奢侈与最高娱乐。

可以说，汉赋是传承宋玉而来，而并非传承自屈原，自此而走上纯文学的道路，因诸子的孔、孟、老、庄之书和《史记》等均非纯文学，汉赋则是歌唱时代的文学。到东汉时，人生观与文学思潮都起了重大的变化，则魏晋后的新文学，又是一番新的风貌了。

如上所说，文章的体类有言志、说理、记事和抒情四种。

《古诗十九首》的作者随时代而产生悲观心理，他们不想要留名，亦不是走向政治或学术园地，所谈不外乎男女的悲欢离合与生老死别，自然地流露其悲观的情绪，故代表了一个时代，对其生命从根本处看，是消极的，对人生一无价值。

东汉末年时，人心所感觉的预兆，是政治要荒颓了，而此一时期的文学却亲切而流露出真情。即使是曹操，虽当时已是政界领导，但其作品仍不失为普通平民之私己谈吐。如其《短歌行》之“对酒当歌，人生几何？譬如朝露，去日苦多”，其所表现的十足是一首普罗大众的平民诗。与《诗经》《离骚》及汉赋明显有所不同。操子丕、植继承父风，从此树立了文学独立，与政治脱离了关系。

当时曹操已受汉帝之封为魏王，封地并赐九锡，照老例，他所写的《述志令》应该庄严端重，曹操却写得轻松而有亲切感，正如罗斯福的《炉边谈话》一般。按照当时外交辞令，应合乎当时政治文体，是要下令的，但他只是“述志”，只谈些从年轻时期起的生活琐事，不成其为令，讲述自己赤裸裸的一生，以朋友的口吻闲话家常，却成了一种风格与前不同的新文学。

至于赋这方面，到了三国时期，有王粲出来，初在荆州，后从曹操，有《登楼赋》，以流亡分子的身份写成，只寥寥数百字。当时建安七子中的阮瑀死，魏文帝曹丕写《寡妇赋》。[1]

此种落花水面皆文章，拈来皆是的文学境界，要到曹操以后才有，故建安文学亲切而有味。到了曹氏父子，可说如到了冬天，一泓清水似的，谈的都是没有价值的，却生出了价值。

文学的创作难，模仿则容易发生毛病，但讲文学亦得有模仿。建安文学是有其清新的面貌，但后来模仿它的，却变坏了、杂了，因此又得有文学的翻新。一个时代有一个时代的面貌，但并非全是白话文的变化。

总的来说，魏晋南北朝时期是应该看重曹氏父子所领头的建安文学的。

后来的诸葛亮，羽扇纶巾，指挥三军，他作的《出师

1 编按：《寡妇赋》小序曰：“陈留阮元瑜与余有旧，薄命早亡，每感存其遗孤，未尝不怆然伤心，故作斯赋，以叙其妻子悲苦之情。”

表》，亦如与朋友话家常，学的是曹操。曹操倜傥风流，其下属羊祜累官升至尚书左仆射，当其都督荆州时，轻裘缓带，身不披甲，学的亦是曹操。曹操在军中，意态安闲，如不欲战。曾用火攻败操于赤壁的周瑜，当作战时，背后却在听戏，学的也还是曹操。

第十九篇　昭明文选

《文选》为梁萧统所编纂。萧统为梁武帝萧衍长子，于和帝中兴元年即西元501年生于襄阳，次年萧衍即位称梁武帝，同年立统为皇太子。统资质聪慧、文思敏捷，九岁能讲《孝经》，事母至孝，他年轻时，其父皇命其处理政事，仁名远播。惜英年早逝，年仅三十一岁，谥为“昭明”，故名是书为《昭明文选》。

在齐、梁时期，编纂诗文总集的风气很盛。编选的学者文人多不胜数，如晋杜预有《善文》，稍后李充有《翰林论》，西晋挚虞有《文章流别集》，宋刘义庆有《集林》以及沈约有《集钞》等等。这些选集由于时代较久远，所选文类及篇数不及《昭明文选》之丰富齐全，且昭明太子在财力物力人力各方面占了极大的优势。

昭明太子出身于皇族，自幼酷爱文学，藏书数万卷，又礼遇天下学者文士，并且，在东宫担任官职的，如任职通事舍人的刘勰，都是他所器重的，可谓人才济济，群贤毕集。有如此多的学者文士担任他的顾问或直接参与实际的编选，在先前的众多选集或因文体分类不足，或因选文欠丰亦欠精准，逐渐先后淘汰之后，《昭明文选》于是成为当时诗文总集的独存孤本。前面已讲及，如欲研究古代诗文，则取《诗经》与《昭明文选》两种已经足够了。

关于《昭明文选》的体例，在其《文选序》中已有详细说明，全序可分八大段，今试分段析述如下。《文选序》首段道：

> 式观元始，眇觌玄风。冬穴夏巢之时，茹毛饮血之世，世质民淳，斯文未作。逮乎伏羲氏之王天下也，始画八卦，造书契，以代结绳之政，由是文籍生焉。《易》曰："观乎天文以察时变，观乎人文以化成天下。"文之时义远矣哉！

以上《文选序》之首段是说，在上古原始时期，人们住在洞穴中或在树上筑巢而居，他们茹毛饮血，文化尚未昌明，要到伏羲画八卦，造书契，才有文字以代替结绳记事。《易经》

上说：观察天文可知四时季节的变化，观察人文以向百姓施行教化。这说明文章的深远时代意义由此开始。接着，《文选序》的次段说：

若夫椎轮为大辂之始，大辂宁有椎轮之质[1]；增冰为积水所成，积水曾微增冰之凛。何哉？盖踵其事而增华，变其本而加厉；物既有之，文亦宜然。随时变改，难可详悉。

这段是说：像椎轮这种粗陋的工具，原来是制造大辂的先导，大辂的质地精细，但没有椎轮的质朴。厚厚的冰块是由积水凝结而成，但当初的积水不会如冰块那么冰冷。这是由于天下的事物在不断地发展和改变，它改变了原来的样貌，增加了新添的效益，天下的事事物物都是如此。文章亦如此地随着时代变化，这是难以详细了解的。

《序》的第三段说：

尝试论之曰：《诗序》云："《诗》有六义焉，一曰风，二曰赋，三曰比，四曰兴，五曰雅，六曰颂。"至于今之作者，异乎古昔。古诗之体，今则全取赋名。荀、宋表之于前，贾、马继之于末。自兹以降，源流寔繁。述邑居，则

1 编按：椎轮，无辐条的车轮。大辂，天子乘用的车。《礼记·乐记》："所谓大辂者，天子之车也。"

有“凭虚”“亡是”之作；戒畋游，则有《长杨》《羽猎》之制。若其纪一事，咏一物，风云草木之兴，鱼虫禽兽之流，推而广之，不可胜载矣！又楚人屈原，含忠履洁，君匪从流，臣进逆耳，深思远虑，遂放湘南。耿介之意既伤，壹郁之怀靡愬。临渊有怀沙之志，吟泽有憔悴之容。骚人之文，自兹而作。

这一段谈到《诗经》有风、雅、颂、赋、比、兴六种体裁，但现在的文体已有变化。赋本来只是《诗》之一义，现在的文章则统称为赋了。先有荀子、宋玉开导于前，再有贾谊与司马相如承袭在后，从此赋的发展十分繁富。如托借凭虚公子和亡是公来描写宫殿；又有《长杨》《羽猎》诸赋劝诫君王游猎的。至于单记一事、咏一物，或对山川草木、鸟兽虫鱼的描写文章则不可胜数了。此外，如屈原这样态行高洁的人，楚王竟不纳谏，遂使他怀石自沉于汨罗江，临终前憔悴行吟泽畔，致有《离骚》之作产生。

《序》的第四段说：

诗者，盖志之所之也。情动于中而形于言。《关雎》《麟趾》，正始之道著；《桑间》《濮上》，亡国之音表。故风、雅之道，粲然可观。自炎汉中叶，厥涂渐异：退傅有《在邹》

之作，降将著“河梁”之篇。四言五言，区以别矣。又少则三字，多则九言，各体互兴，分镳并驱。颂者，所以游扬德业，褒赞成功。吉甫有“穆若”之谈，季子有“至矣”之叹，舒布为诗，既言如彼；总成为颂，又亦若此。

这一段讲的是：《诗经》本来是述志的，心有所感便发之于文。如《关雎》《麟趾》等诗，志在宣扬圣王教化之道；《桑间》《濮上》之诗，则是亡国之音。当时风、雅的作品大为盛行，但自汉代中叶开始，诗歌的发展已与往昔不同。韦孟在邹作闲居之诗；李陵则写了“携手上河梁”的诗。自此，自四言、五言之诗发展到三言、六言、七言以至多达九言之诗，都分头发展兴旺起来。颂是用来歌功颂德的，尹吉甫作“穆若”以赞美周宣王，吴季札对颂乐大加赞赏，这一切，都是用来颂扬人之美德。

《序》的第五段说：

次则箴兴于补阙，戒出于弼匡，论则析理精微，铭则序事清润。美终则诔发，图象则赞兴。又诏诰教令之流，表奏笺记之列，书誓符檄之品，吊祭悲哀之作，答客指事之制，三言八字之文，篇辞引序，碑碣志状，众制锋起，源流间出。譬陶匏异器，并为入耳之娱；黼黻不同，俱为悦目之玩。作者之致，盖云备矣！

此第五段是讲到各种文体之创用原由，“箴”是为了补救缺失，“戒”是为了纠正错误，“论”则是要精细地去分析事物之理，“铭”是叙事要求清通圆畅，“诔”是为寿终者作的美文，“赞”是为图像作赞扬文章。此外，如诏诰教令、表奏笺记以及书札、誓词、檄文、祭文以及答客和指事一类的作品，还有三言八字、篇辞引序、碑文行状这些不同体裁、种类繁多的文章，都相继丛生，就像各种金石丝竹制成的乐器，各自发出悦耳之声，亦似各种花纹各异的服饰，使人都能欣赏悦目。文学家亦能借着其所创作的各种不同文体，表达其辞藻意境之美。

《序》的第六段说：

余监抚馀闲，居多暇日，历观文囿，泛览辞林，未尝不心游目想，移晷忘倦。自姬、汉以来，眇焉悠邈，时更七代，数逾千祀。词人才子，则名溢于缥囊。飞文染翰，则卷盈乎缃帙。自非略其芜秽，集其清英，盖欲兼功，太半难矣！

这第六段的意思是：我在担任监国、抚军之余，便可利用这许多闲暇时间遍读群著，即使费时久长亦不知倦。计自周、汉至今，已更换了七个朝代，历时一千余年。多少文人才子名满闹城僻乡，多少诗文名篇充满于卷帙中，当然非把那些芜杂的文稿抛弃不可，只能留下精彩的，不然，哪里有许多工夫去遍读呢！

《序》的第七段说：

若夫姬公之籍，孔父之书，与日月俱悬，鬼神争奥，孝敬之准式，人伦之师友，岂可重以芟夷，加之剪截？老、庄之作，管、孟之流，盖以立意为宗，不以能文为本。今之所撰，又以略诸。

此段意思是：像周公、孔子的经典，如日月照耀于天地之间，似鬼神般奥妙，所论都是人生伦常道德的规范，岂可任意删剪裁削？至于老、庄、管、孟之书都以理论为主，不重文采，故亦删去不选。

《序》最后的第八段道：

若贤人之美辞，忠臣之抗直，谋夫之话，辨士之端，冰释泉涌，金相玉振，所谓坐狙丘，议稷下，仲连之却秦军，食其之下齐国，留侯之发八难，曲逆之吐六奇，盖乃事美一时，语流千载。概见坟籍[1]，旁出子史，若斯之流，又亦

1 编按：坟籍，泛指古代典籍。坟，概指传说中的三坟五典。张衡《东京赋》："昔常恨三坟五典既泯"，薛综注："三坟，三皇之书也，五典，五帝之书也。"

繁博，虽传之简牍，而事异篇章，今之所集，亦所不取。至于记事之史，系年之书，所以褒贬是非，纪别异同，方之篇翰，亦已不同。若其赞论之综辑辞采，序述之错比文华，事出于沈思，义归乎翰藻，故与夫篇什，杂而集之。远自周室，迄于圣代，都为三十卷，名曰《文选》云耳。凡次文之体，各以汇聚。诗赋体既不一，又以类分；类分之中，各以时代相次。

此末段说明：像贤人所言，忠臣直谏，谋士言辞，辩士舌锋，滔滔不绝地义法兼顾，如喷泉一般涌出来。似田巴[1]在狙丘的论辩、在稷下的议论，又像鲁仲连说辞退秦军，郦食其招降各国，张良反对再复封六国而发《八难》，陈平六出奇计，为时人赞美而流芳后世，子、史典籍争相刊载，由于文辞繁富，不及备载，亦不同于文学，故亦不选入。至于记事体和编年体的历史著作，与文学创作有别的也除外，但有些属于赞论、序述，似属优美的辞藻，则一并杂入其中。最后说明选文的体例编排和先后次序。大体上说，全序说明了全书的选录和如何分类编排，但以文采和辞藻为主。

有关《昭明文选》的篇章分类，可能是自古以来分类最细

1编按：田巴，战国时齐国辩士。

最多的，刘勰的《文心雕龙》只是分了二十类，但《文选》竟分了三十八体之多，分列述于下：

（一）赋体：下分十五类

1. 京都

2. 郊祀

3. 耕藉

4. 畋猎

5. 纪行

6. 游览

7. 宫殿

8. 江海

9. 物色

10. 鸟兽

11. 志

12. 哀伤

13. 论文

14. 音乐

15. 情

（二）诗体：分二十四类

1. 补亡

2. 述德
3. 劝励
4. 献诗
5. 公讌 ⚬⚬
6. 祖饯 ⚬⚬
7. 咏史 ⚬⚬[1]
8. 百一
9. 游仙
10. 招隐
11. 反招隐
12. 游览 ⚬⚬
13. 咏怀 ⚬⚬
14. 哀伤 ⚬⚬
15. 赠答 ⚬⚬
16. 行旅 ⚬⚬[2]
17. 军戎
18. 郊庙
19. 心吊

1 钱按：5、6、7三类有“⚬⚬”者特别重要。

2 钱按：12、13、14、15、16 五类有“⚬⚬”者特别重要。

20. 乐府

21. 挽歌

22. 杂歌

23. 杂诗

24. 杂拟

（三）骚包括《楚辞》

（四）七

（五）诏

（六）册

（七）令

（八）教

（九）文

（十）表

（十一）上书

（十二）启

（十三）弹事

（十四）牍

（十五）奏记

（十六）书

（十七）檄

（十八）对问

（十九）设论

（二十）辞

（廿一）序

（廿二）颂

（廿三）赞

（廿四）符命

（廿五）史论

（廿六）史述赞

（廿七）论

（廿八）连珠

（廿九）箴

（卅）铭

（卅一）诔

（卅二）哀

（卅三）碑文

（卅四）墓志

（卅五）行状

（卅六）吊文

（卅七）祭文

（卅八）笺

以上《文选》之三十八文体中，有若干条须在此稍作解释者，析述于下：

（一）赋体

◆赋体1“京都”，即指帝都。如班固之《两都赋》张衡之《二京赋》即《东京赋》《西京赋》及左思之《三都赋》等。

◆赋体2“郊祀”，指君王祭天。

◆赋体3“耕藉”，指君王之礼节，如亲自下田。

◆赋体4“畋猎”，指君王之娱乐。

上述之2、3、4 三类有司马相如所撰《子虚赋》《上林赋》，扬雄所撰《羽猎赋》及《长杨赋》等。

◆赋体6“游览”，有王粲《登楼赋》等，有了新体裁后，已不讲帝王，而讲私人。

◆赋体7“宫殿”，指描写外观的。西汉时鲁灵光殿，到魏晋时仍存在。东汉时王逸有子（王延寿），逸当时想为此殿作赋，逸子亲自去曲阜，考察该殿，以便父做写赋资料。后来逸子自己写了一篇，他已写，别人便不再写了。[1]

---

1 编按：据《后汉书·王逸传》记载，东汉蔡邕也想以鲁灵光殿为题材写赋，但见到王延寿写的《鲁灵光殿赋》，也就不再写了。

◆赋体9“物色”，指描写风、月、雪、秋等。

◆赋体10“鸟兽”，有描写鹦鹉、白马的。

◆赋体11“志”，如张衡之《归田赋》、潘安之《闲居赋》及陶渊明之《归去来兮辞》等。此类文与“哀伤”无甚分别，乃来自生活中之感受。如张衡之《归田赋》云：“游都邑以永久，无明略以佐时。徒临川以羡鱼，俟河清乎未期。”是指作者游京都不遇，身怀良才不为君王所用，有不如归家之感。因不遇而不得志，遂兴起归家之念，此种并非谈修齐治平之道，而是写日常生活之遭遇。如陶渊明之《归去来兮辞》，即是“归田赋”，为过去先秦文学所无，全世界只有中国有这一套文化价值，且是根深蒂固的。

◆赋体12“哀伤”，指怀念朋友之逝去，如《思旧赋》《叹逝赋》等赋均属此类。

◆赋体14、15 之“音乐”与“情”两类放入赋体中，因文章、音乐仍是属于情志一类也。

综言之，汉代人的是旧赋，建安以后的则是新赋，内容有所不同。

（二）诗体：分二十四类。

◆诗体2“述德”是讲先祖之事。

◆诗体3“劝励”是指勉励对方。

◆诗体5“公讌”是指请酒时即席赋诗。

◆诗体6“祖饯”是指送行。如“劝君更尽一杯酒，西出阳关无故人”等即是送行。

◆诗体7“咏史”指寄托于描写历史上的人，心中有事，以史诗表之。

◆诗体8“百一”，此类诗只有一个人曾作过，是对政治问题而发，即“愚者千虑，必有一得”，指对政治上或有百分之一的贡献。

◆诗体9“游仙”指老、庄思想，描写仙人思想。

◆诗体10“招隐”指招隐者出任。

◆诗体13“咏怀”，阮籍首先写此类诗，写心中所怀之事。

◆诗体16“行旅”指游览时在路途中。如“清明时节雨纷纷”之类的诗。

◆诗体20“乐府”指民间所唱的诗歌。

（三）“骚体”，亦包括《楚辞》在内。

（七）至（八）、（九）即“令”“教”“文”三体，是指上级对下级。

（十）至（十五）有“表”“上书”“启”“弹事”“牍”含“笺”“奏记”等六体，并非对上级之作。

（十六）“书体”，此类特佳。

（十七）“檄体”，讨伐用。

以上《昭明文选》文章分类的三十八体中，录用作品的作家，自先秦至南朝梁共有一百二十七人，诗文歌赋共采录七百余篇。先秦采用的作家只有子夏、屈原、宋玉及荆轲四位。采用屈原的较多，达七首，宋玉有七首，其余各一首而已。

秦代的仅采用李斯一文而已。

两汉的采用较多。西汉的采录了高祖刘邦、武帝刘彻、贾谊、枚乘、韦孟、淮南小山、司马相如、邹阳、司马迁、李陵、东方朔、苏武、杨恽、孔安国、扬雄、刘歆、班婕妤等十八人的作品，其中采用司马相如的有七篇之多，其次是扬雄的六篇。

后汉被收录文章的作家有班固、班彪、张衡、马融、朱浮、傅毅、史岑、王延寿、崔瑗、蔡邕、孔融、刘桢、阮瑀、潘勖、祢衡、应玚、陈琳、杨修、班昭、繁钦及王粲共二十一人。选入作品最多的则有王粲十四首；班固十一首；刘桢十首；张衡则有五赋四诗，也不算少。

蜀汉则只有诸葛亮《出师表》一篇。

魏则有曹操、丕、植三父子，吴质、嵇康、阮籍、钟会、何晏、曹冏、李康、应璩、缪袭等十二位，其中以曹植的作品占了三十九首，为最多，曹丕的也有九首，曹操则只有《短歌行》《苦寒行》两首而已。

吴只有韦昭一篇。

晋有杜预、羊祜、赵至、傅玄、应贞、枣据、成公绥、向秀、刘伶、潘岳、张华、石崇、何劭、陆机、张载、孙楚、傅咸、夏侯湛、左思、潘尼、陆云、司马彪、张协、李密、曹据、张悛、桓温、孙绰、殷仲文、谢混、陶潜、王康琚、刘琨、郭璞、庾亮、木华、郭泰机、欧阳建、王讃、卢谌、袁宏、干宝、束皙、皇甫谧及张翰等四十五人，其中收录陆机之诗赋达一百一十首之多，被收录作品之多为全书之冠。此外如潘岳有二十二首，左思有十五首。

南朝宋代被选入诗文的则有谢灵运、谢惠连、傅亮、谢瞻、范晔、鲍照、谢庄、袁淑、颜延之、王微、王僧达及刘铄共十二位。其中谢灵运占三十九首，颜延之二十六首，鲍照二十首。

齐有谢朓、王融、王俭、孔稚珪、陆厥、任昉、丘迟、沈约、江淹、范云、王巾、徐悱、刘峻及虞义等十位，其中谢朓被选录二十三首，任昉二十一首，沈约十七首。

大体来讲，越古老的，如周、秦、两汉被选入的个人作品较少，到了魏晋则人数增多，个别作家的作品选入篇数也较多了，到宋、齐、梁三代，作家人数虽不算比先前的多，但个别作家有大量作品被选入的人数则比周秦汉魏为多了。也有人批评这是薄古而厚今，这也是见仁见智的看法，难免见解有所不同。

我国的文学，自孔子以下之诸子百家到汉初可说是散文时期，魏晋后则是韵文的世界。其间屈原的《离骚》只是偶然的产生而已。

《昭明文选》之失败是，其中之“史论”“论”“史述赞”“诏”及“令”诸体不应该用韵文，但“檄”与“哀”用韵文倒是很适当的。《文选》用了很多绚丽的辞藻是值得吾人学习的；又如《文选》中用了很多古旧生冷的字，便使今日没再使用的旧字重新可以活过来，这也值得称道。记得我十八岁时，在家乡教小学，曾选教班固的《两都赋》和张衡的《西京赋》《东京赋》，《文选》中有这些文章，学生常问我难字。让现代人多认识一些已被弃置不用的古老难字，应是一件好事。

南朝宋代用有韵之四六文，甚至政府亦用此种文体。后来欧阳修、苏东坡诸名家亦擅长写此等文章。

清代《曾文正公家训》中谈及，曾文正亦爱读《文选》。

我认为《昭明文选》中所选入的古代诗文辞赋已经相当广泛且多，如要学习中国古典文学，再加上一本《诗经》，业已足够了。

第二十篇 唐诗（上）

初唐时期

汉、唐两代是我国最伟大的时代。唐代可说是中国文学史的中心，可谓已达登峰造极之境。自唐以后，直到今日，流风所披，至今未泯。其中如唐代杜甫的诗、韩愈的古文、颜真卿的字和吴道子的画，从此以后都不能超出以上四人，他们都达到了文学艺术的最高境界。

中国文学中最高最正的要算是诗，而唐诗是最伟大的。清代编有《全唐诗》九百卷，计共四万八千九百首，作者两千两百余人。此书在康熙四十四年开始编纂，以胡震亨的《唐音统签》为蓝本而加以增删而成。

以《昭明文选》中入选的汉魏晋各代的诗来说，汉代的诗并不多，其实魏晋以后，自曹操三父子下来，诗才开始多了。此时期重要的诗作，都已选录在《文选》中，但汉魏的诗都是五言诗，到唐代七言诗才发达起来。

《文选》中多的是五言古诗，叫“五古”。唐有七言古诗，叫“七古”；但唐诗中尚有五言律诗、七言律诗、五言绝句、七言绝句，便是“五律”“七律”“五绝”“七绝”；此外尚有“歌行”“新乐府”等。诗体在唐代已大备矣！此后的旧诗体，已无法越出上述范围。

唐代历时近三百载，自西元618年至906年[1]。一般来说，我们将唐的演变划分成四个时期，即：

初唐，西元618年至712年，即是由唐高祖武德元年到唐中宗李哲太极，再到唐玄宗李隆基为止，历时95年。其间还经过14年的武则天称帝。

盛唐，从西元713年至765年，即是由唐玄宗开元元年起至唐代宗李豫永寿年止，历时53年。

中唐，从西元766年至846年，即是由唐代宗大历元年起至唐武宗李炎会昌六年止，历时81年。

晚唐，从西元847年到902年，即是由唐宣宗李忱大中元年

---

1 钱按：即是从唐高祖李渊武德元年到唐哀宗李柷天祐三年为止。

到唐昭宗天复二年止，历时56年。

兹将唐诗四个时期分别叙述于下：

初唐时期

唐诗的初唐时期，自西元618 年至712年，自唐高祖到中宗，近一百年。

凡是一民族或个人，其成就都需要有一个准备酝酿时期，即是先要有一个长期准备。伟大的文学，多在太平盛世时产生。魏晋南北朝时期之文学，只能说是文学之觉醒，到唐代才是神完气足，超越魏晋而走上新的发展道路。推其原因有三：

第一， 魏晋是衰世，唐是安富尊荣之大时代。

第二， 南北朝时是门第社会，是乱世，但生活在门第小圈子中却很安适。故魏晋文章是膏粱子弟养成，生活不丰富，对社会各阶层的接触面不广，人生缺乏历练奋斗的经验，死气沉沉，没有活力。

第三，到了唐代的科举制度出来，这制度极好，平民只要肯努力学习，文学好，便可应试成功做官。不是门第独占的，而是社会普及化的，故生活经验富有，活力强大，其本质与魏晋时代已大不相同。

初唐时期的知名诗人有王勃、杨炯、卢照邻、骆宾王四位，时称“初唐四杰”。他们以能将五言小诗化成七言长篇古体诗而出名。但到盛唐时，人已看不起“初唐四杰”了，可以杜甫的论诗绝句作证明。诗曰：“王杨卢骆当时体，轻薄为文哂未休。尔曹身与名俱灭，不废江河万古流。”

从杜甫这首诗看，他仍看重四杰，但当时的人对四杰已有轻视之意，这实在是不应该的。

王勃，字子安，龙门人。勃出身于书香门第，祖父是隋代的名学者文中子，叔祖王绩亦是初唐知名诗人。勃十岁时参加童子科考试，已有神童之称，十七岁时已任职京师文学侍从官。

王勃有《送杜少府之任蜀州》，其中有名句，今日已是家喻户晓。诗曰：

城阙辅三秦，风烟望五津。
与君离别意，同是宦游人。
海内存知己，天涯若比邻。
无为在歧路，儿女共沾巾。

全诗之意是说自项羽灭秦后，三分秦地，称为三秦，到汉高祖刘邦建都，命名为京兆、左冯翊和右扶风，称为三辅。首句“城阙辅三秦”者，即是指王勃与杜少府相别之地。“五津”是指蜀大江中有白华、万里、江首、涉头与江南五渡口，合称五津，即是杜少府将前往之地。此诗首两句是说明离别之地与少府任所，三、四两句是说明知己离别之意，内心实依依难舍，由于大家都是宦游之人，踪迹无定是无可奈何之事，而相逢不知何日。至五、六两句“海内存知己，天涯若比邻”则话意已转，说只要是知己，虽遥隔天涯海角，则仍犹如在比邻，也就不必伤感了。末两句是引用杨朱见歧路而泣的典故，说男子汉应有大丈夫之态，勿作儿女沾巾拭泪之丑态。此中“海内存知己，天涯若比邻”两句，意即“只要是知己，即使各住天涯海角，却仍将如比邻一样”。现在已成家喻户晓之名句。

王勃亦有七言古诗《滕王阁》一首，诗曰：

滕王高阁临江渚，佩玉鸣鸾罢歌舞。
画栋朝飞南浦云，珠帘暮卷西山雨。
闲云潭影日悠悠，物换星移几度秋。
阁中帝子今何在？槛外长江空自流。

此诗言滕王阁临江而矗立，其间佩玉、鸣鸾、画栋、珠帘形容王家富贵之气象。至于其言“朝飞南浦之云”“暮卷西山之雨”，描写得滕王阁生动尽致；至“闲云潭影”“物换星移”两句，则是描写阁外之景物。末尾两句说出阁可重修，帝子则不可再见，惟有长江经流千载而不息。有无穷凭吊之意。

此诗之音律，被认为开了后世律诗之先例。

不幸，王勃二十九岁早卒[1]，但其所作诗文都已是“初唐四杰”之冠。此诗与《滕王阁序》为王勃同时所作。当年他去探望谪放边疆的父亲，路经南昌，为当时都督阎伯屿所作。《滕王阁序》中“落霞与孤鹜齐飞，秋水共长天一色”与《滕王阁》诗中的“画栋朝飞南浦云，珠帘暮卷西山雨”四句，并为千古艳诵。

又如王勃的《秋日登洪府滕王阁饯别序》[2]一文，是骈文中的神来之笔，全序由对偶句骈偶句造成，是一首铿锵悦耳的美艳诗歌，如“序”中的“潦水尽而寒潭清，烟光凝而暮山紫”“临帝子之长洲，得天人之旧馆”；又如“鹤汀凫渚，穷岛屿之萦回；桂殿兰宫，列冈峦之体势”“闾阎扑地，钟鸣鼎食之家；舸舰迷津，青雀黄龙之轴”“落霞与孤鹜齐飞，秋水共长天一色”“渔舟唱晚，响穷彭蠡之滨；雁阵惊寒，声断衡阳之浦”等等，可说全序都是整齐对偶的骈辞俪句。其中如“钟鸣鼎食”“渔舟唱晚”与“落霞孤鹜，秋水长天”已成为吾人日常的口头禅和常用词了。它描写故国山河之美与作者本人的怀才不遇、壮志难酬的羁旅感慨之情，自然会引起读者的

1 编按：大多数学者认为他生于650年，卒于676年，时年27岁。

2 编按：《滕王阁序》全称。

共鸣无疑。

杨炯，华阴人，自幼聪慧好学，喜属文，有《盈川集》三十卷及诗一卷。

杨炯诗亦擅长写景，如其《巫峡》《西陵峡》等诗，可与王勃《滕王阁》诗媲美。他的《巫峡》诗云：

三峡七百里，惟言巫峡长。
重岩窅不极，叠嶂凌苍苍。
绝壁横天险，莓苔烂锦章。
入夜分明见，无风波浪狂。
忠信吾所蹈，泛舟亦何伤！
可以涉砥柱，可以浮吕梁。
美人今何在？灵芝徒有芳。
山空夜猿啸，征客泪沾裳。

杨炯善于古体长篇，此篇即是一例，可与王勃《滕王阁》诗齐名。杨炯亦偶作律诗，如《有所思》曰：

贱妾留南楚，征夫向北燕。
三秋方一日，少别比千年。
不掩嚬红缕，无论数绿钱。
相思明月夜，迢递白云天。

此类诗中，亦可见杨氏才思卓绝也。

杨炯《从军行》诗中道：“宁为百夫长，胜作一书生。”从此诗与王勃之“海内存知己，天涯若比邻”看来，则他们二人已非魏晋门第的膏粱子弟的那种富贵生活，而只是一种普通的社会日常人生的吐属而已。

至于“初唐四杰”中的卢照邻，范阳人，有诗作二卷，他的五言诗特多长篇。其《结客少年场行》曰：

长安重游侠，洛阳富才雄。
玉剑浮云骑，金鞍明月弓。
斗鸡过渭北，走马向关东。
孙宾遥见待，郭解暗相通。
不受千金爵，谁论万里功？
将军下天上，虏骑入云中。
烽火夜似月，兵气晓成虹。
横行徇知己，负羽远从戎。
龙旌昏朔雾，鸟阵卷胡风。
追奔瀚海咽，战罢阴山空。
归来谢天子，何如马上翁？

其他如《咏史》《失群雁》及《奉使益州至长安发钟阳

驿》等都属五言长诗。至于其七言长篇，如《长安古意》，是七言长诗中之佳作也。

骆宾王，义乌人，幼即能文，有诗三卷。

他所作五言长诗如《在江南赠宋之问》《畴昔篇》等并皆佳妙，其七言长篇亦佳。四人中惟骆宾王富神仙思想，兹录其五言诗《灵隐寺》[1]，曰：

鹫岭郁岧峣，龙宫锁寂寥。
楼观沧海日，门对浙江潮。
桂子月中落，天香云外飘。
扪萝登塔远，刳木取泉遥。
霜薄花更发，冰轻叶未凋。
夙龄尚遐异，搜对涤烦嚣。
待入天台寺，看余渡石桥。

此诗因谈到灵隐寺与天台山，均是我本人旧游熟地。灵隐寺不用说了，天台山上多名寺，其中说的是方广寺，有上方广、中方广及下方广三座，“石桥”指的是中方广之石梁飞瀑。其瀑布由上方广飞奔而下至下方广，其瀑声如轰雷，中方

1 编按：《古今文选》将其列为骆宾王作品，《全唐诗》将其列为宋之问作品。现大部分人认为此诗为宋之问所作，还有人说仅前两句为宋之问所作。

广旁，瀑之两崖侧有一石梁。阔者过两尺，狭者不足尺，要够胆者方能跨步行过对岸，状甚险峻。闻骆宾王为徐敬业幕佐时，曾举义兵击武后，后敬业败，骆遂不知所终。因骆宾王为浙江义乌人，能作此诗，定必去过无疑。

明代陆时雍对王、杨、卢、骆四人有评语道："王勃高华，杨炯雄厚，照邻清藻，宾王坦易。"他们在当时诗坛开创了新风气，音律和谐，情真意深，步入了唐诗的正宗。

较四杰稍后有沈佺期与宋之问擅作七律诗，他们人格差，在武则天时代作应制诗而已。其所作七律均甚工整，如沈佺期诗曰："云间树色千花满，竹里泉声百道飞。"宋之问的如："岩边树色含风冷，石上泉声带雨秋。"可谓互相应和的对偶工整之诗。

兹录沈佺期《喜赦》如下：

去岁投荒客，今春肆眚归。
律通幽谷暖，盆举太阳辉。
喜气迎冤气，青衣报白衣。
还将合浦叶，俱向洛城飞。

由于作者谄事张易之，被流放驩州[1]，后被赦免，此诗表达

1 编按：在今越南北部。南朝梁置德州，隋改名驩州。

了他的欢愉之心。

宋之问亦有一首《题大庾岭北驿》：

阳月南飞雁，传闻至此回。
我行殊未已，何日复归来。
江静潮初落，林昏瘴不开。
明朝望乡处，应见陇头梅。

此诗说宋被流放至广西钦州，途径大庾岭时表达其痛苦之心情。

初唐知名诗人尚有陈子昂，其诗之文体大变。韩愈有诗云：“国朝盛文章，子昂始高蹈。”其意是四杰的诗作尚不及子昂也。

陈子昂，射洪人，字伯玉，武后朝时官至拾遗。世谓“唐以来文章承徐、庾余风，至子昂始归雅正”，故受韩愈之赞赏。

陈子昂有讽喻诗，今抄一首《感遇诗三十首之四》于下：

乐羊为魏将，食子殉军功。
骨肉且相薄，他人安得忠?
吾闻中山相，乃属放麑翁。
孤兽犹不忍，况以奉君终。

这首诗说武则天掌朝政时，大杀朝臣及宗室，于是众大臣纷纷仿效，以大义灭亲为名滥杀至亲，致为正义诗人所抨击。

其实到唐代时，已一改建安时期之文风而轻视文章了。陈子昂说："文章薄伎，固弃于高贤；刀笔小能，不容于先达。""文章道敝五百年矣。汉魏风骨，晋宋莫传……仆尝暇时观齐梁间诗，采丽竞繁而兴寄都绝，每以咏叹。"可见陈子昂亦轻视齐梁间诗之只重丽辞藻采而无兴寄之敝。

第二十一篇　唐诗（中）

盛唐时期

凡每一个时代，其同时代最伟大的人，必有齐名者，如诗人称“李杜”，文称“韩柳”，书法家则有“颜柳”，画家则并称“吴李”[1]。当时代的气运转动时，必同时可出很多人才也。

现在讲到盛唐，主要指玄宗开元天宝时期，此时期最著名诗人厥为李白、杜甫，并称“李杜”，尚有王维。王维、李白同于西元701 年生，杜甫则712 年生，李白与杜甫齐名，王维则与孟浩然齐名，世称“王孟”，孟浩然年长王维十二岁。李太白极为赞赏孟浩

1 钱按：指吴道子与李龙眠。

然，有诗曰：“吾爱孟夫子，风流天下闻。”

杜甫亦赞道：“复忆襄阳孟浩然，清时句句尽堪传。”

孟浩然死，王维哀悼之，作诗曰：“故人不可见，汉水日东流。借问襄阳老，江山空蔡州。”

王维这首悼孟诗，可说已具备了诗人最高意境。其过程是：由文章进入作者，再由作者进入欣赏者，然后由欣赏者进入欣赏者自己的文意。

孟浩然是政治圈外人士，但为李白、杜甫及王维等人所推重。其《过故人庄》诗云：

故人具鸡黍，邀我至田家。
绿树村边合，青山郭外斜。
开轩面场圃，把酒话桑麻。
待到重阳日，还来就菊花。

此种诗称“田园诗”，亦是闲逸诗，境界高，在中国文学史上要占极大地位，最后，“待到重阳日，还来就菊花”两句更佳，是歌咏日常人生。这是律诗，并非“一三五勿论，二四六分明”那样押韵，不可装腔作势，表面上不可露出心意与感情，应具含蓄。此等田园诗始创自陶渊明，陶诗中有“狗吠深巷中，鸡鸣桑树颠”等名句，亦为今人所传诵。

王维，祁人[1]，字摩诘，开元进士，官至尚书右丞，他兼善诗画，尤精于山水画，人说其诗中有画，画中有诗，信然。他信佛，故其诗中含有佛学哲理思想。

在艺术上言，诗的境界要比画高。艺术是表现人之生活人格，人与自然可配合。孟浩然诗中有人，但陶渊明、王维之诗已将人抽掉，即是不将自己摆进去，此是一大优点。王维在山中别墅作诗道：

雨中山果落，灯下草虫鸣。

此二句是静中有禅理。

又其诗曰：

月出惊山鸟，时鸣春涧中。

此二句是指晚间人尚未入睡。

又其另一诗曰：

秋山敛余照，飞鸟逐前侣。
彩翠时分明，夕岚无处听。

此诗说的是自夕阳西下至天黑，用色彩来描写，是活动的，约有三十分钟光景，是描述静物的佳诗。总之，他的诗是

1 编按：祁，今山西祁县。

诗中有画，画中有诗，有佛理禅味。王维后来的画作可以说均从诗中脱颖而出。

王维年老时隐居长安终南山，有《终南别业》自述道：

中岁颇好道，晚家南山陲。

还说：

晚年惟好静，万事不关心。

又有诗云：

田夫荷锄至，相见语依依。
即此羡闲逸，怅然歌《式微》。

此诗前两句有陶潜、孟浩然风格，但后两句中所提及的《式微》出自《诗经》，意即政治上失意，有何不归之意。他羡慕闲适，亦倦于政治，有在政治上不得意之意。

陶潜、王维和孟浩然三人都是田园派诗人。论性格，孟之性格在王之上，陶之性格更在王之上。陶诗变自孔孟，王诗则变自佛理而带有政治意识。陶渊明性格如虎，极为活跃，其诗更为可爱。

李白是最难评论的一位诗人。他在当时社会上的地位、名声远在杜甫之上，是一位社会文学家。但我们至今仍未能肯定他的真姓与籍贯。他住过蜀，说他是蜀人，或说他是鲁人，甚至今日还有人说他是外国人。李白的家世也不清楚。还有，唐代可用诗应考科举，但李白并未考过。李白是流浪的，到东到西，是一位流浪的人士。朋友中有很多道士，他与王维同和尚来往不同。当他出长安时，有人形容他“仙乐满囊，道书盈箧”，可见并非是中国正式的士大夫。

王维是居士，杜甫是严正的读书人，李白则是喜欢讲神仙、武侠的江湖术士，照理是属于下层社会的。一种是王维讲佛教，一种是杜甫讲尧、舜、孔、孟，李白却又是另一种。他的《庐山遥寄卢侍御虚舟》：

我本楚狂人，凤歌笑孔丘。
手持绿玉杖，朝别黄鹤楼。
五岳寻仙不辞远，一生好入名山游。
庐山秀出南斗旁，屏风九叠云锦张，影落明湖青黛光。
金阙前开二峰长，银河倒挂三石梁。
香炉瀑布遥相望，回崖沓嶂凌苍苍。
翠影红霞映朝日，鸟飞不到吴天长。
登高壮观天地间，大江茫茫去不还。
黄云万里动风色，白波九道流雪山。

好为庐山谣，兴因庐山发。
闲窥石镜清我心，谢公行处青苔没。
早服还丹无世情，琴心三叠道初成。
遥见仙人彩云间，手把芙蓉朝玉京。
先期汗漫九垓上，愿接卢敖游太清。

可见他对中国传统士大夫一套已彻底解放了。

李白有一位姓汪的朋友，有一次他为李白送行，李白亦作诗，道：

李白乘舟将欲行，忽闻岸上踏歌声。
桃花潭水深千尺，不及汪伦送我情。

汪伦也因有这首诗而名流千古。

我们想象中，以为李白狂歌醉酒，以为他十足是一位“楚狂人”了，但也未必，他讲起文学来却是严肃、固执而守规矩的。

他的《古风》第一首，后人推崇他写得极好。其诗云：

大雅久不作，吾衰竟谁陈？
王风委蔓草，战国多荆榛。
龙虎相啖食，兵戈逮狂秦。
正声何微茫，哀怨起骚人。

扬马激颓波，开流荡无垠。

废兴虽万变，宪章亦已沦。

自从建安来，绮丽不足珍。

此诗主张文学复古，是文学革命，重视大雅正声。可见李白也自有其一套。他对中国文学史是有见解与批评的。

世上常有二人齐名，如“韩柳”“孔孟”“墨荀”“陆王”等，虽齐名，但仍以其中一人为较高。

此处如李、杜齐名，但以杜甫为高。一国的文化是其民族性情的表现，为表现民族文化的伟大，可以让万物共容，不必定于一尊，才是表示文化伟大。

以上谈到信佛的王维和信道的李白，再说信奉孔孟儒家的杜甫。

杜甫，襄阳人，字子美。他的祖父杜审言也是诗人，他们家是个文学家庭。他曾居杜陵，故自称杜陵布衣。考试未能中举。玄宗时待制集贤院。肃宗时官拜右拾遗，后任华州司功参军，后归依严武，任官检校工部员外郎，后人遂称他为杜工部。大历中游耒阳时醉酒而卒，年五十九。今按其一生经历，可将之分成四个阶段。

第一阶段：一岁至三十四岁；

第二阶段：三十五岁至四十四岁；

第三阶段：四十五岁至四十八岁；

第四阶段：四十九岁至五十九岁。

杜甫幼年时曾到山东、江苏等地。他与李白友好。三十五岁起到长安，任官职至四十四岁为止。这一时期是杜甫最为潦倒穷困的时期，经历了“安史之乱”，却作了很多好诗。杜甫四十四岁那年，正是中国历史上的大转捩点。四十八岁，杜甫去四川，一直到五十九岁去世那年，他在生活上较为安定，当地的政府首长当作“外宾”招待他。此阶段他的诗，在技巧上大有进步，但诗的内容精神方面却比以前逊色得多了。我们最好读他的年谱，根据年谱读他的诗集就等于读他的自传。我们读任何作家的书最好都按次序读其全集。

杜甫如一片枯叶，任由狂风吹飘。他是在大时代中无足轻重的一粒沙、一片叶，但杜诗变成了史诗，他的作品反映了当时整个的时代。

杜甫在三十五岁至四十四岁这个时期，吃过残羹冷炙，生活极为困苦，但心胸却扩阔了。杜甫的全部人格精神与时代打成一片，与历史发生了大关系。杜诗说：

“江汉思归客，乾坤一腐儒。”

“许身一何愚，窃比稷与契。”

“致君尧舜上，再使风俗淳。”

“惟将迟暮供多病，未有涓埃答圣朝。”

这些诗表达了儒家的最高精神，即社会不用他，他并不怨人。其实他内心是有牢骚的，但是并不怨天尤人。但我们可以说，对唐代三百年最有贡献的，恐怕要算杜工部了。

杜甫最崇拜诸葛亮，他在四川时就住在诸葛亮祠堂旁边，李白则最看重鲁仲连。我在幼时最爱读杜甫的《茅屋为秋风所破歌》。其诗道：

八月秋高风怒号，卷我屋上三重茅。
茅飞渡江洒江郊，高者挂罥长林梢，下者飘转沉塘坳。
南村群童欺我老无力，忍能对面为盗贼。
公然抱茅入竹去，唇焦口燥呼不得，归来倚杖自叹息。
俄顷风定云墨色，秋天漠漠向昏黑。
布衾多年冷似铁，娇儿恶卧踏里裂。
床头屋漏无干处，雨脚如麻未断绝。
自经丧乱少睡眠，长夜沾湿何由彻！
安得广厦千万间，大庇天下寒士俱欢颜，风雨不动安如山！
呜呼！何时眼前突兀见此屋，吾庐独破受冻死亦足！

杜甫这首诗境界极高，心胸极伟大。

李白是仙风道骨，老庄风度；杜甫则布帛菽粟，有儒家精神。我亦颇爱杜甫的另一首诗，就是《缚鸡行》。其诗道：

家中厌鸡食虫蚁，不知鸡卖还遭烹。

虫鸡于人何厚薄，吾叱奴人解其缚。

说的是杜甫不愿将鸡出售。此诗富有哲学意味，亦是写日记，记录其日常生活有感。

杜甫有一诗《闻官军收河南河北》，其诗曰：

剑外忽传收蓟北，初闻涕泪满衣裳。

却看妻子愁何在，漫卷诗书喜欲狂。

白日[1]放歌须纵酒，青春作伴好还乡。

即从巴峡穿巫峡，便下襄阳向洛阳。

此诗甚为震撼人心，使当时乱世流浪者心花怒放。但曾几何时，回纥在唐肃宗时极度骄横，收复中原后，回纥的气焰更嚣张了。杜甫早前写的《北征》等多首诗中说明，乞援回纥会造成恶劣后果，如今已一一应验。接着，吐蕃又经常入侵，代宗时，吐蕃联合了边疆的游牧民族吐谷浑等攻占了长安，代宗仓皇逃到陕州。长安两度陷落，并遭受到焚毁与劫掠，使杜甫极为痛心，他曾在多首诗中提及：

1 编按：有的版本写作“白首”。

“西京安稳未，不见一人来。”

“乱离知又甚，消息苦难真。”

“隋氏留宫室，焚烧何太频。”

在兵荒马乱、人民痛苦煎熬的日子里，杜甫忧心如焚，直到代宗广德二年，他在四川方才欣闻长安收复，写成排律《伤春五首》，其实都是关心国家前途、民生疾苦的政治诗。

凡是大学者必具备两种能力：一是为自身的表现；二是要有好的有效的教人方法。朱子便具有上述两种能力。杜甫是诗圣，当时唐人要反对文选派，杜甫却道：要“熟精《文选》理”，“庾信文章老更成，凌云健笔意纵横。今人嗤点流传赋，不觉前贤畏后生”。[1]

杜甫也推崇宋玉，他说：“摇落深知宋玉悲，风流儒雅亦吾师。”

杜甫又推重苏武、李陵与曹植，有诗云：“李陵苏武是吾师”，“文章曹植波澜阔”。

他又推尊陶渊明、谢灵运等前辈作家，对同时代的李白也极度看重，诗曰：“清新庾开府，俊逸鲍参军。”

这是用庾信、鲍照来比配李太白。

1 编按：此乃《戏为六绝句》其一。

他又推重岑参道："谢朓每篇堪讽诵，冯唐已老听吹嘘。"[1]此处是说岑参可比配谢朓，说明杜甫看法之广。

杜甫说：

"未及前贤更勿疑，递相祖述复先谁？别裁伪体亲风雅，转益多师是汝师。"

又说："不薄今人爱古人"，"文章千古事，得失寸心知。作者皆殊列，名声岂浪垂。后贤兼旧列，历代各清规"。

此处说明杜甫尊重每一位作家，不论今人古人，他们各有不同的技艺本能，好名声不是白白得来，新的是从旧的传承而来，所以新人古人同样值得吾人来尊重他们。

杜甫自述道："毫发无遗憾，波澜独老成。""晚节渐于诗律细。"

杜甫认为写作时，必使字字妥当。他写文章必须要求能达到最高妙的境界。

杜甫又说，"读书破万卷，下笔如有神"，意即写文章能做到下笔有神，便可以做到老成而没有遗憾了。

他又说："语不惊人死不休。"杜甫此意即是，写文章要做到语语惊人，才能代表文学家的全部生命。

1 编按：出自《寄岑嘉州》。岑参曾任嘉州刺史，后人称"岑嘉州"。

最后，再引述杜甫的两句诗作结，诗曰："但觉高歌有鬼神，焉知饿死填沟壑。"杜甫在三十三岁到四十四岁时，在长安度过了一段漫长的残杯冷汁的困苦生活，但他仍刻苦自励，勤读孔、孟、老、庄诸典籍，并从《昭明文选》承受了写文章的技巧，立志要献身于文学，唯有如此，才能许身于其他事业。

第二十二篇　唐诗（下）

中晚唐时期

中唐时期的诗人当以白居易与韩愈为代表。白居易生于杜甫死后两年，太原人，字乐天，元和进士，曾任职左拾遗、江州司马、刑部尚书等官职。他在四岁时能识“知、无”两字，六岁学作诗，九岁懂声韵，是一位神童。他在二十岁后拼命读书，由于“昼夜苦读，口舌生疮，手肘成胝”。活到七十五岁。

白居易一生中的创作，要以三十五岁至四十五岁这段期间的作品最有价值。他贬为江州司马作《琵琶行》时为四十四岁；年近花甲时迁居洛阳，住了十八年，过起闲适生活，但此时期之作品神韵已差。他是一位多产作家，诗文计有三千八百四十篇。

白居易每完成其诗作后，必先念给老妪听，待对方能听懂了，才公开发表，故均为字句浅明之作。

相传他十六岁时，以诗投谒长安著作郎顾况，顾况向来恃才傲物，便对白居易幽默道："长安百物皆贵，居大不易。"等到读到他的《赋得古原草送别》"离离原上草，一岁一枯荣；野火烧不尽，春风吹又生"，便叹道："有句如此，居天下亦不难，老夫前言戏之耳。"可见白氏青年时已受人尊重。

白居易从三十五岁到四十五岁的作品，多是讽喻诗，用于政治上，其作用与《诗经》《离骚》和汉赋相同。

白居易有讽喻诗自道："非求宫律高，不务文字奇。惟歌生民苦，愿得天子知。"

又曰："文章合为时而著，歌诗合为事而作。"

白居易认为文章本身是有使命及其意义的。即文学只是一种工具，但并无独立之价值，只讲求其内容与意义，与"为文学而文学"之一派意见并不相同。此是文学上两派不同之理论，其实西方亦有如此两派不同之意见。即是说，一派是文学即是文学；另一派则是文学必有其人生意义与价值。如《红楼梦》一书，蔡孑民先生说："《红楼梦》是描写满清政府。"胡适之则认为："应该就该著作之本身价值与技巧去看它。即《红楼梦》这本书，其作者曹雪芹本身就是贾宝玉。"世上万事不能定于一，总有其不同意见，故不能抹杀任何一方。

白居易在陕西时写了《秦中吟》十首，《新乐府》有五十首，都是描述民间之疾苦，这些作品亦正如子夏在《诗大序》中所说，目的是为了“下以风刺上”。白居易即为风人，他心系一国之事，关怀生民之苦，为了让天子知道，提醒政府赶快施救。据史书记载，白居易平生作诗之经验曰：“身是谏官，月请谏纸，启奏之间，有可以救济人病，裨补时阙，而难于指言者，辄咏歌之，欲稍稍进闻于上。上以广宸听，副忧勤；次以酬恩奖，塞言责；下以复吾平生之志。”

白氏之讽喻诗是将人民痛苦生活现状与政府之腐败现象融汇于其诗中，故其诗当时能流行普及并大名远播。

今录白居易《秦中吟》十首中之第七首《轻肥》于下：

意气骄满路，鞍马光照尘。
借问何为者，人称是内臣。
朱绂皆大夫，紫绶悉将军。
夸赴军中宴，走马去如云。
尊罍溢九酝，水陆罗八珍。
果擘洞庭橘，脍切天池鳞。
食饱心自若，酒酣气益振。

是岁江南旱，衢州人食人。

此诗与杜甫的“朱门酒肉臭，路有冻死骨”有异曲同工之妙，不过白居易是将政府官员之奢腐现状和民间疾苦非常形象化地描写出来，使人印象非常深刻。

兹再录白居易《新乐府》之第一篇《七德舞》：

七德舞，美拨乱，陈王业也。

七德舞，七德歌，传自武德至元和。

元和小臣白居易，观舞听歌知乐意，乐终稽首陈其事。

太宗十八举义兵，白旄黄钺定两京。

擒充戮窦四海清，二十有四功业成。

二十有九即帝位，三十有五致太平。

功成理定何神速？速在推心置人腹。

亡卒遗骸散帛收，饥人卖子分金赎。

魏徵梦见子夜泣，张谨哀闻辰日哭。

怨女三千放出宫，死囚四百来归狱。

剪须烧药赐功臣，李勣呜咽思杀身。

含血吮创抚战士，思摩奋呼乞效死。

则知不独善战善乘时，以心感人人心归。

尔来一百九十载，天下至今歌舞之。

歌七德，舞七德，圣人有作垂无极。
岂徒耀神武，岂徒夸圣文。
太宗意在陈王业，王业艰难示子孙。

白居易之《新乐府》每句无定字，有三字句、七字句或九字句者，每篇亦无定句，像这一篇是三十八句，如《新乐府》之末篇则为三十一句，是单数。是则每首句数之双、单数亦无规定也。杜甫亦有《新乐府》五十首。

白居易尚有《长恨歌》及《琵琶行》一类的故事诗，相当于小说。其《长恨歌》一诗虽然字数较多，但这两首是世所公认的白氏文学艺术境界最高之作，今录其一于下，以供欣赏。其诗道：

汉皇重色思倾国，御宇多年求不得。
杨家有女初长成，养在深闺人未识。
天生丽质难自弃，一朝选在君王侧。
回眸一笑百媚生，六宫粉黛无颜色。
春寒赐浴华清池，温泉水滑洗凝脂。
侍儿扶起娇无力，始是新承恩泽时。
云鬓花颜金步摇，芙蓉帐暖度春宵。
春宵苦短日高起，从此君王不早朝。

承欢侍宴无闲暇，春从春游夜专夜。
后宫佳丽三千人，三千宠爱在一身。
金屋妆成娇侍夜，玉楼宴罢醉和春。
姊妹弟兄皆列土，可怜光彩生门户。
遂令天下父母心，不重生男重生女。
骊宫高处入青云，仙乐风飘处处闻。
缓歌慢舞凝丝竹，尽日君王看不足。
渔阳鼙鼓动地来，惊破霓裳羽衣曲。
九重城阙烟尘生，千乘万骑西南行。
翠华摇摇行复止，西出都门百余里。
六军不发无奈何，宛转蛾眉马前死。
花钿委地无人收，翠翘金雀玉搔头。
君王掩面救不得，回看血泪相和流。
黄埃散漫风萧索，云栈萦纡登剑阁。
峨嵋山下少人行，旌旗无光日色薄。
蜀江水碧蜀山青，圣主朝朝暮暮情。
行宫见月伤心色，夜雨闻铃肠断声。
天旋地转回龙驭，到此踌躇不能去。
马嵬坡下泥土中，不见玉颜空死处。
君臣相顾尽沾衣，东望都门信马归。

归来池苑皆依旧，太液芙蓉未央柳。
芙蓉如面柳如眉，对此如何不泪垂。
春风桃李花开日，秋雨梧桐叶落时。
西宫南内多秋草，落叶满阶红不扫。
梨园弟子白发新，椒房阿监青娥老。
夕殿萤飞思悄然，孤灯挑尽未成眠。
迟迟钟鼓初长夜，耿耿星河欲曙天。
鸳鸯瓦冷霜华重，翡翠衾寒谁与共。
悠悠生死别经年，魂魄不曾来入梦。
临邛道士鸿都客，能以精诚致魂魄。
为感君王辗转思，遂教方士殷勤觅。
排空驭气奔如电，升天入地求之遍。
上穷碧落下黄泉，两处茫茫皆不见。
忽闻海上有仙山，山在虚无缥渺间。
楼阁玲珑五云起，其中绰约多仙子。
中有一人字太真，雪肤花貌参差是。
金阙西厢叩玉扃，转教小玉报双成。
闻道汉家天子使，九华帐里梦魂惊。
揽衣推枕起徘徊，珠箔银屏迤逦开。
云鬓半偏新睡觉，花冠不整下堂来。

风吹仙袂飘飖举，犹似霓裳羽衣舞。
玉容寂寞泪阑干，梨花一枝春带雨。
含情凝睇谢君王，一别音容两渺茫。
昭阳殿里恩爱绝，蓬莱宫中日月长。
回头下望人寰处，不见长安见尘雾。
惟将旧物表深情，钿合金钗寄将去。
钗留一股合一扇，钗擘黄金合分钿。
但教心似金钿坚，天上人间会相见。
临别殷勤重寄词，词中有誓两心知。
七月七日长生殿，夜半无人私语时。
在天愿作比翼鸟，在地愿为连理枝。
天长地久有时尽，此恨绵绵无绝期。

这首《长恨歌》是从唐明皇认识杨贵妃起，一直描写到杨贵妃赐死以至回宫后纪念她为止。白居易当时正在陕西任县尉，他同陈鸿、王质夫游玩仙游寺时有感而作。诗的内涵兼有讽喻和爱情，语言精练生动，声调悠扬曲折。后来昆曲中的《长生殿》，便是根据此诗将之放大而编成的。

西方亦有全是用诗歌组成的小说，如歌德的《浮士德》，印度的诗亦然。

现在谈韩愈，他字退之，是南阳人，德宗时进士，有《韩昌黎全集》。陈寅恪有《元白诗笺证稿》，认为以唐诗观点来讲，《长恨歌》为唐代小说中的诗歌部分，他说韩愈的古文运动是随着唐人写小说而来。赵彦衡《云麓漫钞》中提及：当时亦有人送小说给朝官看的，一般是送诗，如前面已讲过白居易曾送诗给长安官员顾况看。贞元、元和年间已盛行小说，元微之作《莺莺传》，白居易作《长恨歌》，李绅为《莺莺传》作诗，陈鸿为《长恨歌》作小说，但陈寅恪说的不一定对。《旧唐书》作者离韩愈时代近，较可信，其中说："大历贞元之间，文学多尚古学，效扬雄、董仲舒之习作，而独孤及、梁肃最称渊澳，儒林推重，愈从其徒游，锐意钻仰，欲于自振一代。"

较独孤及、梁肃早的尚有萧颖士、李华。李华作《吊古战场文》是用骈文写的，但他也作古文。可见陈说不对。王铚在《韩会[1]传》中找到一段材料，文中云："会与其叔云卿俱为萧颖士爱将，其党李纾、柳识、崔祐、皇甫冉、谢良弼、朱巨川并游，独鄙其文格绮艳，无道德之实，首与梁肃变体为古文章，为《文衡》一篇……弟愈三岁而孤，养于会，学于会。观

1 钱按：韩会，韩愈之兄。

《文衡》之作，益知愈本六经，尊皇极，斥异端，汇百家之美，而自为时法，立道雄刚，事君孤峭，甚矣其似会也。”但韩愈后来从不提这些人，他较推尊的是独孤及，但也不提他，要人学的是司马相如、扬雄和董仲舒。观此文，可见《旧唐书》没有说错，且退之只佩服本朝的李白、杜甫和陈子昂。李太白曾为韩愈之父亲作过《去思碑》。

唐代原来写的小说也是用骈文，以后遂变为散文体的小说。

韩愈自称接孟子之位，所以比杜甫名气大。另一方面韩愈兼善诗文，且是传扬孔孟之道的，而杜甫只是一政治家一诗人，所占社会地位较低。韩愈曾写《师说》一文，在当时是大创见。

世人讲起文章，便称道杜诗韩文。韩愈崇拜李白、杜甫之诗云：

“李杜文章在，光焰万丈长。
不知群儿愚，那用故谤伤。
蚍蜉撼大树，可笑不自量。”

杜李重视《诗经》，韩愈主张非三代两汉文章不读，不看东汉以下文章。其实，韩、杜都主张文起八代之衰。八代是指的《昭明文选》，他们都主张唐代文学的复古运动。

韩愈的作品，有时以文为诗，其诗亦近似文，例如《嗟哉董生行》。其文曰：

嗟哉董生，朝出耕，夜归读古人书，尽日不得息。或山而樵，或水而渔。

入厨具甘旨，堂问起居。

父母不戚戚，妻子不咨咨。

嗟哉董生，孝且慈，人不识，惟有天翁知。

唐代诗有五古、五绝和七律，但并非唐代开始才有。唐代时所创始的是中国近代的散文，当以韩愈为始。可以说，杜诗是集古诗之大成，韩愈则在散文方面开创了新局面。

吾人可根据姚鼐的《古文辞类纂》来研究自韩愈以来的散文演变史，从而可知道古文是什么，及其对后世之影响如何。

凡是文学的体裁、格式之演变，非凭空而来，乃是根据历代的演变而来。韩愈在古文上的成就，是历史演变进程中创新面目的开创者，所以，他在文学史上之价值可在杜甫之上。

在诗、文、字、画各项艺术作品中，“文”与“字”对吾人之影响为大，“诗”与“画”则较小。但因前者普通，后者特殊，要创造出好的“文”与“字”，其实比“诗”与“画”更为困难。

文章在韩愈后之分别，是韩愈文起八代之衰，非唐虞三代之书不敢观。他好古之道，好古之文，故称文以载道，他是提倡复古的。李白、杜甫之诗也是复古派，所谓“诗以载道”，并且还是正统派。韩愈以后才有新的散文，与古代的不同，与建安时代的不同，与三代两汉时代的亦不同。五四运动以后，韩文受到轻视的原因：一则是因韩愈是复古派；二是因为他近儒家。

继韩文之后有李翱习之，李死后之谥号亦称文公，文章非常好，亦是儒家。柳宗元其实是道家思想。李翱近陈子昂，韩柳近似李杜，韩愈有学生皇甫湜、孙樵，但只学韩文形式而不知精神。

韩柳死后，可说无后继者，直至百余年后欧阳修出。欧在湖北李家发现韩集。韩曾作《平淮西碑》，有人不满，请段文昌另写，写的是政府中兴纪念，但今日只传下韩之碑文。欧之后辈有王安石，曾巩，苏洵、轼、辙三父子，加上唐代韩柳为“唐宋八大家”。

韩愈在古文运动上起了领头作用，但如没有欧阳修，便会中断，所以必定要韩欧并称。但唐代是诗的昌盛时代，宋代则是散文的时代。

欧阳修曾说：李翱比韩愈伟大，韩愈虽首创尊崇孔孟，但李翱说明如何崇儒，并作《复性书》，即讲儒家哲学比佛学还难对付。

古代的经、史、子虽亦可说是文学，但非纯文学，韩愈在文学上的贡献是：到了韩愈，才从这批典籍变成纯正的散文，即成了纯文学。

前人说退之以诗为文，如《嗟哉董生行》，很古朴。杜诗敢讲规律，李白诗最为放纵，退之的诗文则古朴质厚。

退之二十岁时作的第一首诗是：

条山苍，河水黄，波浪沄沄去，松柏在山冈。

此诗之“条山”是指中条山，河水是指黄河，沄沄是指疾流。这是《诗经》中最高的比兴。吾人可从此诗中看出退之一生所抱之志向，是古、朴、质而倔强。他的学生辈只学到了奇崛，但不得要领。欧阳修之文属于阴柔，与退之之阳刚有别。但欧对韩文用功最勤，他亦以诗为文，即文似诗。

苏东坡说：魏晋无文，惟陶渊明之《归去来兮辞》。它其实是一首长诗。苏又说：唐代无文，惟韩退之《送李愿归盘谷序》[1]一文。其实，韩愈的《送李愿归盘谷序》《送杨少尹序》都可说是散文诗。欧阳修学到这一点，故一篇文章亦是一

---

1 钱按：此文述李愿自长安归太行山事。

首诗，如《醉翁亭记》即是，实乃诗之最高境界。

至于柳宗元，他最伟大的是写游记。因唐人见到好风景只是赋诗而已。

到了晚唐时期，知名诗人有李商隐、温飞卿等，此外如聂夷中，写农民生活诗。其诗曰：

二月卖新丝，五月粜新谷。
医得眼前疮，剜却心头肉。
我愿君王心，化作光明烛。
不照绮罗筵，只照逃亡屋。

又如杜荀鹤写民生疾苦。其诗曰：

经乱衰翁居破村，村中何事不伤魂。
因供寨木无桑柘，为著乡兵绝子孙。
还似平宁征赋税，未尝州县略安存。
至于鸡犬皆星散，日落前山独倚门。

又如代表农民革命家的黄巢，有《题菊花》，诗云：

飒飒西风满院栽，蕊寒香冷蝶难来。
他年我若为青帝，报与桃花一处开。

黄巢之意是要使菊花、桃花同时盛开。

这些都是晚唐时期的一些诗作，现将李商隐与温飞卿简略介绍于下。

温庭筠，字飞卿，太原人，幼年聪慧而善作诗，与李商隐齐名，号称“温李”，他们两人在晚唐时期以辞藻绮靡取胜，被称为词华派。今录其《春江花月夜词》：

玉树歌阑海云黑，花庭忽作青芜国。
秦淮有水水无情，还向金陵漾春色。
杨家二世安九重，不御华芝嫌六龙。
百幅锦帆风力满，连天展尽金芙蓉。
珠翠丁星复明灭，龙头劈浪哀笳发。
千里涵空澄水魂，万枝破鼻飘香雪。
漏转霞高沧海西，颇黎枕上闻天鸡。
鸾弦代雁曲如语，一醉昏昏天下迷。
四方倾动烟尘起，犹在浓香梦魂里。
后主荒宫有晓莺，飞来只隔西江水。

大体来说，温诗均是辞藻艳丽为主，且词句音律优美，可入乐府。又如吊古扫墓之作，照理不应妍丽华词，但飞卿作来却华而不艳，朴中藏丽，能够恰到好处。其《过陈琳墓》曰：

曾于青史见遗文，今日飘蓬过此坟。

词客有灵应识我，霸才无主独怜君。
石麟埋没藏春草，铜雀荒凉对暮云。
莫怪临风倍惆怅，欲将书剑学从军。

由此，可见温飞卿作诗之艺术功夫不浅。

李商隐，字义山，怀州河内人。令狐楚[1]欣赏其诗文佳妙，使与诸子游。后曾依从多位地方大员或京官。义山平时作诗为主，偶亦作词，有《玉溪生诗集》三卷。其《锦瑟》曰：

锦瑟无端五十弦，一弦一柱思华年。
庄生晓梦迷蝴蝶，望帝春心托杜鹃。
沧海月明珠有泪，蓝田日暖玉生烟。
此情可待成追忆，只是当时已惘然。

这是一首家喻户晓的律诗。兹再录其绝诗，如《梦泽》曰：

梦泽悲风动白茅，楚王葬尽满城娇。
未知歌舞能多少，虚减宫厨为细腰。

又《无题》诗曰：

1 编按：令狐楚，字壳士，唐德宗贞元七年进士，文学家、政治家、诗人。长子为令狐绪，次子令狐绹。

紫府仙人号宝灯，云浆未饮结成冰。

如何雪月交光夜，更在瑶台十二层。

义山以上两首绝诗，与温飞卿所作，同属宫体。以后宋代有西昆体，独尊李义山。

晚唐诗人中，除词华派之温、李外，尚有杜牧之等，此外还有格律派的朱庆馀、刘得仁等。以上都是唐宣宗大中年间的诗人。至于稍后的唐懿宗咸通年间的诗人，则有元白派的韦庄与罗隐等，尚有王建派的曹唐与胡曾等诗人，这亦是值得欣赏的晚唐诗人。

第二十三篇　唐代古文（上）

如欲研究唐代的诗、文，可参考《全唐诗》和《全唐文》；如欲研究唐代小说，则要参考《太平广记》。

在经、史、子、集四部中，古代并无集部[1]。明人编有《汉魏百三名家集》[2]；清人编有《全上古三代两汉魏晋南北朝文》及《全唐文》。但此后没有"全宋文"、"全明文"。[3]

1编按："集部"自唐初《隋书·经志》起确立。钱先生大概指与"经""史""子"相比，"集"这种分类法出现较晚。

2编按：《汉魏百三名家集》，即《汉魏六朝百三名家集》，张溥编。

3编按：《全宋文》，曾枣庄、刘琳主编，上海辞书出版社与安徽教育出版社联合出版，2006年；《全明文》，钱伯城编，上海古籍出版社，1994年开始出版；另，《全元文》，李修生编，凤凰出版社出版，2005年。

中国文学最大的特点是带有政治性而并不独立，是为促进人类文化的工具，用文以载道，政治并属人道中的一部分。凡经学六经皆史及史学，均可用于政治，而并非明道、辨道、论道。如屈原、司马相如是纯文学家，但他们所作却是韵文而非散文。所以，在韩愈之前，尚没有散文作家。

清代姚鼐姬传在其所编《古文辞类纂》中，把文章分成十三类。其中的“论辨”类，如贾谊之《过秦论》，是从子部变来。又如“序跋”类，是书之前面的一篇序，本应放在书之最后，称跋，为了方便读者阅读，故放在前面，所以“序”即是“跋”。如《庄子》的《天下》篇放在最后，其实等于一篇跋。“论辨”类和“序跋”类可以归入经史子集四部中的“子部”。又，姚鼐《古文辞类纂》中的“奏议”和“诏令”，是政治文集，前者如李斯的《谏逐客书》和《论督责书》，贾生的《陈政事疏》和《论积贮疏》，晁错的《论贵粟疏》以及司马长卿的《谏猎疏》，韩愈的《谏迎佛骨表》等，均属“奏议”；后者如秦始皇的《初并天下议帝号令》、汉高祖的《入关告谕》、汉文帝的《除肉刑诏》、司马长卿的《论巴蜀檄》以及韩愈的《祭鳄鱼文》，均属“诏令”文。又如“书说”类，这类文章，战国时有，如赵良《说商君》、苏季子《说齐宣王》、张仪《说楚怀王》等，均是；至汉代则“书说”类不多，只有司马迁《报任安书》、杨子幼[1]《报孙会宗书》等少数佳作而已，直到唐宋才有大量佳作出现。姚鼐选入韩愈此类文达二十四篇之多，选入柳宗元的亦有四篇。

尚有“碑志”类，连前所提及的“奏议”“诏令”与“书说”类，则可划入经、史、子、集中的“史部”。世称立石墓上曰“碑”、曰“表”，埋入土中曰“志”，或分成“志”与“铭”。东汉蔡邕伯喈善作此类文字。姚鼐选入韩愈此类文亦特多，几近三十篇。

在中国文学史上，有一个特点是，魏晋后中国人重视韵文，辞赋之文大盛。亦即建安以后，文学的地位提高，人们看重辞赋韵文，故魏晋后之著作，“奏议”“书说”“碑志”这几类文都用韵文写。如《文心雕龙》，书名本身便好辞藻，其内容是骈文；又如唐刘知几的《史通》，亦用骈文写成。前者为文学批评，后者为史学批评，均用骈文来写。又如，唐代陆贽是位政论家，他一生写奏议，人称陆宣公奏议，亦用骈文写。

大致说来，自汉代开始，就出现了藻采华丽、音律悦耳的骈文，一直到魏、晋、宋、齐、梁、陈及隋，于是才有韩愈出，由他来文起八代之衰。当时唐代继承六朝余绪，朝野大部

---

1 编按：杨恽，字子幼。司马迁的外孙。

分奏疏都用骈文写成，魏徵想加以矫正，但影响力不大，要到韩愈出，才纠正了这一风气。

唐时韩愈之前的有关文章的概念，可有以下四点：一是以前的文学不独立，是属于政治的，是文以载道的；二是中国的纯文学自屈原开始；三是中国的文学分辞赋与经、史、子两大类；四是建安时期后特重辞赋文学，魏晋南北朝后多用骈文写作。

我对上述文学风气，可有数点意见。

一是建安时期曹丕提出文学不朽观念是对的；

二是一切经、史、子的文学不可硬用韵文，因文体不合，应用文不应用韵文来写；

三是中国文章可分为应用文即含经、史、子之文与韵文两大类。

在南北朝时代，政治并不清明，但为文多用骈丽之作。北朝苏绰[1]出面反对此种风花雪月之文体，不准用绮靡辞藻，主张复古。

到隋代之李谔，提倡公文不许写韵文，文字要庄严。

到唐代，杜甫以诗来推行复古运动，即诗以载道。

到韩愈出，大力提倡古文复古运动，并以文为诗，创出一

1 编按：苏绰（498–546），南北朝西魏大行台度支尚书，制定并施行一系列改革措施。

条作诗之新路，又以诗为文，成为韩愈之新文体。首先，韩愈的散文可说是纯文学的；其次，韩愈的散文是摆入了日常生活中。如韩愈被贬为潮州刺史时，当时潮州距长安很远，古代的交通又没有快捷如汽车、火车的交通工具。他时年已逾五十，冬季被贬，于风雪中行路十分艰苦，当他到达陕西边外的蓝关时，漫天暴风雪，连马也不肯走了，幸得他的侄孙韩湘子救他脱险。韩愈万分感慨，遂作《左迁至蓝关示侄孙湘》，诗道：

一封朝奏九重天，夕贬潮阳路八千。
欲为圣明除弊事，肯将衰朽惜残年！
云横秦岭家何在？雪拥蓝关马不前。
知汝远来应有意，好收吾骨瘴江边。

韩愈此诗一面抒写其感慨之意，一面也显露其倔强之志，所描写的也是他在日常生活中所遭遇的一段情节。今日的戏剧中，有人创出《蓝关雪》[1]一剧，还有世所传的《八仙闹东海》[2]，也是描写韩湘子的，他是其中一位神仙。

韩愈到了潮州后，一方面关心民困，扶危济贫，一方面大力推行文化教育工作，又鼓励当地人民男耕女织，使荒僻冷落

1 编按：《蓝关雪》，署名吴下健儿撰，中华图书馆，1922年。

2 编按：戏曲舞台比较流行的《八仙过海》，八仙各显神通。

的农村变成繁荣昌盛之地。但当地濒临南海边的恶溪，有鳄鱼为患，民间所养牛羊几乎全遭鳄鱼残害，甚至生人也要被吞食，于是韩愈用严厉之训斥及强硬的态度撰成《祭鳄鱼文》。名为“祭”，实为“檄”，其文曰：

维年月日，潮州刺史韩愈，使军事衙推秦济，以羊一、猪一投恶溪之潭水，以与鳄鱼食，而告之曰：昔先王既有天下，烈山泽，罔绳擉刃，以除虫蛇恶物为民害者，驱而出之四海之外。及后王德薄，不能远有，则江汉之间，尚皆弃之以与蛮夷楚越，况潮岭海之间，去京师万里哉！鳄鱼之涵淹卵育于此，亦固其所。今天子嗣唐位，神圣慈武，四海之外，六合之内，皆抚而有之；况禹迹所掩，扬州之近地，刺史、县令之所治，出贡赋以供天地、宗庙、百神之祀之壤者哉！鳄鱼之不可与刺史杂处此土也！

刺史受天子命，守此土，治此民，而鳄鱼睅然不安溪潭，据处食民、畜、熊、豕、鹿、獐，以肥其身，以种其子孙，与刺史抗拒，争为长雄。刺史虽驽弱，亦安肯为鳄鱼低首下心，伈伈睍睍，为民吏羞，以偷活于此邪？且承天子命以来为吏，固其势不得不与鳄鱼辨。

鳄鱼有知，其听刺史言：潮之州，大海在其南。鲸鹏之大，虾蟹之细，无不容归，以生以食，鳄鱼朝发而夕至也。

今与鳄鱼约，尽三日，其率丑类南徙于海，以避天子之命吏。三日不能，至五日；五日不能，至七日；七日不能，是终不肯徙也，是不有刺史、听从其言也。不然，则是鳄鱼冥顽不灵，刺史虽有言，不闻不知也！夫傲天子之命吏、不听其言、不徙以避之，与冥顽不灵而为民物害者，皆可杀。刺史则选材技吏民，操强弓毒矢，以与鳄鱼从事，必尽杀乃止。其无悔！

本来对付鳄鱼，应以武力从事，但处此僻壤穷地，不但当时没有现代化之海军舰艇，连渔猎之大船亦无有半只一艘，韩愈不得已用檄文一招，明知是精神上安慰乡民，但为民除害之心却是真诚无讹，而鳄鱼竟愿远遁恶溪归入大海。它们首先是吃饱了，吃了抛下溪中之猪、羊，其他原因可能与当时之气候、风向亦不无关系。俗语说：心诚则灵，潮州人们亦十分了解韩愈关怀民间疾苦之心情。

韩愈，南阳人今属河南省。他三岁已是孤儿，依靠兄长韩会过活。退之自幼努力勤读典籍，二十五岁考中进士，曾任监察御史，他不畏强权，得罪朝中官员，并于唐德宗贞元十九年西元803年因上书痛陈关中的旱灾，得罪了主上，被贬为阳山令。但他在被贬期中，把阳山治理得井井有条，百姓亦十分爱戴，把儿女之名字改为“钦韩”“爱韩”等等。当时他还写了一篇

《进学解》，当朝丞相裴度看到后，觉得退之才华非凡，遂又设法将他调回中央任官；至唐宪宗元和十年西元815年，他随裴度征讨吴元济有功而擢升为刑部侍郎。可又因宪宗信佛过痴，退之遂作《谏迎佛骨表》以规劝主上而得罪当朝，遂贬为潮州刺史。韩愈一心为国，爱民之心始终不二。退之在潮州时，曾上书感恩宪宗不杀之恩，遂调任为今属江西的袁州刺史。两年后，穆宗因惜才将他调回京城任“国子祭酒”，此官相当于今日之国立大学校长，使他得展所长，亦为当时国子监员生所钦佩欢迎。

终退之一生，他提倡恢复古文运动，推尊尧舜禹汤文武周公孔孟以来的儒家思想，自认为孔孟传人，为文应贯穿孔孟之道。韩愈、柳宗元等力主“文以载道”，与当时政坛的改革新风相结合，成为推广儒学复兴思潮牢不可破的屏障。

还有一点，韩愈的散文已融入于吾人之日常生活之中。这是退之作品的一大特点。他发明作“赠序”，如他的《送李愿归盘谷序》。其文曰：

太行之阳有盘谷。盘谷间，泉甘而土肥，草木丛茂，居民鲜少。或曰：“谓其环两山之间，故曰盘。”或曰：“是谷也，宅幽而势阻，隐者之所盘旋。”友人李愿居之。

愿之言曰：“人之称大丈夫者，我知之矣：利泽施于人，名声昭于时，坐于庙朝，进退百官，而佐天子出令。其在外，则树旗旄，罗弓矢，武夫前呵，从者塞途，供给之人，各执其物，夹道而疾驰。喜有赏，怒有刑。才俊满前，道古今而誉盛德，入耳而不烦。曲眉丰颊，清声而便体，秀外而惠中，飘轻裾，翳长袖，粉白黛绿者，列屋而闲居，妒宠而负恃，争妍而取怜。大丈夫之遇知于天子，用力于当世者之所为也。吾非恶此而逃之，是有命焉，不可幸而致也。

“穷居而野处，升高而望远，坐茂树以终日，濯清泉以自洁。采于山，美可茹，钓于水，鲜可食。起居无时，惟适之安。与其有誉于前，孰若无悔于其后；与其有乐于身，孰若无忧于其心。车服不维，刀锯不加，理乱不知，黜陟不闻。大丈夫不遇于时者之所为也，我则行之。

“伺候于公卿之门，奔走于形势之途，足将进而趑趄，口将言而嗫嚅，处污秽而不羞，触刑辟而诛戮，侥幸于万一，老死而后止者，其于为人贤不肖何如也？”

昌黎韩愈闻其言而壮之，与之酒而为之歌曰：“盘之中，维子之宫；盘之土，可以稼；盘之泉，可濯可沿；盘之阻，谁争子所？窈而深，廓其有容；缭而曲，如往而复。嗟盘之乐兮，乐且无央。虎豹远迹兮，蛟龙遁藏；鬼神守护兮，呵禁不祥。饮且食兮寿而康，无不足兮奚所望？膏吾车兮秣吾马，从子于盘兮，终吾生以徜徉。”

退之所创的“赠序”散文，显然是以诗为文，其文章可称为散文诗，是纯文学的。文中的情味，非议论，亦非奏议、碑志，是无韵的散文诗，情味自与别不同。如诗般的短句，质朴而富美感，看上去像一首诗，读起来更像一首诗，这是退之独创的诗体散文，是抒情文。又如退之之《祭田横墓文》，不用骈体，而是用散文体。这是一般人不敢做的，唯退之能打破局限。

还有，韩愈写的《滕王阁记》比王勃写得好。

韩愈的哀祭亦用散文写，如《祭十二郎文》便是。

韩愈亦喜写游戏小品。如他替泥水匠写传，曰《圬者王承福传》；又写《毛颖传》，实系写一枝毛笔；又写《送穷文》，希望穷鬼不要跟随。

写祭文之开始是关乎宗教，如古代祭文、武、周公，是庄严的，敬鬼神的，要唱，所以通常是用韵文体，但韩愈写祭文却用散文体，照理，散文不易抒情，但他却能从散文中抒写喜怒哀乐，可歌可泣。兹录其《毛颖传》第三段：

颖为人，强记而便敏，自结绳之代以及秦事，无不纂录。阴阳、卜筮、占相、医方、族氏、山经、地志、字书、图画、九流百家、天下之书，及至浮图、老子、外国之说，皆所详悉。又通于当代之务，官府簿书、市井货钱注记，惟上所使。自秦皇帝及太子扶苏、胡亥、丞相斯、中车府令高，下及国人，无不爱重。又善随人意，正直、邪曲、巧拙，一随其人。虽见废弃，终默不泄。惟不喜武士。

退之此文发表后，并不讨好当时，很多人笑他的创作不够严肃，连向来赞赏他文章优美的宰相裴度也不以为然。唯有老友柳宗元赞此为奇文，以为值得欣赏。

韩愈有一篇滑稽文章叫《送穷文》，他准备把家中的穷鬼赶走，先准备了干粮、饮水和交通工具，该文是用对话方式，借文中主人与穷鬼对话。话中当然谈到穷鬼的穷伙伴也要一起离开，结果谈到穷伙伴的数量，搞笑的是，主人说：你穷鬼有几个穷伙伴，我是清清楚楚的，其实是五个。但文中不是直截了当地说，而是转弯抹角、搞笑地说：这穷鬼不是六，也不是四，说是十个就得减去五个，说是七个吧，还是要去掉两个。[1]这似乎是数字游戏的猜谜。假如真是如此，则数字游戏的猜灯谜，也应当是韩愈首创的了。至于文中所说的穷鬼的五个穷伙伴是：

（一）智穷；

---

1 编按：原文为“非四非六，在十去五，满七除二”。

（二）学穷；

（三）文穷；

（四）命穷；

（五）交穷。

窃以为，以上五穷，韩愈真正穷的是“命穷”与“交穷”。

怎么说韩愈是“命穷”呢？首先，韩愈三岁成了孤儿，其青少年时期是靠兄长韩会把他养大的，不幸兄长又早卒，最后与嫂嫂相依为命，命运实在太差了。接着韩愈在德宗贞元八年，即二十二岁那年去考进士，遇上当时的文学家陆贽任主考官，考题是“不迁怒不贰过论”，题目出自《论语》的孔子赞颜回之句，照理这应是韩愈的拿手杰作了，但竟然不幸落榜了。这不是命穷便没有别的好解释了。奇的是，翌年韩愈再考，主考官与考题相同，韩愈作的文也与上年相同，但这一次竟为陆贽击节叹赏，竟录取为第一名。这不是和韩愈开了一个大玩笑吗？过去的一年里韩愈的内心是充满酸、苦、辣的，录取那年内心感受为何，也只有韩愈自己知道了。

韩愈考取功名之后，其遭遇也并不十分顺利，他中了进士，先是担任监察御史，可惜他看不惯种种政治上的弊病，加上朝中大臣也多嫉恨他，因此在他上奏关中旱灾为民请命之时，不幸被贬为阳山令，而且前文已有述及，柳宗元与刘禹锡两位老友也涉嫌参与此事，虽然后来有丞相裴度救了他，但一路来，似乎没有一位可以肝胆相照的知心友，所以也可说是“交穷”了。

还有一件不如意的事。韩愈有二妾，据宋·王谠《唐语林》卷六所记：退之有二妾，一曰绛桃，一曰柳枝，皆能歌舞。后来柳枝爬墙垣遁逃，终为家人追获。有诗曰：“别来杨柳街头树，摆弄春风只欲飞。还有小园桃李在，留花不放待郎归。”人谓可能退之专宠绛桃所致。宋代陈与义有诗道：“官柳正须工部出，园花犹为退之留。”亦可谓退之生平一件憾事。

还有，韩愈在裴度之助回朝任职后，因写了篇《谏迎佛骨表》而遭宪宗贬为潮州刺史，他写了一首意态苍茫但意志仍坚强不屈的好诗，所谓“一封朝奏九重天，夕贬潮阳路八千……云横秦岭家何在？雪拥蓝关马不前”，因此使后人创出一出《蓝关雪》的名剧。后来韩愈虽然写了一封向宪宗感恩不杀的上书，改调为较近长安的“袁州[1]刺史”，但到穆宗时才调他回长安任国子祭酒。穆宗长庆四年，愈卒，年五十岁，也就是安定的岁月度过了不足四年，年还不过花甲，寿命也不算长。退之其政坛地位并没有柳宗元高，虽然韩柳并称，其诗

1 钱按：袁州在今江西省，距当时的京城，当然较广东的潮州为近。

文亦高过子厚，但声名地位都不及子厚。所以，韩愈的“命穷”“交穷”可以说是他真实的写照。不过韩愈前面谈到的“智穷”“学穷”与“文穷”，那都是韩愈的强项，怎么都算不上穷，足以名留千古，也足以自豪了。所以，韩愈之所以写《送穷文》，恐怕只是开个玩笑、做个游戏而已；但从另一方面说，相信韩愈也一定自认为“命苦”“交穷”，那可能是他的真实写照，为自己抒发怨愤牢骚，也很可能是他作此文的另一个目的吧！

最后，还得把韩愈最重要的一篇文章《原道》讲一下，将其中几节摘录如下：

博爱之谓仁，行而宜之之谓义，由是而之焉之谓道，足乎己，无待于外之谓德。仁与义为定名，道与德为虚位。故道有君子小人，而德有凶有吉……

周道衰，孔子没，火于秦，黄老于汉，佛于晋、魏、梁、陈之间。其言道德仁义者，不入于杨，则入于墨；不入于老，则入于佛……噫！后之人其欲闻仁义道德之说，孰从而听之？……

传曰：“古之欲明明德于天下者，先治其国。欲治其国者，先齐其家。欲齐其家者，先修其身。欲修其身者，先正其心。欲正其心者，先诚其意。”然则古之所谓正心而诚意者，将以有为也。……

曰："斯吾所谓道也，非向所谓老与佛之道也。尧以是传之舜，舜以是传之禹，禹以是传之汤，汤以是传之文、武、周公，文、武、周公传之孔子，孔子传之孟轲，轲之死，不得其传焉……"

观此文，韩愈是隐隐然以传扬孔孟之道自居，依照退之一生，无论他是从政也好，写作诗文也好，确实是奉行着孔孟之道，以此作为他的终身的核心思想与为人目标，他是切实做到了。退之绝不是像别人那样，口中说自己才是孔孟的真传人，行为上却拉帮结派，只是为个人和集团的名利打算，而且对金钱私利特别看重，不惜排斥伤害曾经帮过他们的彬彬君子和好友，他不愧为孔孟的继承者。其实，信奉孔孟，任谁都可以，只要他服膺《论语》《孟子》，也便是孔孟之忠实门徒了。口是心非、阳奉阴违的，那才不配作为孔孟之徒。[1]

韩愈除了是数千年来在中国文学史上最伟大的第一流大文豪之一，他还有另外两大贡献，提出辟佛及提出尊重师道。他特重师道，并撰写《师说》：凡可传道、授业及解惑的都应被

1 叶按：本人在大学求学时，发觉有多位教授都持阳奉阴违的态度，作风与本文所讲如出一辙。当时钱师十分赞赏商学院的众教授。

尊为师。

再回头来说：五四运动之大毛病，在于忽略了韩愈体裁的文学而只重视应用散文，其实都不会欣赏，也不去作这种类似韩愈的文学作品了。

韩柳时期开始有了纯文艺的文章，他们都可以文为诗。文章虽随时代而体裁有变，仍有其传统在，如韩文之《原道》《原性》《原毁》及《师说》等等论文，但其精华则不全在此等文章，韩愈亦作“奏议”“序跋”“书说”“赠序”“碑志”“杂记”“辞赋”以及“哀祭”等各类文章，影响后世极宏。与退之同时候写得好文章者厥为柳宗元。

韩柳都是以诗为文，以艺术的日常人生描写出诗的情味，而非宗教式的庄严。退之的《送杨少尹序》，即有诗情画意，为人所爱读。总之，退之之文变化无穷，有各种技巧。

韩愈可以说是中国散文作家之始。至于退之学生，并不出特殊的文才，只有他的姪女婿李翱，其文体似退之，亦作得好。他们这一代过去后，此等新文体的文学已无后继者，要过两百年左右，等宋代的欧阳修出，才有了“文起八代之衰”的传承者。

第二十四篇　唐代古文（下）

唐代古文家以韩柳并称。韩愈当时提倡古文，提倡复古，其中最得力的助手要推柳宗元。

柳宗元，字子厚，河东今山西永济县人，生于唐代宗大历八年。因与刘禹锡同年中进士，成为好友。韩、刘两位在唐德宗贞元年间同为御史，三人均为好友，但退之因当时关中闹旱灾，上书得罪德宗，遂遭贬谪为阳山令，此事由当时权臣王韦上疏所致，而柳、刘两位正是王韦亲党，退之遂对子厚、禹锡亦有了怀疑，退之在赴江陵途中写赠三学士诗[1]云：

1 编按：即《赴江陵途中寄赠王二十补阙李十一拾遗李二十六员外翰林三学士》。

孤臣昔放逐，血泣追愆尤。

汗漫不省识，恍如乘桴浮。

或自疑上疏，上疏岂其由。

……

同官尽才俊，偏善柳与刘。

或虑语言泄，传之落冤仇。

二子不宜尔，将疑断还不。

……

当时柳、刘二位显然亦知退之有所怀疑，但最后退之终于释然于怀，三人仍为好友。他们三人，柳先卒，退之为作墓志铭，接着退之亡，刘禹锡为作《祭韩退之文》。退之为柳子厚所作墓志铭中，其中一节曰：

子厚前时少年，勇于为人，不自贵重顾藉，谓功业可立就，故坐废退。既退，又无相知有气力得位者推挽，故卒死于穷裔。材不为世用，道不行于时也。使子厚在台省时，自持其身，已能如司马刺史时，亦自不斥；斥时，有人力能举之，且必复用不穷。然子厚斥不久，穷不极，虽有出于人，其文学辞章，必不能自力以致必传于后，如今，无疑也。虽使子厚得所愿，为将相于一时，以彼易此，孰得孰失，必有能辨之者。

观此文，退之为子厚之早卒，十分惋惜痛心，谓子厚如能小心从事则不至如此，为了勇于助人，而不顾及个人得失，遂造成多次被贬谪。等到治罪被贬，又无得力友好人士助他脱困，遂致客死荒乡，才能未为世所用，主张未能实行，非常可惜。但又得说回来，如果子厚在政治上顺利又有成就，做到将军或丞相，那他的文学创作必定没有今天那么大的成就，两者相比，孰得孰失，旁观者一眼就能辨明，这也可说是子厚因祸得福吧！

柳宗元从北方贬到南方桂林等处，正是山明水秀之地。柳氏擅长写精短的山水游记，而不是用诗，他的《始得西山宴游记》，记曰：

自余为僇人，居是州，恒惴栗。其隟也，则施施而行，漫漫而游。日与其徒上高山，入深林，穷回溪，幽泉怪石，无远不到。到则披草而坐，倾壶而醉，醉则更相枕以卧，卧而梦。意有所极，梦亦同趣。觉而起，起而归。以为凡是州之山水有异态者，皆我有也，而未始知西山之怪特。

今年九月二十八日，因坐法华西亭，望西山，始指异之。遂命仆人过湘江，缘染溪，斫榛莽，焚茅茷，穷山之高而止。攀援而登，箕踞而遨，则凡数州之土壤，皆在衽席之下。其高下之势，岈然洼然，若垤若穴，尺寸千里，攒蹙累积，莫得遁隐；萦青缭白，外与天际，四望如一。然后知是山之特立，不与培塿为类。悠悠乎与灏气俱，而莫得其涯；洋洋乎与造物者游，而不知其所穷。引觞满酌，颓然就醉，不知日之入。苍然暮色，自远而至，至无所见，而犹不欲归。心凝形释，与万化冥合。然后知吾向之未始游，游于是乎始，故为之文以志。是岁，元和四年也。

此文乃子厚作于唐宪宗元和四年被贬为永州司马时。他在元和四年至七年期间，连续写了八篇游记，称为“永州八记”。此为其第一篇。子厚在永州[1]时，还作了《钴鉧潭记》《钴鉧潭西小丘记》《至小丘西小石潭记》《袁家渴记》《石渠记》《石涧记》及《小石城山记》，合称“永州八记”。每篇独立但甚有连贯性，且八文中隐含作者内心所郁结的怨懑之情，有所倾吐发泄。子厚去游山玩水，其主要目的是为了排闷解愁，且是借着登上高耸的西山来描写向四处远望的景色，所望见的境界宽广阔远。何焯[2]在其《义门读书记》中说：子厚山水游记文“中多寓言，不惟写物之工”也。

今再录其八记中的《小石城山记》一文：

1 钱按：永州即今之湖南零陵。

2 编按：何焯，晚号茶仙，学者称“义门先生”，康熙年间“帖学四大家”之一。

自西山道口径北，逾黄茅岭而下，有二道：其一西出，寻之无所得；其一少北而东，不过四十丈，土断而川分，有积石横当其垠。其上为睥睨梁欐之形，其旁出堡坞，有若门焉。窥之正黑，投以小石，洞然有水声，其响之激越，良久乃已。环之可上，望甚远，无土壤而生嘉树美箭，益奇而坚，其疏数偃仰，类智者所施设也。

噫！吾疑造物者之有无久矣。及是，愈以为诚有。又怪其不为之于中州，而列是夷狄，更千百年不得一售其伎，是固劳而无用。神者傥不宜如是，则其果无乎？或曰："以慰夫贤而辱于此者。"或曰："其气之灵，不为伟人，而独为是物。故楚之南少人而多石。"是二者，余未信之。

子厚在描写小石城山中的石洞奇景后，忽发奇想：如此美景为何偏会在夷狄居处荒僻之地，却不安排在中原富庶之旺地？老天莫非是为了安慰谪居来此的贤人所设置？也可能因为此地不出杰出人物，所以才有奇石奇山出现。结论是他对两者都不信。子厚的《天说》，证明他并不信天，也不信世上有神。可能真如茅坤[1]所说，子厚只是"借石之瑰玮，以吐胸中之气"。其实子厚在抱怨朝廷没有重视他的才华，正如奇山胜

1 编按：茅坤，明代散文家、藏书家。嘉靖十七年得中三甲进士，编选有《唐宋八大家文钞》。

水荒弃于僻壤夷地不让人欣赏一般。

子厚除了写山水游记是他的强项以外，主要还是心系祖国，不论贬谪到哪里，心中挂念着的还是希望老百姓的生活能过得舒适些，政府的赋税能减轻些。他在《捕蛇者说》一文中说：

永州之野产异蛇，黑质而白章，触草木尽死，以啮人，无御之者。然得而腊之以为饵，可以已大风、挛踠、瘘、疠，去死肌，杀三虫。其始，太医以王命聚之，岁赋其二，募有能捕之者，当其租入。永之人争奔走焉。

有蒋氏者，专其利三世矣。问之，则曰："吾祖死于是，吾父死于是，今吾嗣为之十二年，几死者数矣。"言之，貌若甚戚者。

余悲之，且曰："若毒之乎？余将告于莅事者，更若役，复若赋，则何如？"

蒋氏大戚，汪然出涕曰："君将哀而生之乎？则吾斯役之不幸，未若复吾赋不幸之甚也。向吾不为斯役，则久已病矣！自吾氏三世居是乡，积于今六十岁矣，而乡邻之生日蹙，殚其地之出，竭其庐之入，号呼而转徙，饥渴而顿踣，触风雨，犯寒暑，呼嘘毒疠，往往而死者相藉也。曩与吾祖居者，今其室十无一焉；与吾父居者，今其室十无二三焉；

与吾居十二年者，今其室十无四五焉！非死则徙尔，而吾以捕蛇独存。悍吏之来吾乡，叫嚣乎东西，隳突乎南北，哗然而骇者，虽鸡狗不得宁焉。吾恂恂而起，视其缶，而吾蛇尚存，则弛然而卧。谨食之，时而献焉。退而甘食其土之有，以尽吾齿。盖一岁之犯死者二焉，其余则熙熙而乐，岂若吾乡邻之旦旦有是哉！今虽死乎此，比吾乡邻之死则已后矣，又安敢毒邪？”

余闻而愈悲。孔子曰："苛政猛于虎也！"吾尝疑乎是，今以蒋氏观之，犹信。呜呼！孰知赋敛之毒，有甚是蛇者乎？故为之说，以俟夫观人风者得焉。

子厚此文作于他贬任永州司马时，地处荒僻，民生困苦，他是借《捕蛇者说》来说明，当地人民宁可受被毒蛇咬死之苦。由于毒蛇可以抵当赋税，而被毒蛇咬只是一年两次，其余日子可以熙熙融融，生活快乐，而改缴赋税却是全年受苦，做人生不如死，正如孔子所说，"苛政猛如虎"。因此，百姓们虽然其父祖死于毒蛇，而仍然愿意以捕毒蛇为生。所以，子厚此文也就是为民请命。

子厚稍后调任，贬至柳州任刺史，他仍然关心民生疾苦，为当地人民做了一件好事，革除了没收债户为奴的陋习。即是穷人向当地富户借钱而到期无法偿还的，便可被债主终生没收为奴隶。子厚从此规定可以过期取续，或以劳力折合债款，实在无法赎身的则由子厚筹钱代付赎出。此举使其上司观察使赞许，并推行至其他州郡。

子厚在柳州时期，公余仍然寻幽探胜，写下不少山水游记。在此顺便一提子厚在柳州种柳的轶事。柳宗元自贬柳州后，便在柳江边住下，在花园中种了不少柳树。他的一位好友吕温[1]见了，便作诗一首道："柳州柳刺史，种柳柳江边。柳馆依然在，千柳柳拂天。"子厚读此诗后十分欣喜，更多种柳树，并作《种柳戏题》诗回吕温道："柳州柳刺史，种柳柳江边。谈笑为故事，推移成昔年。垂杨当复地，耸干会参天。好作思人才，惭无惠化传。"因子厚引用了吕温原句，吕温见后哈哈大笑。

总之，韩、柳二人，同为提倡古文打拼，而且都兼擅诗文，写文章也都能以文为诗及以诗为文，可算得上是珠联璧合。

至于文体创作方面，韩愈则属于多元化，任何文体都能作，柳宗元除了山水游记是他的强项以外，至于其他方面，有

1 编按：吕温，字叔和，又字化光，今山西永济市人。唐中期文学家，因官终衡州刺史，所以世称吕衡州，颇有政声。

关论辨文，如《封建论》《桐叶封弟辩》以及《晋文公问守原议》，都相当好；又如序跋类文的《论语辨》《辨列子》《辨鬼谷子》《辨晏子春秋》以及《愚溪诗序》等，也都写得古雅淡朴，意韵生动。但如论及奏议、诏令、箴铭、辞赋，以及传状、碑志诸体，则非子厚之专长。韩退之则各体文皆精湛而变化多端，可谓全能之才。

韩、柳以后，同时代的有李翱、皇甫湜、刘禹锡、白居易及元稹等人参与复兴古文运动，但形势已弱；至唐末，懿宗、僖宗时代，虽尚有罗隐、皮日休、陆龟蒙等人承接韩柳遗风撰写讽刺杂文，但此时提倡古文之风已远非昔比。

第二十五篇　宋代古文

欧阳修，字永叔，庐陵人今江西吉安，四十岁被贬滁州时自号醉翁，晚号六一居士。由于永叔四岁时父亡，母便带其三兄妹投奔随州其叔欧阳晔家生活，因家穷，母用荻草在沙堆中教子写字。就在其湖北晔叔家中，得《韩昌黎集》，永叔极喜此书，但并不适用于考秀才进士，待他中科举后，就潜心研习韩文，昌黎文体才借欧阳修得以发扬光大。

某日，欧阳修与二友人出街，见一马踏死一犬。三人相约作一文记之，借此比较孰优孰劣。文成后，三人并不出示各人作品，只问字数多少，以字数最少者为优胜。

由于上述故事，我想起传说中有樵夫改欧

阳修文章的趣事。欧阳修任滁州太守时，常去琅琊山玩，因此与琅琊寺的智仙法师成了好友。智仙为他在游山的路旁盖了一所亭子，落成之日，欧阳修亲自题名为“醉翁亭”，并作《醉翁亭记》一篇。此文原来起首是“滁州四面皆山也，东有乌龙山，西有大丰山，北有白米山，其西南诸峰，林壑尤美……”欧阳修原准备刻于亭中石碑，为慎重起见，怕文章有不妥，便抄了五六份遍贴四围城门，征求市民意见，以便修改。即使过路客商、地方官员，亦无不欢迎，但贴了一整天，未见有人提出修改。直到傍晚，有衙役带来一砍柴樵夫欲修改欧文。欧阳修谦虚听命。樵夫认为，该文起首提到东、南、西、北四座山太啰嗦了，于是修欣然遵命改为“环滁皆山也”，一句开首已够，并请苏东坡抄了一份改正后的《醉翁亭记》作为礼物送给樵夫。此故事可能非真，但作文当求简洁、凝练实为写文章的首要。

还有，欧阳修亦不喜作文用冷字僻典太多太杂，令人晦涩难明，但宋祁[1]撰写《新唐书》时，偏偏用典杂而多。作为主编的欧阳修对此不满，也不好当面批评，于是，稍后当宋祁来

1 编按：宋祁，字子京，北宋著名文学家、史学家、词人。与兄长宋庠并有文名，时称“二宋”。因作词中有“红杏枝头春意闹”一句，世称“红杏尚书”。

欧府赴宴时，永叔在大门上贴了一副怪对联曰："宵寐非祯，札闼洪庥。"宋祁好奇，看了多遍不得其解，便问永叔门联是何意思。永叔道：因我昨晚得一不祥之梦，所以贴上这副对联以避邪气，意即夜梦不祥，出门大吉。宋祁急问：既然如此，何不直说？要弄得如此费解。永叔道："我是学你撰《新唐书》的笔法呀！"弄得宋祁哭笑不得。

唐宋八大家中，唐代韩、柳只占两家，其他六家都是宋代人，除欧阳永叔外，尚有王安石，曾巩，苏洵、轼、辙三父子。除苏洵只小永叔两岁外，其他四位都是永叔后辈，都得过永叔的赞赏和照拂。而且永叔曾说：东坡这位年轻人比我小三十岁，不久将领导文坛[1]。永叔亦曾称赞曾巩。苏洵虽只小永叔两岁，亦曾受到永叔与韩琦的称许及举荐，遂名动京师。

欧阳永叔向有推挽后学的好心肠。今再举一例。永叔任滁州太守时，王向在其属下任幹当官[2]。当地有一位教师因某生拒交学费而告到王向那里，王向批示道："你应用教鞭惩罚不听教之学生，以树立师道之尊严，何必来向我告状呢？"该教师不服，再上告欧阳修。但欧阳修十分欣赏王向的批示，并夸

1 编按：永叔原话曾说，"我老将休，付子斯文"。

2 编按：幹当官，本名勾当，避宋高宗赵构讳，改叫幹当。宋代禁军机关之一。北宋皇城司设幹当官七人。

赞王向之才华且加以提拔，使王向日后出了名。

欧阳修于庆历四年带着满肚怨气来滁州任太守，他本是朝廷的右丞相，因直言敢谏得罪了左丞相夏竦一帮邪党而被贬到滁州。他暇日去逛城外西南的琅琊山，因而结识了一位高僧智仙而成为知己。智仙为他在山腰途中建一亭，让永叔可与民众饮酒同乐，便名此亭为醉翁亭。于是，欧阳修自名醉翁，在此常与智仙及市民醉酒同乐。某日，智仙见亭中喧闹非常，走近一看，原来欧阳修正与几个百姓喝酒猜拳，智仙忙劝他别醉倒了。永叔道：我哪里会醉！民情可使我醉，山水也可使我醉，但酒却不会使我醉。只是如今奸臣当道，借酒消愁，我自装糊涂罢了。于是吟诗道："四十未为老，醉翁偶题篇，醉中遗万物，岂复记吾年……"[1]智仙领悟道："原来醉翁不醉啊！"同座一位书生模样的中年人起立曰："太守为官廉正耿直，世人仰慕，公且吟诗一首以贺太守。"诗曰："为政风流乐岁丰，每将公事了亭中。泉香鸟语还依旧，太守何人似醉翁？"[2]众人齐声称好。智仙亦大赞好诗。刻诗于亭碑中，至今仍有。

---

1 编按：此即《题滁州醉翁亭》。

2 编按：此诗相传乃明代苏茂相所作。钱先生所述之故事应为课堂即兴发挥。

唐宋古文，韩愈与欧阳修两位均极为重要。欧阳修之文学自韩愈，但两人风格截然不同，韩文有阳刚之美，欧阳修文则是阴柔之美。永叔每成一文，必张贴壁上，一面慢慢朗读，一面慢慢修改，有时甚至将全文改完，一字不留。还有，他的文章读来自然，可脱口而出。如他的《醉翁亭记》，这是一篇杂记。琅琊山在今江苏滁县津浦路[1]附近，永叔在此山筑一亭，前已讲及，不到四十岁，已自称醉翁，作为亭名。其首句“环滁皆山也”，真实情况是由二三百字精改而成，真是神来之笔；也极平易浅近，全文用“也”字。“醉翁之意不在酒，而在山水之间也”一句，即来自此文。总之，永叔作文，精读精改，极为费力也。

作文不能马虎，要学古人榜样，细心改作。像欧阳修的精改细作，确是我们的好榜样。

有人说，欧阳修的学问成就在“三上”，那就是“马上”“厕上”与“枕上”；还有“三余”。傍晚，即黄昏为一日之余；冬天为一年之余；还有“雨天”，也是三余之一。他在这三个余下的时光用功夫、做学问，没有一分钟浪费。

传说，永叔年老时退休还乡，已名满海内外，晚上仍勤读不已。妻子幽默地问道：你还怕老师会骂你吗？[2]永叔答道：

---

1 编按：琅琊山在现安徽省滁州市西郊。

2 编按：原文为：“何自苦如此，尚畏先生嗔耶？”

我是怕将来的年轻人要骂我呀！[1]因此到老仍勤读不倦。

宋人师法韩愈古文最有成就的除了欧阳修，还有王安石。安石字介甫，号半山，抚州临川人，晚年封荆国公，人称王荆公，也可说是永叔的后辈。永叔曾赞美王安石之文可媲美韩愈古文，但安石则说要学孟子。王安石之文亦具阳刚之美，但与韩文风格不同。

欧阳修有一文《记旧本韩文后》，其中有云："予家藏书万卷，独《昌黎先生集》为旧物也。呜呼！韩氏之文、之道，万世所共尊，天下之共传而有也。予于此本，特以其旧物而尤惜之。"由此可见永叔之推尊韩文。永叔是两百年后[2]真正继承并发扬韩文的大文豪。韩文阳刚而欧文阴柔，这证实了永叔师法韩文是遗其形貌而收其神理气味，王安石赞扬欧阳修，在其《祭欧阳文忠公》中称道曰：

"如公器质之深厚，智识之高远，而辅学术之精微，故充于文章，见于议论，豪健俊伟，怪巧瑰琦。其积于中者，浩如江河之停蓄；其发于外者，烂如日星之光辉。其清音幽韵，凄如飘风急雨之骤至；其雄辞闳辩，快如轻车骏马之奔驰。世之

1 编按：原文为："公笑曰：'不畏先生嗔，却怕后生笑。'"

2 编按：从韩愈（768–824）至欧阳修（1007–1072）近二百五十年。

学者，无问乎识与不识，而读其文，则其人可知。”

永叔、介甫两人政见容或有异，但论人品之正直同样，又同是宗仰孔孟师道，同是师法韩文公的文章，可谓惺惺相惜，赞美对方绝无丝毫保留，实厚道可风。

就唐宋八大家而言，最重要的当推韩、欧两位。不过我也相当喜欢王安石的文章，因为他熟悉政务，关心政事，所以他的政论文章是我颇感兴趣的。例如，宋神宗登基不久即召见王安石，问宋开国百年来政局粗安情况。安石以《本朝百年无事札》以对，说明政局虽粗致太平，其实乃积弱积贫，亟待改革。安石蒙神宗接待并擢升为参知政事，以实行变法。又如他的《答司马谏议[1]书》一文，是答复司马光。司马光反对安石的“侵官”“生事”“征利”及“拒谏”四弊政，均为安石驳斥。但此函末尾仍以谦虚及仰慕之心作结。

谈起司马光与王安石，某日开封府尹包拯请他俩同席赴宴，包公屡次劝两人饮，均被拒绝，包公怒极摔杯地上，司马光勉强喝了两口，而安石不饮如故。次日，包公上朝接安石一信，上写一联道：“断送一生唯有，破除万事无过。”包拯遂想起安石之所以拒饮，乃遵照韩愈所言“断送一生唯有酒”及

1 编按：当时司马光任翰林学士兼右谏议大夫。

"破除万事无过酒"的警语而行，包公遂恍然大悟，便将对联挂于堂上，以资借鉴。

某次，王安石偕友人游汴京，至管仲鲍叔牙庙时，安石题诗道："两个伙伴，同眠同起。亲朋聚会，谁见谁喜。"等逛至伯夷叔齐庙，安石又题一诗道："两个伙伴，为人正直。贪馋一生，利不归己。"当走到哼哈二将庙时，安石再题一诗曰："两个伙计，终身孤凄。走遍天涯，无有妻室。"同行友人不知三诗有何意义，便问司马光。光答道：这哪里是作诗，这位拗相公只是作灯谜，而谜底却都是筷子。三座庙里不同的神像，却用不同诗句写成同一灯谜，也可见王安石之功力匪浅。

欧阳修的后辈中，还有他当年录取的三个好学生，便是曾巩与苏轼、辙兄弟。

曾巩，字子固，江西抚州人，后居临川，仁宗庆历元年中进士，有《元丰类稿》。欧阳修曾赞道："过吾门者百千人，独于得生为喜。"可见他备受欧公重视。

如他的《战国策目录序》，对该书内容抒发个人之意见，为常人所不及。说理清晰，立论精准，为其代表作之一。他的文学见解与文章风格都和永叔相近。朱子曾说："学文章可从曾巩之文学起。"清代姚鼐也曾说："宋朝欧阳、曾公之文，其才皆偏于柔之美者也。”见《复鲁絜非书》。正如林希在曾巩墓志铭中所说：写文章虽然可以开阖驰骋，应用不穷，然言近指远，要其归必止于仁义[1]。故欧阳修与曾巩之文，正是殊途而同归。

至于欧阳修当年录取的好学生，还有苏轼和辙两兄弟。其中最了不起的是苏轼东坡，他是文学家中的全才，他能作散文、古文、诗、词、书法和画。谈到诗，他是我国四大家之一，即所谓“李白、杜甫、苏轼、黄山谷”。至于苏东坡作文，他自称“行乎其所不得不行，止乎其所不得不止”。即是说，东坡作文是无所用心，是出乎自然。故我们又称“韩潮苏海”：所谓韩文似潮是指其刚猛；苏文似海是指其为文平坦无奇，但无所不有。

所谓唐宋八大家，乃是唐代之韩、柳，加上宋代之欧阳、王、曾与苏轼、辙兄弟，再加上苏洵。韩愈说，“非三代两汉之书不敢观”，可说是一位复古派，但他的文章并不似秦汉格调。韩愈又说“文以传道”，其实，韩的文章并不仅传道，却也有纯文学，也有加入日常生活琐事的。韩愈的复古文风以及

1 编按：原话为：“其为文章，句非一律，虽开阖驰骋，应用不穷，然言近指远，要其归必止于仁义，自韩愈氏以来，作者莫能过也。”

文以载道之理想，如没有欧阳修的继起、坚持此种主张，则晚唐五代以来的靡靡之音歪风将无法扭转趋正，所幸永叔所提携的这批后辈，包括王安石在内，还有曾巩，苏轼、辙兄弟在内诸人，均能追随欧公，并力向前，才完成复兴古文的大业。

欧阳修的文章一本正经，以维护孔孟之道为职志，他的词则颇富浪漫情调。有一事可以作证。某年，永叔偶寓汝阴，遇见两位聪明活泼、能歌善舞的歌妓，而且还能背唱欧公作的词，颇得欧公欢心，便约定她们说：我将来一定会来汝阳做太守，可常欣赏你们的美妙歌舞。数年后，欧公果然调来汝阳，却不见两歌女踪迹，欧公不胜惆怅，便作诗道，“柳絮已将春去远，海棠应恨我来迟”。由此可见欧公亦是一位浪漫风流的文人。三十载后，苏东坡亦来此任官，知此轶事后大笑道：这岂非杜牧“绿叶成荫子满枝”的故事重演？

原来晚唐有位大诗人杜牧，某年他去湖州旅游时，遇见一位未成年的美少女，于是凭友人介绍送礼求婚而成功，约定十年后来湖州成亲，接着杜牧奉调回长安任职。转眼已隔十年，他多次要求调职湖州，直至调任湖州太守，此时已距与该少女订婚之日有十四年之久。杜牧到了湖州，才知该少女已于三年前婚嫁他人，并已有三名子女。杜牧恼恨之余，便严词责问该介绍人，对方答以：与君约期已逾三年，当然只好嫁人了。杜牧自知理亏，遂作《叹花》诗道："自恨寻芳到已迟，往年曾见未开时。如今风摆花狼藉，绿叶成荫子满枝。"

谈起苏东坡，吾人知道，唐宋八大家中，一家三苏便占去了三位，实在了不起。苏家还有一位苏小妹，文才亦不弱。据说，某日，苏洵与轼父子和小妹三人在月光皎洁之夜限字吟诗。先由苏洵择"冷""香"两字作为两句之末字各造一句比试。苏洵吟道："水向石边流出冷，风从花间过来香。"苏轼则吟出"拂石坐来衣带冷，踏花归去马蹄香"两句；苏小妹亦不示弱，吟诗道："叫月杜鹃喉舌冷，宿花蝴蝶梦魂香。"苏洵苏轼两父子听后，拍手叫好。[1]

其实，我认为每个人的天资是差不多的，一个人要写出好文章，最要紧是要多读书，要能刻苦努力。如苏东坡，他在宋仁宗嘉祐元年西元1056年二十一岁时便考中进士。当年他应试的题目是"刑赏忠厚之至论"。其成绩所以优异，主要是因他博览群籍，广征博引，甚至还自创典故，使作为考试官的永叔大为惊叹，本拟将此文列为第一，由于欧公怀疑此位考生可能是曾巩，为免人说闲话，遂把它压为第二，放榜后才知是苏轼。

1 编按：钱先生在本篇末讲到，苏东坡轶事甚多。此故事应是钱先生为使课堂生动才讲的轶事。

原来苏轼所作典故，是效仿自《三国志》中的《孔融传》，可见也是从多读书喜读书而得。

苏东坡才华满溢，但喜欢开朋友玩笑。某日与老友刘贡父等小饮，刘贡父晚年患风症，鼻梁几乎塌断，饮酒时各引古人语相戏笑，东坡喜对刘贡父说："大风起兮眉飞扬，安得壮士兮守鼻梁"，阖座大笑，贡父怅恨不已，稍后鼻子断烂，忧郁而亡。[1]可见开玩笑也得有分寸，不可过分。

东坡此人，不但有才华，还有急智。某年高丽国有使节来访宋朝，上派东坡作陪逛街，谈及作对联，东坡说中国无论男妇老幼，个个都晓。那使者有疑，便顺便将眼前所见路旁宝塔作一上联道，"独塔巍巍，七级四面八方"，命路上老翁作下联。老翁摆手匆匆而去。使节笑道：那老翁不能对，已走远了。东坡道：其实老翁是哑对，他已对出下联，他摆一摆手，意即，"只手摆摆，五指三长两短"，岂非妙对？！高丽使者默然，也足见东坡之有急智。

有关东坡之轶事甚多，就此打住。

苏洵三父子，洵以论辩文最为取胜，其文古雅雄健；苏轼则有多方面的才能，无论诗、词、古文、书、画，样样皆精，

1 编按：此轶事见陈师道《后山丛谈》。

为北宋古文运动欧阳修以后的继承者，亦主张“文与道俱”；至于苏辙，其幼年即受父兄熏陶，其文章风格近轼，但成就稍逊，然其文淡泊文静，写景状物，尤为精妙。

有宋一代的古文，当以唐宋八大家中之宋代六人为代表。

第二十六篇　宋词

普通我们说：汉赋、唐诗、宋词、元曲。

词在宋代特盛，超越了唐代。

今人认为文学是进化的，所谓新文学出，旧文学告退，这是不对的。到了宋代，诗仍是存在的，不过多了词，只可以说，支派加多了。

诗是文学的大宗，词是文学的小宗：后来又由词而分演出曲，曲又是词的小宗：故如后来分演出白话诗，但不能将古诗切断，它是连贯相承的。不懂诗的人，绝不会作词。

诗何以会分演出词？此两种体之不同，由于用处不同，对象不同，题材不同，即是诗所无法表达的，则由词来讲。

韩愈之所以有“赠序”“杂记”，因为他用这种文体可以表达此种人生。

词的题材与对象同诗及散文均有所不同，因为这类作品只能用词来描写；这是细腻的小题目，要低声婉唱，是阴性的美，与诗含有阳性的美不同，词是柔性的。

如有诗曰：“夕阳无限好，只是近黄昏。”此诗意境苍茫万象，但词则描写细腻而非豪放的。词是女性的、闺房的，而非如诗之具社会性。

《花间集》为中国第一词选，作者有温庭筠及前蜀王衍、后蜀孟昶，但李存勖不在集内，他是做戏之始祖，他有一首词曰：

长记别伊时，和泪出门相送，
如梦，如梦，残月落花烟重。

此词脱口而出，显见为诗的解放。

大词家李煜后主西元936至978年，为南唐时人，其父李璟亦能词，可见李煜是有家学。三国时代出人物众多，五代最差，不出人才，但仍有开创新文学的人物，显出中国文化的伟大。今日人们陷落于物质生活中，已不出人才了。

冯延巳有词：

风乍起，吹皱一池春水。

李璟尝戏冯延巳说：

吹皱一池春水，干卿何事？

李璟之词如：

小楼吹彻玉笙寒。

上述两句均作得极好，上句形容春天水波；下句之“寒”字非凄凉意，乃是寂寥之意。

李后主煜为大词人，始为王，后亡国。后主亡国后被带到开封为俘虏时，所作之词更比前为佳。他为王时，有词《玉楼春》。曰：

晚妆初了明肌雪，春殿嫔娥鱼贯列。笙箫吹断水云間，重按《霓裳》歌遍彻。　临风谁更飘香屑，醉拍阑干情味切。归时休放烛花红，待踏马蹄清夜月。

被俘虏后，有词曰：

无言独上西楼，月如钩。寂寞梧桐深院锁清秋。　剪不断，理还乱，是离愁[1]。别是一般滋味在心头。

---

1 钱按：指离开江南故国。

李后主所作此词[1]，是代替大众而讲的心声，是由自己内心悲伤发而为群众之声。中国文学的特征即是如此临空的。

凡是一首好的词，词中不宜表露出其身份，如“昨夜梦魂中，还似旧时游上苑，车如流水马如龙”，此词描写凄凉之事，却讲得最热闹，但用到“上苑”两字，便显露出作者之身份，便不十分好。

又如“春花秋月何时了，往事知多少？小楼昨夜又东风，故国不堪回首月明中”，此词由七言诗变成，词中“故国”二字仍带出背景，但以不带背景为妙。

又如以下一词：

帘外雨潺潺，春意阑珊。罗衾不耐五更寒。梦里不知身是客，一晌贪欢。　独自莫凭栏，无限江山。别时容易见时难。流水落花春去也，天上人间。

此词未有透露作者本身之身份和背景，是临空写来，故比上两首为佳。

词亦不同于赋，故不宜描写“两都”“两京”。《诗经》和《楚辞》中的《九歌》本来可唱，汉赋不能唱，但乐府可唱，唐诗中之绝句可唱，如“劝君更尽一杯酒，西出阳关无故

---

1 编按：指《相见欢》，即“无言独上西楼”一首。

人”是可唱的。且当时有专职的官伎，在宴会时用乐器伴唱出即席的赋诗。

词是从绝句演变下来，也可以唱，而且是女孩在房间中唱，细腻而温柔。李后主爱唱词，常雇用很多年轻女子来唱，后来他自己也编词。唐末至宋期间有《花间集》，是短词，此时人生之另一方面开始了，但仍然保存着诗和散文诸体，因为各种文体需要用在人生的各方面。

宋代的晏殊、寇准、范仲淹以及欧阳修等均会作词。词要会唱，后来变成长的词了。

欧阳修有位好友，因贬官经过长沙，听一位年轻的官伎唱的词正是他自己所作。他离开长沙后，此伎女不再接客唱词，等他再来长沙时，此伎女已死，成一哀艳凄恻的故事。

当时的伎女均通文字，会唱词。

词本属阴柔之美，但亦有人转换花样。苏东坡出，用韩愈、杜甫笔调作词，当然不是正宗的词。如东坡的《念奴娇·赤壁怀古》，本来是讲儿女的温柔，但词中却是极大的气魄，成为词的变调。其词曰：

大江东去，浪淘尽，千古风流人物。故垒西边，人道是，三国周郎赤壁。乱石穿空，惊涛拍岸，卷起千堆雪。江山如画，一时多少豪杰！　遥想公瑾当年，小乔初嫁了，雄姿英发。羽扇纶巾，谈笑间，樯橹灰飞烟灭。故国神游，多情应笑我，早生华发。人生如梦，一樽还酹江月。

又如苏东坡的《水调歌头·明月几时有》，词曰：

明月几时有？把酒问青天。不知天上宫阙，今夕是何年？我欲乘风归去，又恐琼楼玉宇，高处不胜寒。起舞弄清影，何似在人间！　转朱阁，低绮户，照无眠。不应有恨，何事长向别时圆？人有悲欢离合，月有阴晴圆缺，此事古难全。但愿人长久，千里共婵娟。

某日，苏东坡问一歌伎道：我的词与柳屯田[1]的词相比如何？歌女答道：柳词是要十八九岁小女孩儿来唱，但你苏先生的则要由关西大汉敲打粗的铁板来唱。[2]因为苏词《赤壁怀古》是豪放的，柳词《雨霖铃》则是婉约的，其词曰：

寒蝉凄切。对长亭晚，骤雨初歇。都门帐饮无绪，留恋处，兰舟催发。执手相看泪眼，竟无语凝噎。念去去千里烟

---

1 编按：柳永曾任屯田员外郎，故称柳屯田。

2 编按：宋·俞文豹《吹剑续录》记载有此故事。原话为："我词比柳词何如？""柳郎中词，只好十七八岁女孩儿，执红牙拍板，唱杨柳岸，晓风残月；学士词关西大汉，执铁板，唱大江东去。"

波，暮霭沉沉楚天阔。　多情自古伤离别，更那堪冷落清秋节！今宵酒醒何处？杨柳岸，晓风残月。此去经年，应是良辰好景虚设。便纵有千种风情，更与何人说？

又如柳屯田《昼夜乐》，其词曰：

洞房记得初相遇。便只合长相聚。何期小会幽欢，变作离情别绪。况值阑珊春意暮。对满目乱花狂絮。直恐好风光，尽随伊归去。　一场寂寞凭谁诉。算前言，总轻负。早知恁地难拚，悔不当时留住。其奈风流端正外，更别有系人心处。一日不思量，也攒眉千度。

苏、柳两人之词，前者为阳刚之美，后则是阴柔之美，截然不同也。

与苏东坡相同气魄作词的则为辛弃疾稼轩，他作的词是为国家民族，犹如岳飞作《满江红》一般。

辛弃疾为南宋第一大词人，也可说是最杰出的爱国词人。其《鹧鸪天》一词，说出其一生。其他如《西江月·示儿曹以家事付之》，其词曰：

万事云烟忽过，百年[1]蒲柳先衰。而今何事最相宜？宜醉

1 编按：“百年”，有的版本作“一身”。

宜游宜睡。 早趁催科了纳，更量出入收支。乃翁依旧管些儿，管竹管山管水。

这已是辛稼轩晚年的心态了。但他壮年时有恢复中原振兴大宋的壮志豪情，其《永遇乐·京口北固亭怀古》一词曰：

千古江山，英雄无觅，孙仲谋处。舞榭歌台，风流总被，雨打风吹去。斜阳草树，寻常巷陌，人道寄奴曾住。想当年，金戈铁马，气吞万里如虎。 元嘉草草，封狼居胥，赢得仓皇北顾。四十三年，望中犹记，烽火扬州路。可堪回首，佛狸祠下，一片神鸦社鼓。凭谁问：廉颇老矣，尚能饭否？

此词字里行间，一片抗金壮志，与其另一杰作《南乡子·登京口北固亭有怀》联成著名姊妹篇章。

到南宋时，姜白石夔是一位正宗词家，本人又懂得音乐，他有词谱传下，但今人已看不懂，唱法已经失传了。

至宋末，已经对词不懂得唱了。

今日有人能教词，但不能作诗。其实，今天已不适合用词，应该会作诗才对。诗才能描写慷慨激昂可歌可泣的故事；不然，就得再有像苏东坡、辛弃疾这类人才出现。

今天要唤醒国魂，非词的工作，而是需要诗，诗是歌唱人生的，而非咒骂的。

学文学要不怕老旧，要能传承保留。

第二十七篇 元曲

由宋词而变成元曲后，曲是成为社会化平民化的了。再由曲而演变成明代的传奇，就有了唱昆曲。

昆曲是可以在客厅里表现，养在家中的有家伎，且有一大班人，由主人自己填好词与歌，其本人就是导演兼编剧，正如莎士比亚在伦敦演戏一般。

清人入关后，昆曲衰落了，进而演变成京剧。京剧重要的是有科班。可参看梅兰芳的《舞台生活四十年》，梅兰芳唱做功夫都是一流，且是有传承的，他终能成为大艺术家，实在是一位了不得的人物。

由上面一条大道看，是诗、乐、舞互相配

合，其中以诗较差。梅兰芳、程砚秋以及杨小楼、盖叫天、袁世海、言菊朋、俞振飞、叶盛兰、金少山、萧长华、谭鑫培、林树森、姜妙香、裘盛戎、周信芳、孟小冬，以及台湾省的李桐春、王海波、徐霞、顾正秋、郭小庄等名伶，是有人为他们创制好的唱词用来演唱。

今日内地提倡中医、京剧、各种地方戏、武技等，能从多方面来提倡、来培养，这才好。

今日，吾人如欲改良戏剧，应从研究剧本着手。如《搜孤救孤》这一出剧，是取材自《史记·赵世家》，元代时就有演唱。西人歌德听到此剧本的故事后，亦大为感动。

由以上所说，可见民间文学的演进是由词到曲，再由曲演进到传奇，然后再演变为剧。

谈到元曲，首先当提到关汉卿，他是元代的著名杂剧作家。根据史载，他共创作杂剧六十余种，但现存的仅十八种，包括社会剧、爱情剧和历史剧三种，比较出名的有《窦娥冤》《蝴蝶梦》《望江亭》及《拜月亭》等多出。上述可以称为他的代表作。《窦娥冤》诉说窦娥一生的悲惨遭遇，其父窦天章为了要赴科举考试而向寡妇蔡婆婆借贷，因此不得已把女儿端云答应给蔡婆婆做了童养媳。窦娥婚后所遭受种种苦难无人可以为她申冤，最后终于被贪官奸吏枉判死刑郁郁以终。要等其父成功名任官返乡重审此案，凶徒判死，窦娥冤情才得雪，但其间种种曲折情节，感人至深。此剧之第三折道：

【正宫·端正好】没来由犯王法，不提防遭刑宪，叫声屈动地惊天！顷刻间游魂先赴森罗殿，怎不将天地也生埋怨。

【滚绣球】有日月朝暮悬，有鬼神掌著生死权。天地也只合把清浊分辨，可怎生糊突了盗跖、颜渊。为善的受贫穷更命短，造恶的享富贵又寿延。天地也做得个怕硬欺软，却元来也这般顺水推船。地也，你不分好歹何为地？天也，你错勘贤愚枉做天！哎，只落得两泪涟涟。

在一百多年前，此剧集已被译成外文介绍到欧洲，连西人也大受感动。国人王国维在其《宋元戏曲考》中评价道："即列之于世界大悲剧中，亦无愧色也。"关汉卿把一个苦命的弱女子演得栩栩如生，把情节造得波涛起伏，动人心弦，十分难得。

与关汉卿差不多同时的王实甫创作了出名的《西厢记》。唐人元稹的小说《莺莺传》由董解元改编成《西厢记诸宫调》[1]，进而再由王实甫在后者的基础上作出若干修改，而成为描写人物形象生动的《西厢记》，成为反对旧式婚姻而开创

1 编按：又名《西厢记弹词》或称《弦索西厢》，通称《董西厢》。

恋爱自由的新风气。

《西厢记》亦称《崔莺莺待月西厢记》，此剧中第四本第三折道：

【正宫·端正好】碧云天，黄花地，西风紧，北雁南飞。晓来谁染霜林醉？总是离人泪。

【滚绣球】恨相见得迟，怨归去得疾。柳丝长玉骢难系，恨不倩疏林挂住斜晖。马儿迍迍的行，车儿快快的随，却告了相思回避，破题儿又早别离。听得道一声“去也”，松了金钏；遥望见十里长亭，减了玉肌：此恨谁知！

……

【一煞】青山隔送行，疏林不做美，淡烟暮霭相遮蔽。夕阳古道无人语，禾黍秋风听马嘶。我为甚么懒上车儿内，来时甚急，去后何迟？

【收尾】四围山色中，一鞭残照里。遍人间烦恼填胸臆，量这些大小车儿如何载得起！

《西厢记》此折戏曲由“碧云天，黄花地”开始，用“山色、残阳”作结，描写两人间的别离情景，生动感人，且修辞造句亦淡雅优美，故被称为元代戏曲中的代表作之一，被明人王世贞《艺苑卮言》誉为元剧压卷之作，胡应麟的《少室山房笔丛》亦称誉王实甫“词曲中思王太白[1]”，又称道：“西厢主韵度风神，太白之诗也。”

元曲中尚有“南曲戏文”一派，其发祥地在浙江永嘉，故又称“永嘉杂剧”。此剧种以歌舞滑稽为主，将唱、念、做、舞四者融合为一体。高则诚根据《赵贞女蔡二郎》改编出《琵琶记》，成为今日南戏[2]之祖。

《琵琶记》的曲情向两方面开展：一边是蔡伯喈进京赶考，结果为荣华富贵所捆绑；一边是赵五娘困居家园，遭受着天灾人祸的苦难——揭示了双方苦乐祸福的深刻矛盾冲突。人说南戏发展到此一时期，已是顶峰。

到了元朝末年，有人把《荆钗记》《拜月亭》《杀狗记》及《刘知远白兔记》[3]合称为“四大南戏”。

此外，金元时期还有一种散曲，是一种乐曲的曲词，是继诗、词以后衍生出来的新诗体，成为元代一种独有的诗体，足

---

1 钱按：思王指曹植。太白，指李白。

2 编按：南戏，指随南宋政权移至今浙江、福建一带的戏曲演出形式，元灭宋以后以“南戏”称之。今存《永乐大典》卷一三九九一，所录《张协状元》《宦门子弟错立身》《小孙屠》保存了古老的形式。《牧羊记》《荆钗记》等经过明人改编。

3 编按：《刘知远白兔记》，简称《白兔记》。演绎同类故事的金代戏剧作品《刘知远诸宫调》共十二则，现存四则。

以与唐宋的诗、词分庭抗礼。此种似诗体的散曲，可分为“小令”与“散套”两种，其分别只在于前者用单一曲子组成，后者则用数支曲子组成；至于词的典雅或奔放，则悉随尊便。例如马致远的小令《天净沙·秋思》道：

枯藤老树昏鸦，小桥流水人家，古道西风瘦马。夕阳西下，断肠人在天涯。

又如张养浩的《山坡羊·潼关怀古》道：

峰峦如聚，波涛如怒。山河表里潼关路。望西都，意踌躇。伤心秦汉经行处，宫阙万间都做了土。兴，百姓苦！亡，百姓苦！

还有后期散曲作家张可久的【黄钟】《人月圆·春晚次韵》道：

萋萋芳草春云乱，愁在夕阳中。短亭别酒，平湖画舫，垂柳骄骢。一声啼鸟，一番夜雨，一阵东风。桃花吹尽，佳人何在，门掩残红。

这些散曲，写景状物，词都是清丽可喜、雅俗共赏的。

第二十八篇　小说戏曲的演变

小说戏曲这一类文体，在西方算是正宗，在中国则不然。

中国的文体是由诗到词，再由词到曲，由曲到传奇、戏剧，如此演变下去。至于神话、故事则是任何地方都有的产物，中国古代已有，但早前未形成文学而已。在西方则由神话、故事而有文学。中国之所以当时没有形成文学，是由于文化背景之有所不同所致，吾人不能用批评，只宜从历史、文化中去找答案，才能说明中西为何有异。

我们中国人在文学方面所用的精力，并不把它放在神话、故事上。这原因是由于中国版图疆域广大，难免有了众多地方性，如齐、鲁在泰山两边，风土人情各不相同，而中国人认为要创造一套超越地方之上的文学，因此提倡雅而除去俗。但埃及、希腊等外国地区因其国土狭窄，故地方性的神话、故事特受重视。

由于中国古代的子产、叔向等人物思想观念广大，看不起地方性的不登大雅之堂的东西，而偏重于超越地方性的合作与联合。而西方则是不主张也不可能合作的，即无法在国与国之间作出团结，即使英伦三岛亦无法合作。

中国的文字已是统一的，与西方各国之间用不同文字有别。

中国并不重视神话、故事等地方性的俗文学，而重视的则是《诗经》《楚辞》。

当时山东有齐东野人之语，即庄子所说的齐谐，讲故事甚为流行；楚国则流行地方性的神话，但此片沃野，尚未发芽，亦未受普遍欢迎。

中国古代有小说家之流，为九流十家之最后一派。有很多小说材料可从《吕氏春秋》中找到。

古代的小说书有《穆天子传》，周穆王见西王母之神话，是一新闻故事，亦非小说。

又如《山海经》，其实是一本地理书，亦非神话。

上述两书亦可说是中国人的小说，但非文学，说其为小说亦不十分妥当。

汉代亦无小说，然汉赋中有《七发》等，其体裁有近似小说的地方。

又如《孟子》《庄子》诸书中亦略含若干小说材料。稍后有了笔记一类的文体出现，但亦非文学小说，如《搜神记》是分条叙述的笔记。

接着又有讲宫闱故事的如汉武帝、赵飞燕的故事出现，所谓秘闻，由于京城离各地方路途遥远，听到宫事有如秘闻。即所谓“山高皇帝远”，但这些亦并非可登大雅之堂的文学或小说。

因此，中国古代有故事、神话、小说和笔记，但这些都并非文学，严格来说，可以进入文学史的小说，要自唐代开始，且以《太平广记》为代表。

《太平广记》全书的内容，所涉及的范围很广，可说是唐代的小说大全。凡欲研究中国社会史、宗教史、经济史和文化史等问题者，均可参考此书。全书有五百卷，但其中有部分材料并不十分可信。其中如“虬髯客与红拂女”的故事，亦有记载，这些小说文章，描写甚为生动，但不一定真有其事。其中叙述，为正史所未载，读起来趣味性十足，颇为引人入胜。

又如《会真记》的小说，讲述崔莺莺的故事，后来有宋人将之改编成《西厢记》的曲。

唐代之所以能把小说这个文体发展起来，搞得红红火火，其原因有：

（一）唐代是科举社会，人人要去京城考进士。此种投考是政治上给予考生的唯一出路。张生便是去京城赶考者，在途中遇到崔莺莺。全国书生可到中央考试，不分阶级，一律平等；但评卷有一规定，考生除了参加临场考试外，尚可携带其平日的作品成绩，给前辈进士出身的中央名学者观看，称为“温卷”。目的是让前辈们看了可以对此考生为其作品加以揄扬，使考生考前有了名气，让考官对其有好印象，便易上公榜了。进士考的是诗赋，让前辈看的旧作品难免使人感到枯燥，使人厌烦。因此，考生们事先创作了小说体裁的传奇故事，使前辈们翻看时当作消遣之用，并且容易引起前辈们的兴趣与好感，俾便考前给予好评。因此创造出《虬髯客传》一类的小说传奇。前辈们看的只是考生们的文笔如何，于是考生竞相创作富有趣味和刺激的小说体裁作品，以便科举考试顺利成功。

这是唐代开创中国散文体中，小说发展的重要来源，虽然这动机甚为无聊，但西方荷马等史诗实更为无聊，他们起初只是随街演唱的歌谣而已。

（二）中国文学中的小说发展起因是：自佛教传入中国后，其中从佛学经典中演绎出来的佛教故事，如讲述释迦牟尼一生的经历，实是一篇很长的韵文故事。又如《百喻经》，是用各种比喻讲道理，即是在佛经中有很多神话与故事，即使最庄严的《维摩诘经》亦有神话，《楞严经》亦然。宗教是社会性的，是属于普罗大众的，更要求普遍化、通俗化，以便宣扬佛教。又如敦煌的佛教卷子中亦有说故事的，如“目连救母”，后来用作宣卷之用，每句七字，是有韵的白话故事体。即使如道教，也有这种说故事的文体。

由于以上两大原因，促使唐代写小说文体大为盛行，遂成为中国文学史上一种正式的文体。

到了宋代，流行一种用鼓配合敲打来说故事的诗。陆放翁作诗道：“斜阳古柳赵家庄，负鼓盲翁正作场。死后是非谁管得？满村听说蔡中郎。”接着又从说故事演变到有《琵琶记》。可以说，宋代从用白话韵文演变成平话，接着又有了章回小说。

后来再由一人的自弹自唱，而变成了说书、清唱与弹词，嘻笑怒骂，出口成章。到了明代末年，这一类的活动极盛。然后从这条路演变下来，换了一个方式，即变成出现了章回小说，此即由“说书”变来。有所谓“武十回”“林十回”，是讲的武松、林冲的故事，故有“欲知后事如何，且听下回分解”的押后语。在施耐庵写成《水浒传》前，这类说书在当时已经传诵极广了。

文章不光是单靠写的，还要会读，会朗诵，甚至会唱。从前苏东坡某次替人读文章，他说该文内容文笔仅仅值一分，他的诵读却占了九分。

我们要学习文章，当然创造较模仿为难，模仿是容易得多，我们在创造前，也不妨先有模仿。因为创造是要有客观的条件才能形成的。

大体来说，宋词继承唐诗而来，元曲又继承宋词而来，接着又由元曲演变为戏剧，如有明代的昆曲，到了清代，又有京剧崛起，于是在中国文学史中，这小说与戏剧便占了一席地位。虽然京剧这个戏曲，也是一代接续一代而成。而且京剧之造成，还含有《诗经》的元素，因为《诗经》的“风、雅、颂”，在当时是有演有唱。所以中国文学是代代相传、一脉相承的。同时我们也不能以为，今日中国自五四以来因有人提倡有了新文学，便认为京剧及以前那些文学都是旧文学，应该弃旧迎新那是十分不合理的。也不能因为新文学是与西方文化接轨的，而认为值得重视，而旧文学就都是古老腐旧之物。这确如有了子女，便把父母抛弃不顾。中国传统文学自有其一套生生不息的活的永恒的生命。

第二十九篇　明清古文

明代主张复古派的有会所的组织，当时有王世贞明廷大臣等参加。王是主张庙堂派的，文章重雕琢粉饰。

同时期还有归有光昆山人，文章是学唐宋八大家中的欧阳修与曾巩，又上学《史记》，特别对《史记》中家常儿女琐事和外戚列传等相当喜好，主张文章出于自然。

后来归有光被认为是文学之正宗。他与西方的莎士比亚同时。

学术之伟大在于有自由，且能得到后世的公正评论。谁也不能勉强。

在明代归有光以后，到清代时，古文崇尚唐宋八大家的出了姚鼐，姚的老师刘大櫆，刘的老师方苞，他们三代人都学归有光，均为安徽桐城人。此时考据之学大盛，但桐城派却提倡文学，他们用力最勤的是《史记》，留传有《归方评点史记》[1]。归有光用红圈，方苞用的蓝圈，两人共圈处则重叠，重要处加圈与三角形，转角的重要处用三角标点；除了点、圈外，还加上注。这是作文章的方法论，师长指示的是一条途径，然后再由自己去跑。

姚鼐编纂《古文辞类纂》，此书是将文体分类，将全国古今文章分为十三类，凡是骈文和骚都归为辞，选入唐宋八大家的作品后，接着选入归有光、方苞和刘大櫆的。但刘文较差，姚鼐将刘大櫆文选入近十篇，人家便说闲话了。人说“归方”“方姚”，而不提及刘，因刘文较差也。

与方苞、姚鼐同时期的是讲汉学的考据学派，他们有门户之见，看不起宋学，但宋代之文学极为有优势。汉学家不喜宋，连文章也不讲宋代人的，他们也不提韩愈，主张恢复学《文选》。

清代出了几位知名学者，他们也学魏晋而不学唐宋。道光年间出了曾国藩，曾氏取进士后到北京，遇见姚鼐的学生梅伯

---

1 编按：清代广西桐城派古文家王拯编纂了一部《归方评点史记合笔》，将归有光、方苞对《史记》的圈点、评论、注疏、考据等有系统地综合在一起，并提出了自己的研究心得。

言，后来曾亦学桐城派古文。曾国藩一生在兵营中，仍用功读写文章，编了一部《经史百家杂钞》。

姚鼐文章学《史记》，曾国藩则学《汉书》，后来称为“湘乡派”，实源自“桐城派”。曾国藩四大弟子中，其中之一为吴挚甫[1]，曾长北京大学，严复回国出版著作时必请吴挚甫作序。后来北大国文系内有一派称为桐城派。

另一反对桐城派、讲汉魏的考据派，传至末年，出章太炎，因章师俞樾曲园是汉学家，故章太炎的文章是带有选体[2]味道的。

当时的阳湖派古文家觉得桐城派的文章淡，于是提倡诸子与汉赋。

学《文选》的就穿插了先秦诸子。当时学《文选》和诸子文章的有汪中和龚自珍，章太炎亦然。由于章的弟子在北大教书，故北大也出了选派。北大有选派与桐城派，五四运动出，两派都被打倒了。

五四提倡白话文后，再无文学可讲，大学只是讲语言、甲

1 编按：吴挚甫（1840–1903），北京大学前身京师大学堂总教习（校长）。

2 编按：六朝文的代表作品收在《昭明文选》中，所以，又称选体、选派。

骨文和人物作品的考据，大学里就没有文学了。在文学系里听的只是语言、文字与考据而已。三十年来至今，已危险了，致使今日青年已无国文根基。

章太炎年老时在苏州设国学讲习会，这时期他的文章就近似桐城派，别人读来易懂了。他并且教人学文章要自桐城派入，晚年时懊悔自己早不学桐城派。

近代懂得桐城派古文的是梁启超，他认为应学桐城派。但梁启超自己作文不似桐城派，写起来洋洋洒洒，很宽大而散漫，但亦有好文章，例如《异哉所谓国体问题者》一文便是。

我的朋友中，胡适之的文章写来调皮活泼，但用心而不随便写。胡适之的理论我是反对，但他的文章很成功，故至今有影响力。胡的文章仍有点内容，但今人仍不易懂了，因青年人的国文根基已差了，水准低落了。（叶龙附志一，见篇尾。）

今日青年应能看两千年前的国文，又应能看五十年前的英文书，才合水准。如欲在学术界做自由人，一定要花三五年时间读通中英文。如要在学术上能自由、能独立，必须要读书才是正路。

桐城姚鼐惜抱[1]编纂了《古文辞类纂》，此书主要应先看其

---

1 编按：姚鼐书斋名惜抱斋。

序。全书将文章分十三类，如下：

（一）论著；（二）序跋；（三）奏议；（四）书说；（五）传状；（六）碑志；（七）赠序；（八）杂记；（九）哀祭；（十）辞赋；（十一）箴铭；（十二）颂赞；（十三）诏令。

上述十三类中，“论著”“序跋”属于“子”，是关于学术思想之文，序在前，跋在后。例如，杜预注《左传》后，前面写一序。或有在著作完成后请人写序作介绍的，有的则读完该书后写一跋。

接着的“奏议”“书说”“传状”和“碑志”四类，是属于“史”。“奏议”是由下级对上级；“诏令”是上对下；“书说”是游说之文；“传状”是传记，是正式的史；“碑志”则是人死后在坟上立碑，放入坟内的叫墓志，最后几句有押韵的铭，故称墓志铭。此种文体从东汉后而开始盛行至清代。私的史叫碑、状、志，不能正式写传。至于韩愈的《圬者王承福传》和柳宗元的《种树郭橐驼传》并不是正经的传。

关于“赠序”和“杂记”，这两类是应酬文。“杂记”是任何东西都可有记，日常家庭小建筑、名胜古迹均可有记。是了不得的应酬，均可有记。如太史公《报任少卿书》是伟大的书信，凭如此一两封信便可留传后世，其后则直到东汉曹操与丕、植三父子才有好的书信。

“哀祭”是属于祭文。“辞赋”“箴铭”“颂赞”三类，则属于应用小品。“辞赋”是有韵之文；“箴铭”是用来鼓励或劝告人的话，均可刻在器物上；“颂赞”则是对画像的颂赞等。

“诏令”类上面已提及，是上级对下级的指示或命令，如君王写给大臣的便属此类。

姚鼐如此分类，是比《昭明文选》进步多了。

但凡一物，有利必有弊，天下事无不如此。中国文风很普及，例如，不可能无数人为一死者作祭文，但每一祭文中必有若干句是精彩的，故后来变成挽联了。

其实对联便是从文章变来的，中国人的对联极有丰富意义与内容。如清代阮元曾任两广总督，办学海堂书院，又做过云贵总督，滇池有一风景建筑，他作一长数十字的对联[1]，将历史、人物和风景都写了进去。又如，曾国藩与俞樾所作之对联均极佳。因此序跋均可省去，用对联即可取代了。后来，对联太多了，看来就无意义，但大园林名胜仍有极好的对联。例如苏州留园，其

1 编按：清康熙年间孙髯翁为昆明大观楼作一长联，道光初年阮元改之。

中的稻香村有一草亭，上有横匾，刻写了欧阳修的一句话，即是“其西南诸峰林壑尤美”，此话极恰切，可即景生情。

我国之应酬文后来变成了烂熟，由赠序到杂记，再而变成对联，进而再到打油诗，变俗了。其实五四运动所提倡的文学要配合人生，古代早已有了，不过只是太烂而已。

徐志摩为欢迎泰戈尔作《泰山日出》[1]，但并不适合东方中国的文学风情。姚鼐的《登泰山记》，无人能出其右，此由于文言辞藻典故多，白话文则及不上。

有一位研究东方文化的美国学者曾两次来香港访问我，问及有关泰戈尔的文献中国尚有存否。因泰戈尔曾到过中国，但可惜没有。

今日中国的人生实感枯燥，实足惋惜。

关于传记，西方人十分注重。受西方影响，梁任公写《三十自述》，胡适写《四十自述》。由于中国人经常写作诗文，以后此一生均在此史料中。

清代人写日记是每天记的，伟大的事迹是在日常人生中，均能放入文学中。

---

1 编按：在20世纪20年代泰戈尔访华之前，徐志摩应《小说月报》主编郑振铎之请，写作《泰山日出》，刊于1923年9月《小说月报》第十四卷第九号。

桐城派古文的流弊是变成了应酬文，这班古文学家学的是归有光，将此当作文学，但当然亦有好的。（叶龙附志二，见篇尾。）

到曾国藩出，要让文学再回到经、史、子中，他编了一部《经史百家杂钞》，此书与姚鼐编的《古文辞类纂》不同性格风调。曾国藩有名言曰："古文无施不可，惟不宜说理耳。"所谓"文以载道"，何以古文不可说理？因唐宋古文家以诗为文，诗是不能说理的，所以曾氏说"古文不宜说理"，原因即在此。

我认为用白话文来抒情是不容易的，由于白话不太能表情之故，所以我说："白话无施不可，惟不宜抒情耳！"

中国人以诗为戏，散文作得好是可以抒情的，但用白话抒情的则不易见到有好文章。

中国用文言文抒情，可能已达到最高境界，此乃西方所无。

中国的戏是动作舞蹈化，讲话音乐化，化妆绘画化，集三者于戏剧上。

中国的人生在诗中表现，诗落实下来则为散文；西洋人生在剧中，落实表现则成小说。

中国文学史讲到这里，诗文可以说是中国文学的正宗，这是客观的讲法，《水浒传》《红楼梦》等只是消遣的读物。

唐代的佛经、宋代的语录均有“白话”，但不能肯定此种“白话”是否与五四运动以来的白话相类似，不过胡适之作《白话文学史》时，都把它划进去了。

如《楚辞》中的“朕皇考曰伯庸”，则绝非白话。

文章有体有用，今日可用白话文描写的文体太少了，只有小说、戏剧、书信、新闻稿及论文等类而已。

中国有两位用白话文骂人的，除鲁迅外，尚有吴稚晖。宁汉分裂[1]时，吴稚晖帮蒋介石骂胡汉民而战胜了。鲁迅骂人的文章，对青年人的影响很大。吴稚晖的文章粗俗，鲁迅的则尖酸刻薄而俏皮。平心而论，其《呐喊》集中的小说写得很好；又如他的用古文译的《域外小说集》亦用过功夫，但已较林琴南差了。

共产党的文章长于说理，但文学方面的水准不够，即是说文章没有温情与性情。因文学要靠有温情，热情与冷情均太过了。

中国近数十年来一直搞纯文学的，可说只有鲁迅一人，但他的尖酸刻薄体裁是否可留传后世，则是一大问题。

文学在今天已到了非创造不可的时代，全世界都已没落

1 编按：宁指南京，汉指武汉。宁汉分裂指的是1927年蒋介石和汪精卫分裂。

了，英美在今日也已没有大文学家出现。

叶龙附志一：

钱穆老师在本篇中谈到："今日青年人的国文根基已差了，水准低落了。"记得一九六〇年时，钱师去美耶鲁大学讲学半载，我当时新亚研究所毕业后，在香港一所中学任教文史课程，我有信向钱师问好及报告近况，意外欣喜的是得师逾千字的复函，后辈爱好中国文学的青年朋友，都值得参考，其中有云：

"所谓为人与做学问一以贯之，可即从此体验。最近能精读姚鼐《古文辞类纂》，先从昌黎入门，依次可读柳宗元、欧阳修、王安石、曾巩四家，然后再读苏氏父子，读该诸家之诗文时，如能参考读其年谱及后人之评注更佳。在新亚及孟氏图书馆中当可借得。读过姚纂，则曾文正《经史百家杂钞》已得其半，即从此两书入门，亦是学问一大道。惟望能持之以恒，不倦不懈，不到一两年即可确立一基础，至盼循此努力为要。《曾文正公家训》及《求阙斋随笔》《鸣原堂论文》等，在《曾文正全书》中，盼加浏览，必能与最近弟之功夫有相得之启悟也。于读文之外，并盼同时能读诗，主要可依曾文正

《十八家诗钞》所选，先就爱读者择其一二家读之，读完了一二家，便可再选一二家，以先读完此十八家为主。最少亦得读完十家上下。每日只须读几首，勿求急，勿贪多，日积月累，沉潜浸渍，读诗如此，读文亦然。从容玩味，所得始深，切记切记……惟为学必先有一种超世绝俗之想，弟性情忠厚，可以深入，因诗文皆本原于性情也。若不能超世绝俗，而只有此一番性情，亦终不免为俗人。从来能文能诗，无不抱有超世绝俗之高致，弟于读文时试从此方面细求之，若于此有得，则志气日长，见识日远，而性情亦能真挚而醇笃。文学之一方面为艺术，其又一方面为道德，非有艺术心胸，非有道德修养，则不能窥文学之高处，必读其文为想见其人，精神笑貌，如在目前。则进步亦自不可限量矣。”

叶龙附志二：

钱穆老师提到的桐城派的古文学家是归有光。另处也提及明代比较好的古文家也只有归有光一人。这是因为桐城派人推尊《左传》《史记》与唐宋八大家古文，而归氏亦相同。如《归方评点史记》即归有光与方苞同有评点《史记》，钱师在篇中已有详细论及。且归氏古文本来就学欧阳修与曾巩。其实方苞评归有光文是好坏参半，他在《书〈归震川文集〉后》一文中道：

“昔吾友王昆绳，目震川文为肤庸。而张彝叹则曰：‘是直破八家之樊，而据司马氏之奥矣。’二君皆知言者，盖各有见而特未尽也。震川之文，乡曲应酬者十六七，而又徇请者之意，袭常缀琐，虽欲大远于俗言，其道无由。其发于亲旧，及人微而语无忌者，盖多近古之文，至事关天属，其尤善者不俟修饰而情辞并得，使览者恻然有隐，其气韵盖得之子长，故能取法于欧、曾，而少更其形貌耳……震川之文，于所谓有序者，盖庶几矣！而有物者则寡焉。又其辞号雅洁，仍有近俚而伤于繁者。岂于时文既竭其心力，故不能两而精欤！抑所学专主于为文，故其文亦至是而止欤。此自汉以前之书，所以有驳有纯，而要非后世文士所能及也。”

此处方苞引用两友人对归氏所评，一劣一优，然后方氏本人评归氏亦有优有劣。总的来说，归文在古文义法方法，精于辞章而拙于义理。

至于曾国藩所评，认为归氏之文无法与曾巩、王安石比，亦不能与方苞并举，认为归有光所作赠序、贺序、谢序及寿序等，都是浪费笔墨、无意义之作。但林纾曾替归氏辩护道：“曾文正讥震川无大题目，余读之捧腹。文正官宰相，震川官知县，转太仆寺丞。文正收复金陵，震川老死牖下，责村居之人不审朝臣大政，可乎？……震川文存寿序过多，或其后人爱不忍释，究亦不能病震川也。”（见《畏庐文集·震川集选序》）

桐城派文人中，姚鼐弟子刘开曾谈到作文当循序渐进，谓初学者当先学归、方，然后才进而唐宋八家，再进而至《史记》《汉书》。此番言论是由归、方入门，再进而上溯唐宋八家及《史记》。但归氏之所以能入桐城派文统，主要是归、方同重《史记》，世有《归方评点史记》，且方苞曾称：古文自唐宋八家以后七百年来无人，如无归氏接续，则于桐城派文统有所中断。故刘大櫆、姚鼐对归文加以揄扬，且归文本是师法欧、曾，遂使桐城古文有所承接也。

刘大櫆之喜好归文，曾编《归震川文集》选本，刘氏又曾编选《唐宋八家文钞》，以归文稍得古人行文之意，故将归文附入该书达三十三篇之多。

又，刘氏弟子姚鼐论归文，亦颇多赞赏，其《与陈硕士札》中说：

“震川论文深处，望溪尚未见，此论甚是。望溪所得，在本朝诸贤为最深，而较之古人则浅，其阅太史公书，似精神不能包括其大处、远处、疏淡处乃华丽非常处。”

此处姚氏说方苞论《史记》不及归氏之深。故归文虽有瑕疵，但亦有其长。姚氏又谓归文风韵疏淡处，深得太史公真髓。因此归文便足以列入桐城文派之列。

另有一问题，钱师于清代桐城派简略提及桐城派方、刘、姚三祖，但所述简略。此处补充若干。笔者1961年时，除在新亚书院担任大一国文讲师外，尚兼任新亚研究所助理研究员，当时由钱穆老师指导余研究“桐城派古文”专题，后写成《桐城派文学史》一书，于1975年由香港龙门书店出版。后由钱师推荐敦请港大中文系罗慷烈教授指导余研读硕士，罗师继又敦促余撰写博士论文，并于1998年出版《桐城派文学艺术欣赏》一书，港大考试委员饶师宗颐评曰：“论方苞、姚鼐文论要点出于戴名世，具见读戴氏书，用心细而能深入。纠正时贤浅稚之论，尤有裨于学术界，全文精辟之处在此。”此因时贤论桐城派只及方、刘、姚三祖而未及戴名世南山。此可能由于政治原因，时贤遂不敢道明，然笔者读方、刘、姚三人之古文，均系采集戴氏之意见，予以一一指出，乃前人所未道及，遂受饶师之赞赏。笔者实愧不敢当也。

但在事实上，戴名世在弱冠时，即好交游，与方苞、方舟兄弟极友善；名世亦自言与方苞最亲爱。方苞每成一文，常请名世改定之。凡名世评方文无可取者，方苞则接受意见而毁之。名世自言灵皋（方苞字）尤爱慕余文，时时循环讽诵，想象名世古文中妙远不测之意境，颇有学效并受其影响。

戴名世虽自谦“与灵皋互相师资”，其实是方苞向名世师法，名世长方苞十五年，且名世二十岁前于古文方面已卓然有成，不但于古文写作上，且于古文理论方面，亦多有方苞值得师法之处。

名世既与方苞“往复讨论面相质正者且十年”，方苞于古文方面学自名世者，想不为少。名世作《方灵皋稿序》时为四十七岁，时客金陵。名世三十八岁至四十四岁大部分时间居于金陵，估计两人相与讨论质正十年，当名世三十八岁与四十七岁之间，此时期当为名世文章大成之时，方苞此时取法，得益必大。

名世自言其文章风格曾变化多次。他早期之“放纵奔逸”文风与方苞少时之“发扬蹈厉，纵横驰骋，莫可涯涘”如出一辙；而方苞后期“收敛才气”后之“阐明义理为主，而旁及于人情物态，雕刻鑪锤，穷极幽渺”，则与名世后期之转注于“义理之极微，人情之变态”而“务为发挥旁通之文”亦无以异，此即名世将自己所走创作古文曲折之路之经验授予方苞之明显迹象。则两人所经之途径有如此之雷同实无足怪。两人之见解同，风格同，嗜好古文同，方苞以名世之古文作为范本既达十年之久，其受名世之影响之深且远当可想见。

方苞曾谓："古文虽小道，失其传者七百年。"可见方氏眼中，唐宋八大家以后，明代无一古文家足以称巨子。方苞之非宗归有光，诚如黎庶昌所言："望溪为文与归熙甫不类。"然如谓方苞宗法戴名世之文论，则诚离事实不远。且戴、方二人均同宗六经、《论语》《孟子》《史记》及唐宋诸家之文，可谓志同道相合。

至于刘大櫆在古文理论上被认为是创见而最受重视的文论——"神气、音节、字句说"，或称"因声求气说"，其实亦源出戴名世。戴氏所说前人并无特定名称，今姑称之曰"文章魂魄说"。王镇远曾有一文论及，称姚鼐著名的论文八字诀，分明是刘大櫆论文章中"神气""声音""文字"的扩充与发展。王镇远并非完全说对。因姚氏所提出为文者八，戴名世大都早已提出过，故姚氏受名世之影响可能更大。其实刘氏的"神气、音节、文学说"并非由刘氏创造，乃源自名世的"文章魂魄说"的启发所得。因名世早在《〈意园制义〉自序》文中说："每一题入手，静坐屏气，默诵章句者往复十过，用以寻讨其意思神理、脉络之所在。"亦即后来刘氏所提出之由"字句""音节"而得出"神气"也，其实名世之"文章魂魄说"受方百川之启发所成。但再由方苞稍加发展，即将最精之"魂"——"神气"与最粗之"魄"——"字句"，用稍粗之“音节”贯穿而沟通之，成为更为清晰之文论，而因此再启发姚鼐“为文八诀”之扩展。

换言之，刘、姚之此项文论乃是远绍于名世之“魂魄说”发展而成。

姚鼐又提出“义理、考据、词章合一说”，他在《复秦小岘书》中说：“鼐谓天下学问之事，有义理、文章、考据，三者之分异趋，而同为不可废……三者必兼收之，乃足为善。”姚氏之意是要将义理与考据融化贯通于文章之中，期使文臻乎“道与艺合”及“天与人一”之境界。顾易生谓姚氏此说源自程颐，武卫华则说姚氏此见乃得自刘氏启发，又有近人艾斐谓姚氏此说为中国文学史上之创见，其实上述三人说法都值得商榷。因戴名世已早于姚氏提出相同理论，其《己卯科乡试墨卷序》中已说及“君子者，沉潜于义理，反复于训诂”，并且要“言之行世而垂远不可以无文”。这里已提出“义理、训诂、辞章”三者当兼备不可缺一，实已先于姚鼐提出矣!

论者又谓：姚鼐又发明文章“阳刚阴柔说”，其实亦不新，其实此说亦可谓出自名世，因名世有一文《〈野香亭诗集〉序》，其中道：“往余读相国之诗，雄健峭削,如长松千寻，孤峰万仞，而不可攀跻也。今读先生（指相国之子李丹壑）之诗，如清籁在耳，明月入怀，幽微淡远，而难以穷其胜也。”此处便是名世用阳刚阴柔两种境界论同时代友辈之文。前者“雄健峭削，如长松千寻，孤峰万仞”，是明言文章阳刚之美；而后者“清籁在耳，明月入怀，幽微淡远”，则明显是说文章阴柔之美。人又谓姚氏《复鲁絜非书》乃学自严羽之《沧浪诗话》，其实我们如一读名世之《〈意园制义〉自序》一文，便知后者启发姚文更多也。

因此，谈及桐城派如只提方、刘、姚三祖而不提戴名世是不公平的，名世实为桐城派三祖之祖，至少也应该说桐城派有戴、方、刘、姚四祖才对。但为何世人不提名世呢？此乃由于名世因《南山集》遭文字狱之祸而罹难。当时之人莫敢再谈及其文与文论，但今已事过情迁，而饶师宗颐之尊翁饶锷先生慧眼识英雄，在六七十年前对名世之古文特加揄扬，将其古文与欧阳修并称，可谓今之钟子期，名世如地下有知，当含笑于九泉矣！

第三十篇　明清章回小说

章回小说如《水浒传》等是由演说变来，另有一种歌唱加上表演则成为昆曲。

屈原作的叫文，属于韵文，是纯文学；太史公作的叫笔[1]，属于散文，非纯文学。“章”是文章，“回”是“会”也，即每次有集会之意。自有《水浒传》后，此后最著名的章回小说有《三国演义》《西游记》等，但只有《水浒传》才够得上称为第一流的水准。

清初金圣叹是一位文学批评家，他评定“六才子书”，四部古典，加上两部后来的书，评为天下才子必读书。四部，即《离骚》

1 编按：笔，此处指散文。

《史记》《左传》及《庄子》[1]，合称“左、庄、屈、马”，这四部中有传，有子，有辞和史，只有《楚辞》是纯文学，但中国人有时均把上述四部书当成文学看。所谓“文以载道”，《庄子》这书是讲道，《史记》《左传》是记事，但亦可说是道，因各有各的说法，都可说是在说其道，例如，英国人说是“通商战争”，但吾人则称为“鸦片战争”，故这篇历史记事仍是文以载道。所以从前人在脑中的印象均认为屈原、司马迁都是文学家。

还有两才子书是《水浒传》和《西厢记》。《水浒传》是章回体小说，是演说类；《西厢记》是表演的，是歌唱类。金圣叹评此两书极佳，其中亦有些改动。我本人之了解文学由于读了金圣叹的批注，然后明白了文学，进而读《左传》《庄子》《离骚》和《史记》，而加以更深地了解。（叶龙附志一，见篇尾。）

《西厢记》是元曲，是传奇，是可以表演的歌唱类文学。歌唱类是一种白话文学，唱的脚本是根据演说的故事，如讲者绘声绘色，能够把它生动地笔记下来，写成的可说是讲演笔记，是受人欢迎的，因为饶有兴趣。由作者将之汇合而写成一

1 编按：“六才子书”通常指《庄子》《离骚》《史记》《杜工部集》《水浒传》《西厢记》。

本书，如就有了施耐庵的《水浒传》。

到了清代，够得上称为第一流作品的便是《红楼梦》。《红楼梦》与《水浒传》有其不同之点：《水浒传》是粗线条作风，是活的文学，即是由绘声绘色的演说笔记整理而成。《红楼梦》却是闭门写作的，描写十分细腻，但并不是活的演说笔记。《水浒传》是针对社会活生生的描写；《红楼梦》虽然亦可说描写得活龙活现，但不易用演讲加演唱来表达，因《红楼梦》这本书中多的是诗词歌赋，故无法演讲加演唱。《水浒传》却一举一动均可演讲，故京剧中采取《水浒传》中的材料来演唱的很多。《红楼梦》则是规规矩矩的，属于西洋文学派头。

《左传》《庄子》《离骚》和《史记》亦是活的，切实的，有用的，方便为智识分子上层用的。

《水浒传》和《西厢记》的起源是演说歌唱，亦是有用的，但为社会普罗大众所欣赏，可演讲，可演唱。

至于《三国演义》，亦是演讲的，故称为“演义”。《红楼梦》则非演义，是写给人看的，事情少，是文胜于事。

尚有短篇小说，如《聊斋志异》；略早于《聊斋志异》的叫《剪灯新话》。“剪灯”的意思是当夜深时，把所点的油灯那绳的着火处剪去使亮；用灯芯点着的则叫挑灯。

《聊斋志异》是所谈及的事情多，文笔则少。此书是活的，因该书有说明，书中故事是在豆棚瓜架下所谈而记下者，是茶余酒后的谈料。

其他，如尚有一本《夜航船》[1]，也是记下来的故事。

中国应以传奇戏曲为正宗，以笔记小说为旁支。这是事实皆然，非我个人所独创。

王国维起初曾研究心理学，后来用西方叔本华的思想来研究《红楼梦》，这方法是开天辟地的。即是按照王国维的说法，《红楼梦》这本小说含有哲学意味。其实，这些荣华富贵如梦的思想人人皆知，即叔本华的悲观思想，中国人也早就有了，不过我们没有系统地说出来而已。这是王国维将中西文化配合起来讲了。他一方面注意小说，一方面注意戏曲，著有《宋元戏曲考》。

王国维也能填词，著有《人间词话》，他由先了解词进而来说曲，是一位内行人。江浙人擅长戏曲，此乃环境使然。

吴梅[2]也善于唱讲词曲，这是近代做这方面研究的最后一人，以后再无人注意，旧的传统可说到此为止。

自五四运动以后，大学里的文学系则只讲文字学、方言及语

---

1 编按：《夜航船》，明末张岱撰。

2 编按：吴梅（1884–1939），南社成员，一生致力于戏曲及其他声律研究和教学，被誉为“近代著、度、演、藏各色俱全之曲学大师”。

音学这一类的学问了。后来风行小说，第一位译西洋作品的是林纾琴南。他的文章是学归有光、方苞、姚鼐的桐城派，听到西洋小说而感新奇有趣，写成《茶花女》《黑奴吁天录》等译著。他本人不懂英文，是由他人口译给他听，再由他用归有光、《史记》的笔调写成小说，著作有一二百种。但后来又有人要打倒这种作品，其实这是不对的。今日已买不到林译小说了。（叶龙附志二，见篇尾。）

我曾经读过林琴南百分之八十的译著小说。可以说西洋小说比中国小说好倒是事实。不过后来译成的小说，都是用老调，英美方面近世纪的文学作品，我也觉得已没有古时的作品好，已不值得看了。

鲁迅与周作人译的《域外小说集》，只是薄薄的一本，被捧得很高，而林琴南的译作反被骂，这实在太不公平了。其实，林译是活泼而生动的，周译却甚为呆板。

胡适提倡西洋小说，但译的只有十篇左右，却反而要打倒别人的，其实别人译的有一点小错不应该吹毛求疵才对。

王国维与吴梅，后来已走词曲的路。

中国后来的小说，则有《老残游记》《孽海花》以及《儒林外史》等，但这些已不能与早前的《水浒传》和《红楼梦》等相比了。

叶龙附志一：

钱穆老师在本篇中谈及金圣叹批注《水浒传》和《西厢记》两书极佳，并且说他由于金圣叹的批注，然后明白了文学，进一步也就了解了“左、庄、屈、马”四本书。可见钱师对金圣叹批注赞赏有加。平时我曾多次听钱师谈及要我们读《水浒传》时兼读金批，但对金所知不多，只听过有关他的几个笑话而已。今不妨在此将所觅得材料，补述于此，以飨读者。

金圣叹（西元1608–1661年），原名采，明亡后改名人瑞，字圣叹，江苏苏州人。为文学批评家，以评改六才子书出名。清初以“哭庙案”被杀。有诗集。金氏自视很高，涉及于经、史、子、集及文字学及佛学各方面，明万历三十六年生，清顺治十八年被处死，得年五十三岁。他有《念舍弟》诗云：“记得同君八岁时，一双童子好威仪；拈书弄笔三时懒，扑蝶寻虫万事宜。”他遗有一子三女。由于他为人颇有傲气，因而视下属人民为“凡夫”“粗仆”“牧猪奴”等。有一则记崇拜金圣叹的王斫山君的轶事道：

“王斫山……一日以三千金与先生，曰：‘君以此权子母，母后仍归我，子则为君助灯火费可乎？’先生应诺。甫越月，已挥霍殆尽。乃语斫山曰：‘此物在君家，适增守财奴

名，吾已为君遣之矣！’”（见廖燕《金圣叹先生传》）

此故事如属实，则知金氏乃一率情任性之人。

金圣叹可以说是一个聪慧好学的少年，他十岁入书塾，十一岁便遍读《史记》《离骚》《妙法莲华经》及《水浒传》诸书，自此便称“于书无所不窥之势”。他在三十四五岁时遭遇明亡的惨痛巨变，使他感到人生索然颓丧。自此亦激发他顿生傲岸嘲世之放浪心态。当时赵时揖记述他道：

“先生饮酒，彻三四昼夜不醉。诙谐漫谑，座客从之，略无厌倦。偶有倦睡者，辄以新言醒之。不事生产，不修边幅，谈禅谈道，仙仙然有出尘之致。”（见《第四才子书·评选杜诗总识》）

他性情孤傲狂骇，超过时人。他甚至自以为是孔子之后的第一人，唯他独得孔子“忠恕”之道的真谛。他在《水浒传》四十二回批道：

“粤自仲尼殁而微言绝，而忠恕一贯之义，其不讲于天下也既已久矣……后之学者诚得闻此，内以之治其性情即可以为圣人，外以之治其民物即可以辅王者。然惜乎三千年来，不复更讲；愚欲讲之，而惧或乖于遁世不悔之教。”

从上述批语中看，金圣叹有自拟圣人之意，他之所以自名为喟、字圣叹之因由即在此。

某日赵时揖曾问友人谢讳然道："先生之称圣叹何意？"谢答曰："金圣叹云《论语》中有两次'喟然叹曰'，在'颜渊'则为叹圣，在'与点'则为圣叹，此先生之自以为狂也。"他虽博览诸书，但并不深究，只是浅尝，他常引申而能附会己意。好使人莫测其高深，意欲刮目相看。

金圣叹以批《水浒传》《西厢记》出名，此处具引一段，以供欣赏。其《〈水浒传第三〉十三回批》道：

"盖昔者之人，其胸中自有一篇一篇绝妙文字……特无所附丽，则不能以空中抒写，故不得寄托古人生死离合之事，借题作文。彼其意期于后世之人，见吾之文而止，初不取古人之事得吾之文而见也。"

此种借题作文的说法和李贽在《焚书·杂说》一文所说之意见甚为相似，这不能不赞他因为读书杂而广，因此随手捡来便成己意。这也不能不说金圣叹高明。

金圣叹因"哭庙案"于顺治十八年在南京被杀，金氏虽忠于明室，但于清亦并无反意，且对顺治曾赞其批刘才子书为"古文高手，莫以时文眼看他"，金氏并北向叩头敬赋。但历史上改朝换代之际，旧臣才子遭殃是常有惯事，也是无可奈何。据说金圣叹临刑前曾说："杀头至痛也，籍没至惨也，而圣叹以无意得之，不亦快哉！"亦颇合圣叹口吻。

相传金圣叹生前轶事甚多，在此录下数则。

金圣叹是更换姓名参加清代科举考试。某次，清考官出题为“王之将出”，而金在试卷上并不写字，只在纸上画了五个圆圈，中间一个大的，左右两边各画两个小圈，便交卷了。考官见而问之，金答道：“君不见戏台上大王出场，必有四个侍卫陪站两边也！”考官闻言哭笑不得。

又一轶事：某日夏夜晚，有人问道：“金先生，今晚天上见到半个月亮，那另外半个月亮在何处？”金圣叹笑道：“我所见到的这半个，就是你问我的那半个。”

据说金圣叹临刑前曾赋诗道：“天公丧母地丁忧，万里江山尽白头，明日太阳来作吊，家家户户泪珠流。”金又留下遗书一封给监斩官，写道：“字付大儿折看。花生米与豆腐干同吃，当作鸡肉香。此法一传，死无遗憾矣！”监斩官笑谓：“金先生临死还要讨人便宜。”

叶龙附志二：

钱师谈到曾读过林琴南翻译的西洋小说。可见钱师颇喜读林译小说。笔者早年曾撰写《林纾（琴南）研究》一文，收入拙作《中国古曲诗文论集》一书中。林文共计有林的生平、诗与画、林的古文及其与桐城派的区别及林的翻译小说共四章，今在此约略补述一些林译西洋小说的情况如下：

周桂笙较早于林纾翻译西洋小说，但论质与量，均不及林。林纾和严复是翻译西洋著作的近代两大巨子，严是译西洋哲学书，林则译西洋小说。

林纾最早译的是法国小仲马写的《茶花女遗事》，时在光绪二十五年。林译此书时，正遇丧妻之痛，借此以遣悲怀。

林纾因不懂西文，所以“凡诸译著，均恃耳而屏目”。助林纾口译的，有好友王寿昌、陈器、魏易、陈家麟等近二十人，但以后两位为最多。林译速度极速，平均每小时能译一千五百字。照笔者统计，林在二十余年中共译成一百七十多种欧西小说，计英国一百种、法国二十七种、美国十二种、俄国八种、瑞士两种，希、德、日、比、西及其他各一，尚有未详作者四种及未付印的译稿十七种，总字数达一千五百万字以上。国人因读其《茶花女》而一洒同情之泪，严复有赠林纾诗道：“孤山处士音琅琅，皂袍演说常登堂。可怜一卷茶花女，断尽支那荡子肠。”

此诗道出了林译茶花女的凄婉情致，其声价足与林在京师大学堂的十年皋比媲美。因林纾是意译而非逐字逐句译，所以易于铺张渲染，可以刻画人物，栩栩生动。连一向反对古文的胡适也称赞他说：“先生译小仲马《茶花女》，用古文叙事写情，自有古文以来，从未有长篇叙事写情之文章，遂为古文拓一新殖民地矣。”

近人郑振铎评述林译小说有二特点：一为林纾打破了中国章回小说的传统体裁；二为中国小说叙述时事而能有价值者极少，有之，以林氏为多。但林译之缺点是有时将整句英文音译成中文，使人读时如入云里雾中。

总之，林译小说对国人的贡献是有的。有人说：“有了林纾，中国人才知道有外国小说。”同时，当时国人读过林译小说的极多，借此使国人了解西方人的社会生活和思想感情；也同时开启了翻译外国小说的风气也。

第三十一篇 结论

以上讲诗、赋、散文较详细，讲词、曲、小说则时间较少。

读文学史，先要通文学才好。

文学史这一门课在西方亦是近代才产生，较中国早些，但仍是一门后起学问。

中国至今尚无一本好的文学史[1]。中国有别的史，有通史、文化史、经济史及社会史等，可以说，都尚未有好的教本。如今有的只是参考材料而已。

史是应该有生命的，如讲文学史，必须从其内部找出很多问题。现在连通史的普遍性问

---

1 叶按：钱师开始讲此课程时，是1955年秋。

题亦不普遍存在，今日只有共同的意见，而无共同的问题。我在一年来是提出了一些共同的问题，至少可作为将来研究问题中心的研究之用，答案固属私人，但此类问题应承认其有。

当复习时，我们不必注意材料，而应注重答案与问题以及讲的重心。因材料在各处都可找到。讲到人文科学，可说中国的材料最为完备。“中国文学史”是中国人比日本人还写得迟，至于社会史、经济史亦然。因日本人同时读中国与西洋的，而中国人却只读西洋的，而忽略了自身的。但日本对其本国却无可研究，所以研究中国的。

中国人如果将来要在学术上有地位，必须要懂得三方面，便是中文的、西洋英文的以及参考日文。

今日代表汉学的反而是日本了，因为西方人只知道日本重视汉学。事实上，日本确实是重视研究汉学。

王国维撰写的《宋元戏曲考》，只写到元代，元以下则未有。故日本续下去讲元代以后的。

鲁迅曾在北京大学开讲“中国小说史”，顾颉刚说，鲁迅讲的材料是参考日本的。后来顾颉刚为鲁迅所痛恨，即此一点，我们在中国人文科学方面也有不如日本的。这实在令人感到惭愧。不过，关于中国的诗、赋与散文，却是日本人所不敢讲的。

讲中国文学史，论到文集之完备，自《诗经》起，历三千年，自《楚辞》起，历两千三百年左右，材料充足，且每一部集的注释有多至一二百种的，又有批评，如诗话、词话、曲话等极多，即文学批评的书亦很多，又对作者及作品的考订极详细。可以说，古人为我们做的工作极多，材料均预备好了。

现在我们不去整理古人给我们准备好的材料，日本人实在勤奋，他们在努力整理。

今日日本人的商业道德亦很好，这是民族的美德，因此会富强。

又如，住在日本皇宫的皇族人士亦想学中国的园林艺术，由京都大学的教授们陪同去玩去看，但原来教授们此前并没有去玩过，可见有书呆子的精神，连附近都没有去玩过，这使我们感到惭愧。

我们研究中国文学史的材料极多，主要的是看法与观点如何。日本人的缺点是他们还没有独立的精神，只是跟着别人的意见走。

日本对西方文化的重视，是英文不重讲而重看，重阅读研究。

大学教授代表学术地位，外交官代表国家。故对外国文并不需要讲得好。日本人研究中国文化亦只是跟着走，并不具备独立精神，如中国五四运动时的疑古，又如讲“左”倾的马克思哲学，都是跟着我们中国走，且很少超过我们，日本没有灵魂，并不起带头作用。

五四运动到今天都是偏的，并没有科学方法，也不讲证据。学术应该讲知识而不能用意见，学术是根据知识而并非对意见的投票，与政治有所不同。

今日中国讲民主政治，但古代的中国亦并非专制，不能光喊口号做政治运动，做文化学术运动应埋头去图书馆，意见可以问人，但思想不要问人，只讲意见不讲知识是错误的。

五四运动以前，中国文学史的材料，我们只抄袭日本人，五四以后，也没有好的材料。

今日如有人说，某人思想落伍了，这不对，意见可以说落伍，可有反对、不同的；但知识是真理，是永远存在的，而“落伍”“潮流”等口号只是政治运动的玩意儿。

中国几十年来在文化学术上的毛病是：一是意见的偏；二是功夫的偏。

有只研究一种的，而忽略了其他的重要方面。如胡适之研究中国的《红楼梦》，其占中国文学史的地位极小，不解决此问题，对文学史没有影响。

几十年来，有要做专门学问的偏见，只重钻牛角尖的小功夫，却忽略了大的。

观看手有两种看法：一是仔细地看手指纹，但另一种是看整个手。不能说只能由小处看手，当然用细功夫也是可以，但大功夫也是值得，今日中国最缺乏。应该学了西方的以后，再用于研究中国的，不可看了西方来骂中国的，因中国国情不同，否则成了出主入奴。

中国的学术界，今日是无政府主义，而没有权威，必定要师严而道尊。

我希望我们大家听了这门课以后，再去图书馆研究。其次是以后有从事研究中国文学史的人，并不一定要进研究所，主要是立志。立志的人必要具备牺牲精神，这是一个愿，没有愿就不成功了。做学问就是要献身，要贡献出来，这是一种牺牲。

上帝对人是平等的，生在外国有便宜之处，也有吃亏之处；生在中国亦然。

我们应该回想以上所讲的重点何在，启发在哪里。

我所讲的并非标奇立异，乃是有根据的。五四以来硬是要新奇，要创见，这只是无知识。

如果我们努力去做学问，就会感到时光不够用，到此状态时，就进入了做学问的大门，到了年龄一大，就会感到精力不够了。

有了好学之志，出了大学，习惯已养成，就可造学问了。

一个人的本领与长处要自己去发现，但不要表现。不发掘本身内有的本领是可惜了，冤枉了。不要吝啬自己，怜悯自己。

今天中国学术界有待开荒，早已无人栽种，故如有人花了心机去研究学术，必会有所得。

我这番话是启发鼓励大家去从事创新著作的大方针。

跋

记得钱穆先生在他创办的新亚书院担任院长时，每年仍会每学期开讲一两门课程。记得他曾开讲的课目有《论语》《孟子》《诗经》《庄子》、秦汉史、中国通史、中国经济史、中国文学史、中国文化史、中国社会经济史、中国近三百年学术史以及中国思想史等，我在大学部修读他其中六门课。看上述课程如此广泛，相信中国自开办西方式大学以来，没有一位教授能同时开如此多不同门类的课程。

早年台湾大学中文系何佑森教授评说钱先生道："今年八十高龄的钱穆宾四先生是一位通儒。通儒与专家不同，凡是致力于学术的人，三五年可以成为一专家，而穷毕生之力未必可以成一通儒，可见为专家容易，为通儒却难。三百年前，当时读书人都一致推许顾亭林是一代通儒，而亭林既无名位，又无权势，在权势上，他不如康熙帝的宠臣李光地，在名位上，他也不如主持一统志局的徐乾学，在这种情况下，亭林仍然不失其为一代通儒，很多人必然怀疑，这是什么缘故呢？亭林的学生潘耒次耕曾为通儒定下了一个标准。他认为：通儒必须要有匡时救世的心术，要有明体适用的学识，在著述上，要有“综贯百家，上下千载，详考其得失之故，而断之于心，笔之于书”的具体表现。何教授认为钱先生的成就是当得起这个标准的。所以，钱先生无论是文学、历史、哲学、经济、艺术和社会等各方面都是甚有其卓识，且是造诣高深的。所以他讲上述众多课程都可说是胸有成竹，得心应手。钱先生虽然没有进过大学，但有一事可证明，钱先生确是博览群书，读通了经、史、子、集各类典籍的，就是他的长侄钱伟长先生有一次谈到钱先生读书之勤奋说：“我到苏州中学读书，学费、书杂费、生活费都由四叔（即钱穆宾四先生）负担，他在苏州（中学）任教时，朝迎启明夜伴繁星地苦读，并和我父亲共同把积攒的一点钱凑起来买了一部《四部备要》，经、史、子、集无不精读，时而吟咏，时而沉思，时而豁然开朗，我看他读书的滋味简直胜于任何美餐。跟当年一样，我仍从旁伴读。有时还听四叔讲文学，从《诗经》《楚辞》、六朝文赋讲到唐宋诗词，从元曲讲到桐城学派、明清小说，脉络清楚，人物故事有情有节，有典故，有比喻，妙语连珠，扣人心弦。就这样，我和他朝夕相处，耳濡目染，学到不少东西。记得我在清华大学时，考卷中有一道题，问二十四史的作者、注者和卷数，许多人觉得出人意料，被考住了，而我却作了圆满的回答。这是从四叔平时闲谈中获得的知识……四叔在苏州中学四年，学术上突飞猛进，为商务印书馆的万有文库写《墨子》《王守仁》，可谓振笔疾书，一周写一本书，内容翔实，颇有点‘读书破万卷，下笔如有神’之状。而他写《先秦诸子系年》一书，体系宏大，下笔凝重，穷数年之力，数易其稿。功夫不负苦心人，书稿得到史学界同仁的好评，有的专家甚至称誉此书犹如读顾亭林之作。”从钱伟长先生上述这番说话，可见钱穆先生博览群书，且是痛下苦功，才可获得如此丰硕的学识，而其在中国文学方面，因此也有硕大的成就无疑。此乃因为钱先生的成就并不限于史学一项，正如何佑森教授所言，钱先生是一代通儒。

笔者把钱先生中国文学史讲稿于八月整理完毕，在全书出版前，先由《深圳商报》连载部分章节，引起文教界之关注，由于钱先生在《绪论》中说：“直至今日，我国还未有一册理想的‘文学史’出现，一切尚待吾人之寻求与创造。”刊出十天左右，即获得文教界学者之热烈讨论：由《商报》记者刘悠扬小姐寄来多份该报“文化广场”版。如八月十一日，首由北京大学中文系陈平原教授，彼曾受邀为香港中文大学客座教授，并开讲中国文学史多年，亦曾著述有关中国文学史的著作多册，他亦看过钱先生早年刊印的两本《中国文学讲演集》，而且认为钱先生关于中国文学，确有不少独特的体会。

至于陈平原教授认为“著述与讲稿体例不同；经本人修订的记录稿，与未经本人审定的听课记录，更是有很大的差异”，这点笔者非常同意。记得早年笔者曾整理钱先生所讲《中国历史研究法》，此稿经钱先生修订后出版，其中有删改润饰，亦有增添，甚至有加入一整段的。可惜这本中国文学史稿，已无法请钱先生亲自修订了，实为憾事。陈教授主张“文学史应该是个性化的”，并不欣赏思想上大一统或追求发行量的通用教材，而更喜欢钱穆先生这样的“自作主张”，陈教授可说是钱先生的知音。

接着，《深圳商报》刊出南京大学王彬彬教授的意见，他认为：“理想的文学史本质上不存在，因为历史研究以寻求共性为目的，文学的价值却表现于他人的独特性。”

中山大学黄天骥教授则提出：“就像钱穆先生，他按照他的思路去写文学史，当然是好事，也无所谓重写的问题。在学术界，如果自觉有能力有体悟，我可以写文学史，他也可以写文学史。这本来是自然现象，应该是鼓励的。”

复旦大学陈思和教授认为：“编撰文学应该强调个性化，编撰者应该有独到的文学见解、文学偏好，甚至有独特的理论话语，对文学史的发展有独特的描述……钱穆先生当年讲的是中国古代文学史，那时候除了刘大杰先生的《中国文学发展史》有个人特色，其他文学史还都比较粗糙，后来才慢慢出现了全国统编的权威教材，所以钱穆先生所说的也是事实。至于说到理想的文学史，是永远不会有的。”

德国汉学家顾彬先生由于对钱先生的文学史见解颇感兴趣，因此《商报》记者访问时他说：“一百年来，德国出了十几本中国文学史，除了中国、日本、韩国外，可能没有其他国家会有这么多中国文学史。”当《深圳商报》记者魏沛娜小姐问他“此次由钱穆弟子叶龙整理而成首次面世的钱穆《中国文学史》，就是一部极富个人化色彩的文学史。你对这种颇具个性化的文学史都著又有什么看法”时，顾彬教授回答是：“所有的文学史应该是个人的。作者需要他个人的标准、观点、方法。太多文学史意思分歧不太大，原因是学者没有，还是不敢有他独特的立场。我不管人家的立场是对的还是错的，我希望他的思想有一些新的值得讨论的认识和心得。”

南京大学中文系莫砺锋教授，据《商报》记者刘悠扬小姐的报道，他还是一位唐宋文学研究专家，他也看了这篇“中国文学史”记录稿，他的评述也是正面的。莫教授说：“钱先生的主要研究兴趣在中国历史，包括中国思想史，但由于他对中国传统文化抱着敬畏、热爱的态度，所以对中国古代文学也很重视。而且前辈学人文史兼通，所以钱先生对古代文学也有很深的素养，他的这些观念，我完全同意。”莫教授也提到：

“五四以来，对中国古代文学的贬低，如胡适的白话主流论、1949年以后的民间文学主流论，再到阶级斗争主流论、儒法斗争主流论，一部中国文学史被歪曲得不成体统，文学传统受到彻底颠覆。”这番意思和钱先生的意见如出一辄。当莫教授提到“黄侃先生的一学生为《文心雕龙》作一注说：《苏李何梁赠答诗》与《古诗十九首》均为西汉时所作。此说甚谬”时，莫教授批驳道：“其实范文澜在《文心雕龙注》中对这个问题广征博引，且加按语说‘苏李真伪，实难确断，惟存而不议，庶寡尤悔耳。’何曾说是‘均为西汉时所作’？至于记录者特为拈出来表彰的钱师近代最早的发现者，比如肯定曹操的文学成就，其实鲁迅早在1927年就作过《魏晋风度与文章及药与酒的关系》的著名演讲，已称曹操是‘改造文章的祖师’。全书的主次轻重也不够妥当，比如说到《左传》只有寥寥百言，对晁错的《论积贮疏》倒大谈特谈。不过我还没有读到整理出版的全书，只有零星的意见。”

关于莫教授这一批驳，拟在此解释几句：钱先生治学，从来不讲门户派别，对所有学者都是持尊重友好的态度。他在讲文学史时提到的“黄侃先生的一学生”也并没有指名道姓，黄侃先生的大弟子潘重规教授也在香港新亚书院担任中文系主任，后任文学院院长。钱先生在其《师友杂忆》中提到，他也曾以请教的态度，去拜访过黄侃先生的师尊章太炎先生。可惜当时没有问钱先生有何根据，但绝无贬低“黄侃先生一学生”是可以肯定的。钱先生的名著《国史大纲》出版，曾请多位史学教授校正疏失，以显出其治学的谦让的风度。至于谈到1927年鲁迅所讲曹操的大作《魏晋风度与文章及药与酒的关系》已称曹操是“改造文章的祖师”，说是笔者“特为拈出来表彰的钱师近代最早的发现者”不妨解释一下，其实，我记录时并无此意。而是钱先生在其《师友杂忆》中谈到他于民国十一年秋到厦门集美学校高中部师范部执教三年级同届毕业之两班国文课时，钱先生自述道：“翌日，即上课，同授曹操《述志令》一文。时余方治中国文学史有所得。认为汉末建安时，乃古今文体一大变，不仅五言诗在此时兴起，即散文为体亦与前大异。而曹氏父子三人，对此方面有大贡献。惟曹氏此文，不仅不见于文献，即陈寿《三国志》并不录，仅见裴松之注中。故首加选讲……余之首讲曹氏此文，正在当时文学上新旧两派争持之间。而曹操为人，而同学间亦初不知其在中国文学史上有如此一特殊地位。故两班学生骤聆余课，皆深表欣服。”按照莫砺锋教授所讲，鲁迅讲及“曹操是改造文章的祖师”时，是在公元1927年，而钱先生则是民国十一年，亦即是公元1922年所讲，乃早于鲁迅所讲五年。可见这确是钱先生治中国文学史有新得。（钱先生此文刊于台北东大图书公司于1983年出版之《八十忆双亲·师友杂忆合刊》一百〇七页。）

至于莫教授批评“全书的主次轻重也不够妥当，比如说到《左传》只有寥寥百言，对晁错的《论积贮疏》倒大谈特谈”，笔者以为这可能是钱先生惯常的做法，“详人之所略，略人之所详”而已。正如陈思和教授所说：“编撰者应该有独到的文学见解、文学偏好，甚至有独特的理论话语，对文学史的发展有独特的描述。”正如钱先生的《中国经济史》般，我只是如实地把钱先生所讲的记录下来，没有加添，也不删减。根据我听过钱先生讲的多门课，他事先都备课，而且上课时都是根据记录的卡片来讲述的，却也不能肯定钱先生是否临时会加添几句。

至于近代著名人文学者刘再复先生对《深圳商报》记者谈到钱先生的《中国文学史》时，他说：“肯定是钱穆个性化的文学史，即体现钱先生独立不移的文化理念与审美趣味的文学史。国内以往数十年所出的文学史教科书，缺失的恰恰是个性，恰恰是个人视角、个人立场、个人审美判断力的阙如。”刘再复先生又说：“很怕阅读国内出版的文学史教科书，因为它太多雷同，太多重复，其复制性、抄袭性、意识形态性均极明显。编写没有个性的所谓‘平稳’的教科书，算不上‘文学研究’，它没有什么学术价值；但我们又不能不承认，作为教材，还须要顾及‘学术价值’，不能一味追求高深的学术价值，像钱穆先生的《中国文学史》，是否适合作为普通性教材，恐怕也未必。知道钱先生的儒家情结是一以贯之的，但也知道，多读一些钱先生的书，就多一分清醒剂，既可避免激进，也可避免轻浮，我希望叶龙先生的整理稿能引发千百万读书人的思索。”刘再复是一位直心肠的人，实话实说。据我如实的笔录，钱先生所讲并不高深，只是他个人的视角和立场，只是他个人的审美力。我们尽可以多读几种国人写的中国文学史，然后就个人性之所近而决定喜好。正如有教授提出的，凡有兴趣有能力写中国文学史的学者，尽可能各自写其文学史，大可以百家争鸣，百花齐放，正如北京大学中文系的陈晓明教授所说：“文学史叙述要有个人态度。”

综上所述，上述教授们都是主张凡有兴趣有能力写中国文学史的学者都可凭自己的个性喜好来撰写。钱先生开讲“中国文学史”这门课是在1955年，正如陈思和教授所说，那时候，写得比较像样的也只有刘大杰先生的《中国文学发展史》，其余多是写的断代史或文学专史，如文学中的戏剧史、小说史一类，写整套的多比较粗糙，所以钱先生提出还未出现理想的文学史，实有待后人的寻求与创造。由于难于创造理想的文学史，故有待有兴趣有能力者共同来创造，各人自可发挥其各人的见解。

大家亦可从《深圳商报》所刊出的上述学者所提出的共同意见看出，要写出一本十全十美的“中国文学史”实无可能，但人人均可写出其各人不同的见解与看法。这也就是钱先生所说的，有待今后的学者们一齐共同来寻求与创造。钱先生自己在此讲稿中提出了一些大问题，值得大家来讨论，也确实提出了他个人对中国文学史的一些看法与见解，供吾人参考。记录如有疏误，则文责当由笔者自负，祈高明不吝指正。

叶 龙

于二〇一五年元旦翌日

附记

刘悠扬

以死者之心写死者

——钱穆《中国文学史》讲稿背后的故事

一

这是一个长长的故事。

故事的开头，要回到60多年前……

1947年，19岁的绍兴青年叶龙去南京讨生计。因为字写得好，他在南京政府谋到一份少尉书记的工作。这时的叶龙，人生之于他，就是从格子间抬头望见的那片天。

这一年，52岁的无锡人钱穆早已名满天下。时局飘摇，他不入名校，而是归隐刚刚创办的江南大学，冀图做一点对学术真正有益的事情。应上海正中书局之邀，钱穆雄心勃勃，开始主持一项庞大的出版计划——从《四部备要》里选出100种中国古籍必读书。这套丛书，定名为《四部选粹》。

1950年，失去一切的叶龙懵懵懂懂闯进香港。为了一口饭，他考入毋须交学费的天主教鸣远中学，走进了著名的调景岭难民营。

此时，蜗居九龙桂林街的钱穆正值人生最窘迫潦倒的时刻。在众多可能的人生选择中，他选择了去创建一所全新的大学：新亚书院。

1953年，从调景岭走出来的叶龙，终于坐在了新亚书院的课堂上，那是他第一次见到钱穆——严肃，不太有笑容，一开口却极有吸引力，那口洪亮的无锡官话，让同为浙江人的他，一闻乡音热泪盈。

那一年，钱穆虚岁60，叶龙才刚满25岁。

他们的命运从此开始交错。

从桂林街到沙田马料水，从新亚研究所到能仁学院，从香港到台湾，从课程笔记到每一次讲演稿……叶龙一路追随着恩师钱穆，成了他身边最重要的“影子”记录者之一。

60年后，耄耋之年的叶龙翻出自己当年在新亚书院的听课笔记：中国经济史、中国社会经济史、中国文学史、中国文化史、中国通史、秦汉史……在一页页泛黄的手写纸上，他默默忆念师徒相交的日子，心中跳出一个念头：趁还看得见、写得动，把这些因乱世流离没能出版的珍贵讲稿整理出来，为“钱学研究”作一补白。

第一本是《中国经济史》。

2013年底，叶龙逐字逐句誊录、校订、注释的钱穆《中国经济史》讲稿先在香港出了繁体中文版，几个月后，简体中文版引进内地。虽然引起了一些关注，但研究中国古代经济史的学者甚少在大众层面发言，这让叶龙多少有些失望——

在他看来，钱穆一生为师，其关于中国文化的学问首先是“讲”出来的，是活的，是有听众的。它本不该供在书斋，而是该让贩夫走卒、江湖蚁民也听得兴致盎然，是本应活在我们中国人骨子里的文化血脉。

所以，当叶龙2014年5月开始整理钱先生的中国文学史讲稿时，第一个想法就是边整理边在报上连载，他渴望看到互动——哪怕这互动来得太迟，钱先生再也看不见。

这一次，他选择了离香港很近的《深圳商报》。

从7月24日到10月10日，钱先生的《中国文学史》讲稿在报上连载了整整50期，这本尘封60年之久的钱穆版文学史，犹如一场学术地震，迅速引发了海内外中国文学史家激烈争论。8月11日，《深圳商报》启动“再提‘重写文学史’”系列访谈，钱理群、洪子诚、李陀、张隆溪、刘再复、顾彬、莫砺锋、黄子平、陈平原、陈思和、王德威等近30位中国文学史大家，在5个月内持续不断发言，从钱穆版文学史到文学史写作、传播、研究、讲授之诸多问题，一波又一波争论把中国文学史——这过去只属于象牙塔的学问，推到了大众眼前。

钱穆的《中国文学史》讲稿，成了一个事件。

历史的湍流滚滚而来，许多吉光片羽最终都会归于尘土。

而钱穆这部中国文学史讲稿，注定会载入史册。

这位中国现代学术史上少见的通儒，一生著述80余部，1700万言，却没有留下一部关于中国文学史的系统专著。后人只能在他散落的文论，以及那部著名的《中国文学讲演集》中，去寻找他对古代文学的精彩论述。

在新亚书院，钱穆开过两次《中国文学史》课程，一次是1955年秋至1956年夏，一次是1958年至1959年。从中国文学的起源，一直讲到到清末章回小说，31篇，近20万字，自成一套完整体系。

叶龙回忆，钱穆先生备课极认真，每次都会带二三十张卡片，时间则很随意，少则一个钟头，讲得兴起了，三个小时也是常事。而叶龙因为“做笔记极为仔细，能做到尽量不遗漏一个字”，在钱先生查阅笔记时得了高分。

“我在香港搬了十几次家，这些笔记本最不舍得丢。”在香港青衣岛家中，叶龙抚摸着手中那本虽已泛黄，但依然保存完好的中国文学史笔记，思绪回到了久远以前。

这是60年前的老古董了。简陋的牛皮纸封面，窄窄的横行，像是算术本子，叶龙把它调转90度，写成工整的繁体竖排。钢笔字十分娟秀，每一页都有注释或眉批，红色和蓝色笔迹爬满了缝隙。厚厚的一本，拎起来沉甸甸，一个青年学子的心跳隐约可触。

一饮一啄，莫非前定。新亚书院校友常用“偶然的无中生有”来形容这段历史。在香港这块“借来的城市借来的时间”甚至是借来的教室里，一位国学大师在近乎孤岛的殖民地讲述本国历史，这本来就是偶然。而叶龙此时刚好就读新亚，他不仅非常用心地做了笔记，而且也是浙江人，能完全听懂钱穆的无锡话，于是钱穆当年的体系性论述，才有了宝贵的文献记录。

这部讲稿的价值该如何认定？它将带来怎样的改变？之于“钱学”，之于中国文学史，之于那些在断裂后重新寻找文化之根的你、我、他……一切还不得而知。

但你一定无法否认，那每一个字所饱含的耀眼的生命激情——它来自钱穆1949年到1965年创办新亚书院筚路蓝缕的16年；来自钱穆试图在英属殖民地复兴儒家精神，因此遭遇的深刻思想困境；来自他将自己的生命之烛浇灌于三尺讲台化出的每一个字——与他那些精彩的学术论述相比，几乎具有同等价值。对于研究大时代中的知识人，这是标本，弥足珍贵。

在钱穆众多弟子里，叶龙默默无闻。退休前，他是香港能仁学院院长，研究清代桐城派，靠勤奋走完学术一生。谁也不曾想到，这样一个人，竟会成为钱穆最忠心的“守墓人”。

叶龙回首一生，自嘲所有成功都和“写字”有关。可谁又能说，从兢兢业业的小书记，到钱穆身边的记录者，他不是以自己一生的实践，实践了中国传统文化不可或缺的“史官”精神？

著书立说固然可贵，记录传递同样不可或缺。

一个是国学的传道者，一个是被拯救因而改变命运的流亡青年。钱穆和叶龙的人生，在一个甲子之后，完整地叠成一个圆：

他接过他的火炬，薪火相传。

二

不了解新亚书院，不了解桂林街时代的新亚，可能会读不懂这本《中国文学史》。

新亚的桂林街时代，充满了流亡气息。不单是书院本身，就连香港这座城市，在那个年代，也无法摆脱“流亡者”的身份标签。

1949年，岁月动荡。从内地流亡到港的钱穆、唐君毅、张丕介等人，一时没有任何人际网络可以筹措经费，在颠沛流离之中，节衣缩食创办了新亚书院，取“新亚洲”之意。面对当时大陆知识分子普遍批判中国传统文化的局面，钱穆认为需要“替中国文化讲些公平的话”。

在不足2000平尺的狭仄空间中，他们开始重塑国人对中华文化的自信。然而这条路，好不容易。

“他初初创办时很苦，常常去台湾讲学，换钱来补贴新亚。”叶龙回忆，那时穷困潦倒，校舍交不出房租，教授拿不到薪水，学生缴不了学费。不但如此，这些大陆来的流亡学生无所寄托，新亚还要为他们的生活张罗。

叶龙还记得，钱穆在课堂上曾引孔子所言：所谓“士”，乃有理想而能肩负道义之人，不以恶衣恶食为耻，他本人自是奉行不二。

新亚几年，尽是苦日。钱穆把私蓄奉献，唐君毅、张丕介替报章写文章赚取稿费，张丕介的太太更要拿首饰典当，以缴付房租和水电费，“真是穷得连电费也交不出来！”叶龙笑道。即便贫极，但新亚开校以来，从没有学生因为欠付学费而被退学。那时，每年学费为四百八十元港币，获免学费的学生竟达八成。

当时桂林街61－65号的四个单位，容纳了一座书院的全部。叶龙至今还记得，四楼打通作为教室，中间用厚厚的木板隔开，“这边在上心理学，那边在上教育概论”。学校楼下就是纺织工厂，机器轰鸣；对面是三宝佛堂，庙会频频；后面是潮州饭店，叫卖声不绝于耳；稍斜是小舞厅，靡靡之音不息。

没有图书馆，没有任何教学设施，几乎家徒四壁的新亚书院，从客观条件上讲，的确如钱穆创作的《新亚校歌》中所说——“手空空，无一物。路遥遥，无止境。”

流亡到港的学生来自五湖四海、各行各业，《江山美人》的女主演、邵氏旗下最红的黄梅调女星林黛就曾短暂就读于此。大量学生和难民被港英政府安置在新界西贡的调景岭，白天到马鞍山采石或是修路，夜间搭乘巴士到新亚听课。有时晚了就三三两两地睡在楼梯间，钱穆等人在外讲课回来得晚，还要小心翼翼跨过他们上楼。

叶龙就是调景岭难民营的一员。自1953年入学，他一直在新亚做“工读生”，“一面读书一面工作。我没有钱缴学费，只能替学校教务处做做传达，送信、送公文，做点文字工作。”尽管这样，也是快乐的。他和其他流亡学生告诉钱穆，“我们进教堂，只可以获得半天的安慰；我们进了新亚书院，好像重新得到了一个家。才能再鼓起勇气，来向此无情的生活作抵抗，再挣扎”。

相比困顿的物质环境，新亚早年的教授，堪称明星阵容。

钱穆与唐君毅自不待言，另如曾任国民政府教育部高教司司长的吴俊升，是杜威的学生。教经济的张丕介、杨汝梅早已誉满大陆。余英时的父亲余协中教西洋史。孙科南京国民政府中国行政院院长、孙中山儿子的秘书梁寒操教写作。诗人、书法家曾克耑，历史学家左舜生，甲骨文专家董作宾，国学家饶宗颐、罗香林等诸先生，皆曾在新亚任教或讲学。

“然而新亚教授所领的薪酬极为微薄，一个月才一两百元港币，仅及当时香港官立小学第二级以下的薪给，而且经常领不到薪水。”叶龙说。

上世纪50年代初，全香港只有一所学校有资格称为大学，即香港大学。“新亚书院被叫作‘野鸡大学’，我们在门口挂了一个‘新亚书院大学部’的牌匾。”叶龙记得，某日香港教育司司长高诗雅来巡视，看到这个招牌也笑了，虽然教授名册令人刮目相看，但碍于港英政府规定，高诗雅还是嘱咐移去，勿悬室外。

1952年7月学年结束，在湾仔六国饭店的二楼西餐厅，新亚举行了第一届毕业典礼。余英时和张德民两位毕业生参加了仪式。钱穆因为身在台湾，没能出席。而不久后传来消息，钱穆在淡江文理学院讲学时被天花板砸伤，击中头部压至重伤，在台湾养病足达三个月。

又一年的暑假，香港奇热，钱穆又犯了严重的胃溃疡，一个人孤零零地躺在一间空教室的地上养病。余英时去看他，内心真为他难受，多年以后，他在《犹记风吹水上鳞——敬悼钱宾四师》一文中记述：

我问他有什么事要我帮你做吗？他说他想读王阳明的文集。我便去商务印书馆给他买了一部来。我回来的时候，他仍然是一个人躺在教室的地上，似乎新亚书院全是空的。

钱穆曾对叶龙说起他心中的“新亚精神”：“没有理想的吃苦，那是自讨苦吃，有理想的吃苦，才是一种精神。”

读钱穆的学术年谱，会发现60岁时的钱穆竟然没有作品出版，61岁出版的也不过是在台湾的演讲集《中国思想通俗讲话》，而正式的论文只有《孔子与春秋》和一些为《新亚校刊》等杂志写的散碎的文章。可以说，这是钱穆学术的低谷期。

这部珍贵的中国文学史讲稿，在这样的背景下，被叶龙记录下来，实属难得。

现在人看钱穆，一般认为他的主要成就在1949年前和1967年去台后。他的两部代表作《国史大纲》和《朱子新学案》，分别在这两个时期完成。对于1949年到1965年，钱穆旅居香港办学的这16年，由于没有重要著作问世，几乎都被轻轻掠过。

但实际上，新亚书院是钱穆人生中的重要一页，寄托着他全部的文化理想。钱穆88岁高龄时，眼睛已盲，在他口述、太太胡美琦记录的《八十忆双亲·师友杂忆》一书中，他静静回顾了自己的一生，“师友杂忆”共20个章节，仅“新亚书院”就占了五章，达四分之一之多。

钱穆在书中如此坦言：

自创校以来，前后十五年，连前亚洲文商学院夜校一年，则为十六年。亦为余生平最忙碌之十六年。

的确，这16年，钱穆的主要精力并不在学术研究上，而是在为新亚书院的前途奔波。

叶龙回忆，钱穆曾谈到自己坚守新亚的初衷：

（学生们）有些生活在饥饿线的边缘，有些是流亡的苦味永远占据心头，多半是今天过了不知道明天……若我们不能给与他们以一个正确而明朗的人生理想，……若使这一代的中国青年们，各自找不出他们的人生出路，所谓文化传统，将变成一个历史名词，会渐渐烟消云散。

三

钱穆的担忧，其来有自。

在钱穆讲授中国文学史的1955年，香港仍摆脱不了港英政府治下的殖民地色彩。

钱穆在对时代变革留下无尽叹息之时，力图从传统中寻找应对时代的新价值，同时又不可能无视新文明的剧烈冲击，这种深刻的内心矛盾，在中国文学史讲稿中体现得淋漓尽致。

叶龙清晰地记得，钱穆先生开讲中国文学史的第一天，就说了一句“重话”：

直至今日，我国还未有一册理想的文学史出现。

“当时的确无法理解。这句重话岂不是会得罪好多曾经撰述并出版过《中国文学史》的学者或教授吗？钱师一向说话谨慎谦虚，如此批评，实不多见。”长久以来，这个疑惑藏在叶龙心底，挥之不去。

直到他自己做了老师，教那些读ABC长大的香港年轻人认识中国传统文化，在生计与理想的日益撕裂中，才渐渐明白，钱穆先生当年的巨大悲凉。

1955年，钱穆讲授中国文学史的时代，新文化一统天下，传统文化的地位并不高。他和唐君毅等一批大师级学人从大陆来到香港，办新亚书院的目的，就是复兴儒家精神和传统。然而当时的香港殖民地色彩浓厚，西方文明滚滚而来，中国传统文化更难有立锥之地。

在这样的时代背景下，钱穆讲中国文学史，自言是“以死者心情来写死者”。很久以后，叶龙才理解，钱穆先生开篇的论断“我国还未有一册理想的文学史”，并非是瞧不起人，而是怀着“新文学新生，旧文学已死”的悲凉，呼唤一部像样得体的中国文学史，为的是“使死者如生”，对新文学提供一分可能的贡献。

这种于绝望中建设的大勇气，始终贯穿在钱穆的讲稿中。

他绝不囿于旧文学一家之言，对各种学说兼收并蓄，有批判也有吸收。他批评“红学崛兴”，质疑那些沉浸于“儿女亭榭”的人们，难道要以“红学”济世？他认为“五四”运动之所以有巨大影响，并非提供了一套理论，还是有一套新文学帮助。对于那些抨击他的新文学阵营，他平心而论，“通俗文学有力量，但这种文体并不能用来讨论严肃的文化思想”。

他心知“旧文学已死”，却始终不放弃，呼唤包容，呼唤共存。他说文学家各有各的长处，没人是十项全能；文体各有各的价值，谁也不能一统天下。司马迁精于写史论而不精于诗，近人胡适并不能作诗，他的“八不主义”也只是一种议论；“现在生物已进化到人类，但其他动植物仍然不能不要。所以有了白话文，仍然可以存在其他文体，不能单用白话文学史来代表全部过去的历史。”

他对魏晋南北朝十分偏爱，对建安文学更是不吝笔墨，不仅将它从魏晋南北朝文学中单拎出来，自成一章，而且对其评价与前人，甚至今人都有很大不同。或许，魏晋南北朝是中国历史的中衰期，从政制和人格上都是黑暗时期，与钱穆前半生经历的动荡时代太相似。

时代转型中，钱穆一直怀抱忧患意识，思考中国文学的未来。在他看来，中国从没有“纯文学”的观念，中国传统文学与人生、历史、天地高度融合，“如果传统文学死不复生，中国社会的现实人生也将死去最有价值的那部分”。而在中国文学史上，一切通俗文学最终通达于上层才有意义，“如乐府、传奇、词曲、剧本、章回小说，愈后愈盛”。他很怀疑，新文学如果只限于神怪、武侠、恋爱、侦探等游戏消遣，会不会逐渐没落？

这些观点，在60年后的今天，依然振聋发聩。

一切当代史都会成为过去，但举头能见后人之笔，还有先师的眼。今天的中国乃至世界，可曾以史为镜？

60年前的一堂课上，钱穆讲到屈原的《离骚》，难得地对台下的年轻人说了一句题外话。他说，文学的最高境界是不求人解，如屈原写《离骚》，他怨得纯真而自然，但屈原并非要讲给人听——如同行云流水，云不为什么而行，水不为什么而流，我们的人生遇到悲欢离合的时候，也当如此。

二十世纪之于钱穆，犹如堂吉诃德的风车大战，不求人解却战得行云流水，虽败犹荣。他一生守护中国传统文化，不曾言悔，只在极偶然的间隙，才留下对时代变革的一声叹息。

四

若要求全责备，这的确是一部有瑕疵的《中国文学史》。

它详略不当，有些章节几笔带过，有些却浓墨重彩；

它缺乏严正的学术规范，口语多过书面表述；

它太随意，更像散文而非论文；

它太初级，没什么高深的研究和发现；

甚至，它还有技术性错漏……

然而，把它还原到1955年那间破烂不堪的教室，还原到钱穆当年面对的一张张浸满汗水与愁苦的脸，还原到手边连几本工具书都找不到，更没有Google可供查阅的时代，还原到一个教师走上讲台的初衷——

如果知识失去传播的意义，它是否还有价值？

面对白天去搬砖晚上来听课、传统文化成为他们最后的“根”与“家园”的普罗大众，钱穆只能，也必须讲出这样的中国文学史。

它不是高高在上的。

它是一部沉痛而深情的文学史。

因此，它值得尊敬。

文学史之所以对国人那么重要，或许是因为它从来不单纯。

钱穆版文学史面世后，引发了长达5个月的“再提‘重写文学史’”系列访谈。每一位发言的文学史家，几乎都在文中激烈捍卫自己的文学史观。

这不免让我们思考：“文学史情结”对这些学者究竟意味着什么？当他们谈论文学史时，其实是在说什么？

刘再复在访谈里，略带嘲讽地说，当代文学史重写了那么多年，至今还是个“梦想”，也许永远不会实现。从上世纪80年代激进的理想主义走到现在，青丝变白发，学者们越来越明白，文学史的重写与共和国历史息息相关，牵一发而动全身，谈何容易。现实主义者选择了远离；理想主义者仍在修改自己的文学史，不管能不能出版；更多人以自己的方式斡旋，或转向考据，或出走域外，或是和钱穆先生当年一样，走入民间，下社区、进企业，但凡能做点普及工作，从不挑拣。

学术有的时候，真的不只是一碗饭。

当知识分子无法选择，他们的研究就会成为他们最后的精神堡垒。

于是，这个长长的故事终于到了收尾一刻——

当我们遥想60年前，9月的一天，当钱穆环视课堂，在讲台上缓缓吐出那一句：

直至今日，我国还未有一册理想的文学史出现。

他哪是在谈文学史，他谈的，是自己的生命如何蹚过那个时代。

刘悠扬（《深圳商报》文化记者）
于二〇一五年五月十七日深夜

出版说明

2014年3月底，偶然得知叶龙整理、钱穆讲授的《中国文学史》即将在《深圳商报·文化广场》连载。钱穆先生是国学大师，一代通儒，尤以治史闻名。其一生著述80余部，1700万言，却无一册专论中国文学史的。他的弟子叶龙60年前亲笔记述、保存完好的《中国文学史》笔记，是钱先生从中国文学的起源一直讲到清末小说的课堂记录，内容完备，成一家之言。这等珍稀资料，无疑极有出版价值。

心动不如行动，马上联系叶龙。叶先生恰好对新华文轩这家在香港上市的公司早有耳闻，颇有好感，于是一拍即合。2014年5月至8月，按照约定，叶龙分三批交付整理稿，稿纸誊写，繁体竖排。我们分批进行录排、核对，进入编校流程。

由于书稿系课堂讲授记录，其中不免有思维跳跃、现场发挥的地方；随口引用、背诵或许存在口误及记忆偏差之处。叶龙学过专业速记，听得懂无锡话，但笔录飞快，加之时隔60年才来整理，疏漏之处在所难免。2014年7月到10月，书稿在《深圳商报》连载期间，前三分之二整理稿由资深校对梁荣高先生校对了一遍。其后《文化广场》主编张清先生又进行了复核。在《深圳商报》跨时5个月、名家云集的专题“再提‘重写文学史’访谈”中，莫砺锋先生仔细阅读了全稿，对书中部分错漏作了指正。刘再复、陈平原、张伯伟等先生的针对性意见，启发了本书的后期策划、编辑思路。尤其让我们感动的是，骆玉明先生在百事烦扰中通读全文，慷慨撰序，且针对全书二十多处疑难点对责编进行了直接指点。梁由之先生从头到尾为我们提供了许多帮助，促成了此书的出版。付梓之前，我们又请河北大学熊权先生对全文进行了校读，北京大学出版社资深编辑胡双宝先生进行了终校。

叶龙先生为此书特别搜集了近百幅珍贵老照片，我们从中精选了18幅，以飨读者，大部分都是首次公开。这些照片，除叶龙本人之珍藏外，由新亚师友提供的部分，未及一一查证来源，如有知情者，请与我们联系。

感谢以上诸位师友的指点和贡献！这样一份独特而稀有的讲稿，没有多人协作是不可能顺利面世的。整整一年的编辑、出版过程，我们抱着“薪火相传”的使命感，尽可能调动多方资源，作了最大努力，期待能更好、更准确传递钱穆先生之思想，完成叶龙先生之心愿。在众多师友指点、帮助下，责编进行了大量的查证、核对工作，并数次求教于叶龙先生。即便如此，恐怕仍有若干错讹之处。敬请海内外方家和广大读者不吝赐教，以便我们今后有机会修订、再版时，进一步予以完善。您可通过专用邮箱srt_sample@163.com与我们联系。

本书编辑组

2015年5月24日